愛しい人、あなたは王女様と幸せになってください

プロローグ

「クロエ、俺は婚約解消するつもりはない」

予想もしない婚約者――リュシアンの言葉に、わたしは耳を疑った。

王宮の、小さな中庭。回廊に囲まれた四角い空間に緑の生垣が作られ、小さな噴水がポツンと一つあるだけの、寂しい場所だ。

王族エリアへの抜け道として時々通るけれど、今まで誰ともすれ違ったことはなかった。

そんな場所で突然呼び止められ、わたしは飛び上がるほど驚いた。そしてしばし固まってしまう。

風に揺れる樹々のざわめきと、微《かす》かな水音。静寂が胸にのしかかる。

わたしとリュシアンは婚約して五年になるけれど、彼はずっとわたしを疎《うと》んじてきた。

その彼が婚約の継続を願うなんて、あり得ない。わたしの願望による聞き間違えだろう。

「今、なんとおっしゃって？」

何とか言葉を絞り出したが、聞き返すのが精いっぱいだ。

彼は、もう一度言った。

「君との婚約をやめるつもりはない。婚約破棄は受け入れられない」

「本気で言っていらっしゃるの？」

思わず詰《なじ》るような言い方になってしまい、彼は気まずそうに凛々しい眉を顰《ひそ》めた。

そんな風に歪めた顔すら美しくて見惚れそうになり、わたしは心の中で自分自身を叱咤した。

——落ち着きなさい、クロエ！　冷静にならないと！　見くびられてしまうわ！

わたしは無意識に、首元につけているアメジストのペンダントをぎゅっと握りしめる。

リュシアンが再度繰り返した。

「クロエ、俺は婚約を継続したい。一方的な破棄など、受け入れられない」

リュシアンが、ペンダントと同じアメジストの瞳でわたしをじっと見つめてくる。めったにないことにわたしの心臓がドキリと跳ねた。彼の身勝手な言葉に、わたしは声が震えないよう気をつけて反論した。

「一方的だなんて。こちらからは何度も話し合いを求める手紙を送りましたのに、あなたがずっと無視してきたのでしょう？　婚約を継続する気はないと、わたしは判断しました」

「クロエ、俺は……」

リュシアンの視線から逃れたくて首元のペンダントを弄《いじ》っていると、リュシアンがそれに気づいて、驚いたような声を出した。

「クロエ、その、ペンダント……」

わたしがペンダントを握り込むようにして肩を縮こませた、ちょうどその時、回廊の奥の方から足音がした。リュシアンがハッとして顔を上げ、回廊の奥に目を向ける。宮中を警護する騎士たちが数人、ガチャガチャと剣帯を鳴らしながら近づいてきていた。

リュシアンがわたしの方に顔を寄せ、早口の小声で言った。

「時間切れだ、クロエ。……勝手に婚約破棄の手続きをされないよう、それだけ言いに来たんだ。すまない、また改めて」

言いたいことだけ言うと、彼はするりと踵《きびす》を返し、わたしのそばを離れた。煌《きら》めく長い銀髪がさらりと流れて、光の帯のように輝いた。

——王女殿下に仕えるようになってから、長く伸ばした髪。リュシアンの、殿下への忠誠の証。

♪たとえ結ばれない恋だとしても、長く伸ばした銀の髪は、永遠の愛の証

ふと、王都の流行歌が胸をよぎり、わたしは彼を止めるタイミングを逸する。焦って声をかけたけれど、彼は振り返りもせずにスタスタ行ってしまった。

「ちょっと待って！　改めてっていつ……」

リュシアンの王宮騎士の濃紺のマントが翻り、その広い背中はあっという間に遠ざかっていく。わたしは無意識に伸ばした手を空《むな》しく眺めるしかない。

——なんだったのいったい。

彼の後ろ姿が王宮の回廊の闇に消えるまで見送って、ため息をつく。

諦めようと決めたのに、彼の背中を目で追ってしまう自分が情けない。

もうずっと長いこと、彼はわたしを無視してきた。

王宮で見かけても、彼はわたしのことなど視界に入れたくもないとばかりに顔を背ける。話しかけても無視され、まるで存在しないもののように扱われてきた。彼と言葉を交わしたのなんて、下手したら数年ぶり……

彼——リュシアン・ド・クレールは婚約者のわたしを疎《うと》み、そして、この国の王女であるレティシア殿下を愛している。

あまりにあからさまなリュシアンの態度に、わたしは関係の改善を諦め、彼との婚約を解消しようと決意した。

何度も話し合いを求める手紙を送ったけれど、ことごとくなしのつぶて。業を煮やし、わたしは父を通して婚約破棄を申し出るつもりだと、彼に最後通牒を突きつけたのだ。

リュシアンはわたしを愛していないのだから、当然、婚約解消を喜んで受け入れると思ったのに。

なのに——

わたしは王宮の中庭で立ち尽くす。

噴水の水飛沫《しぶき》が陽光を弾いてキラキラと輝いている。

青空のはるかかなたから、雲雀《ひばり》の声がした。

ふと、手の中に握り込んだままのアメジストに気づいて、手を離す。

彼からもらった唯一と言っていいくらいの贈り物。最後の拠《よ》り所のように、それにずっと縋《すが》ってきた我が身の惨めさと、諦めの悪さにうんざりする。

これだって、彼がくれたのはもう二年前？　いいえ、三年前かもしれない。それくらい、わたしたちは長く疎遠な間柄だったのに。

リュシアンが、婚約解消を拒絶するなんて、想像もしていなかった。

リュシアン側の有責というのが、気に入らなかったのだろうか？　あるいは、わたしのようなつまらない女から破棄されるのが屈辱なのか。だったら、ちゃんと話し合いに応じてくれればいいのに。

もしくは、わたしとの結婚で得られる爵位と領地に未練がある？

そんなものに執着しない人だと思っていたのは、買いかぶりだったのかしら。

わたしは肩をすくめて一つ息をすると、思いを吹っ切るように再び歩みはじめた。

初めて会った時から、わたしは彼を愛している。だからこそ、わたしではない他の人を愛する彼の、そばにはいたくない。心を殺して名ばかりの妻の地位を得たいとは思わない。

リュシアンがわたしではなく、真に愛する人の手を取れるよう、邪魔者のわたしは身を引くべきだ。

だから――

愛しい人、あなたは王女様と幸せになってください。

第一章　わたしの美しい婚約者

メレディス辺境伯家には男児がいない。

長女がイネスで次女がわたし、クロエ。国境の守りを担《にな》う父のもと、四歳違いのわたしたち姉妹は辺境で育った。

だが、わたしが十二の年に母が亡くなり、父は婿探しと淑女教育のためにわたしたち姉妹を王都へと向かわせた。

以来、わたしたちは父と離れて王都のタウンハウスで暮らしている。

本来はイネス姉さまが婿を取って辺境伯家を継ぐはずだったけれど、王太子殿下が姉さまを見初め、ぜひにと望まれて王家との婚約が調った。それで、次女のわたしが家を継ぐことになったのだ。

メレディス家は国境の警備を司る武門の名家だ。生半可な家から婿を迎えることはできない。

そこで王家に相応しい相手の紹介を求め、あれこれと条件を考慮した末に、王都の名門貴族クレール侯爵家の次男、リュシアンに白羽の矢が立てられた。

『はじめまして。リュシアン・ド・クレールです』

婚約の初顔合わせの日。あまりに美しい彼の姿に、辺境育ちのわたしは一目で恋に落ちた。

日の光を受けて輝く、まっすぐな銀の髪は、騎士らしく短く整えられていた。

煌《きら》めくアメジストの瞳に細面で滑らかな頬は、名工が心血を注いで彫り上げたかのような完璧な美貌だった。体つきは細身ながらも鍛えられていて、森に棲む美しい牡鹿のように伸びやかで気高い雰囲気が漂っていた。

　整いすぎて冷たい印象のする美しい顔。あまりの美しさに衝撃を受け、わたしは満足な挨拶すら返すことができず、何も言えずに呆然と見つめるだけだった。

　こんな美しい人が、わたしの婚約者なのだという事実に、わたしの胸は歓喜に躍った。

　要するにわたしはリュシアンに一目ぼれしたわけなのだが、わたしの想いは一方通行で、リュシアンにとっては、わたしは押しつけられた婚約者に過ぎなかった。

　その頃のわたしは不細工とまでは言わないが、特筆するほどの美少女でもなかった。母譲りの赤い髪に碧《みどり》の瞳、鼻の頭にはそばかすまで浮いていた。赤毛とそばかす、そして田舎育ちのがさつな仕草。――誰よりも美しいリュシアンとは到底釣り合わない自分自身に、身の置きどころもなくて、申し訳ない気持ちでいっぱいだった。彼に何を話していいかもわからない。

　初対面のテーブルでは気まずい沈黙が続く。でも、政略目的の婚約は、当事者の意向など考慮してくれない。

　今にして思えば、すでにあの時には、リュシアンの心には女神か妖精かと見紛うほど美しい、レティシア王女様への想いが芽生えていたに違いない。叶わぬ恋を諦め、わたしとの婚約を渋々、了承したのだろう。

　何も知らない幼いわたしは、リュシアンの美貌にすっかり心を奪われ、初めての恋に酔い痴れていたのだ。

その年は、イネス姉さまが王太子殿下に嫁ぐ支度でタウンハウスは大わらわだった。

その慌ただしい中でも、リュシアンとのお茶会は定期的に開かれた。

何度か顔を合わせた後でも彼は無口のままで、会話は弾まなかった。それでも、わたしはリュシアンが手土産に携えてくる、小さな花束とレースのハンカチやリボンだけで十分に満たされていた。

真っ白な美しい薔薇。可憐なカスミ草。オレンジ色の、明るいガーベラ。ピンクのスイートピー。

「リュシアン様、いつもありがとうございます」

礼を言うわたしに、リュシアンは無表情で首を振る。

「花はよくわからないから、庭師に頼んだ」

自分で選んでいないことを、わざわざ教えてくれなくてもいいのに。わたしの胸が一瞬、痛んだ。

しかし、リュシアンはわたしと目を合わさず、決まり悪そうに言った。

「クロエの、綺麗な紅《あか》い髪に似合う花をって……」

「き、綺麗……ですか？」

「うん。……夕焼けの空みたいで……」

わたしは自分の赤い髪を見下ろした。母譲りの赤い髪はわたしのコンプレックスだった。せめてイネス姉さまのような、赤みがかった茶色の髪色だったらよかったのに。いつもそんな風に考えていた髪の色を褒められて、わたしは内心、有頂天になった。胸の中が熱くなって、心臓がドキドキした。

今にして思えば、見え透いたお世辞だ。他に褒めるところが見当たらず無理にひねり出した、なけなしの褒め言葉だったのかも。

それでも好きな人に褒められて、わたしは天にも昇るくらい嬉しかったし、リュシアンのことが一層、好きになった。——家じゅうが差し迫った姉さまの嫁入り支度にかかりきりで、わたしは疎外感を覚えていた。リュシアンだけが、わたしのことを気にかけてくれる。そんな風にさえ、感じていた。

実際のところ、この結婚はわたしよりもリュシアンの側に利点が大きい。リュシアンはわたしと結婚して我が家に婿入りすれば、辺境伯の爵位と領地を得られるのだから。

次男であるリュシアンは、家を継ぐことはできない。それで、彼は騎士として身を立てるつもりで、王都の騎士学校に入った。彼は王太子殿下とは同い年で、幼少期からご学友として宮中に上がっていた、いわば幼馴染である。騎士学校卒業後は王宮騎士となり、王太子殿下の護衛として出仕することが決まっている。将来の国王の側近候補でもある彼に、王家が婿入り先を斡旋したわけだ。

王家としては、国防の要であるメレディス辺境伯家の跡取りには、子飼いの貴族家の子息を婿入りさせたい。我がメレディス辺境伯家としては、家柄と年齢の釣り合う——そして有事には自ら戦陣に立てる——婿が欲しい。クレール侯爵家にとっても、次男の婿入り先として申し分ない。そういう、三方の利害が一致したための、婚約であった。

けして愚かでない彼は、気持ちの伴わない婚約であってもその意味を十分に理解し、婚約者として最低限の義務を果たしているだけ。

でも、わたしたちの関係は悪くはなかったと、思う。

――リュシアンがレティシア王女の護衛騎士となるまでは。

◆◆◆

イネス姉さまの宮中入りの準備で大わらわの我が家に、リュシアンは出仕前の忙しい中を縫って何度も訪れてくれた。

上から下まで大忙しで、メイドは庭のテーブルにお茶セットを運んでくると、リュシアンからの花束を受け取ったら下がってしまう。仕方なく、わたしが見様見真似でリュシアンの茶器にお茶を注いだ。

「すみません、家じゅうがてんやわんやで……たいしたおもてなしもできなくて」

「忙しいときに、ごめん。出仕したら、休暇がどれくらいとれるのか、わからないから」

わたしが覚束ない手つきでお茶を淹れているのを見て、リュシアンは申し訳なさそうに詫びてくれた。わたしは首を振る。

「いいえ、来てくださって嬉しい。家じゅうが戦場のように大忙しなのに、わたしだけすることがないの」

「そう」

わたしの言葉にリュシアンの返事は素っ気ない。しばらくいつものように無言でお茶を飲んでいたが、リュシアンが突然、カップをソーサーに戻して言った。

「今後、王宮に出仕したら給金が出る。それで、クロエに何かプレゼントしたい。……たいしたものは買えないと思うけど」

わたしはびっくりして彼を見た。無表情だけれど、心なしか頬が赤い気がする。

あまりに突然で予想だにしなかったプレゼントの申し出に、内心、踊りだしたいくらい嬉しかった。でも、妙にはしゃいだら、浅ましい女に見えてしまいそう。わたしは遠慮がちに首を横に振る。

「嬉しいけど、気持ちだけで。無理しなくても……」

「記念だから。指輪かペンダントか……」

リュシアンが、日差しが眩しいのか、少しだけ目を眇《すが》める。その日差しに輝く瞳を見て、不意に思いついた。

「……じゃあ、ペンダントがいいです！　アメジストの」

「アメジスト……って何？」

リュシアンが首を傾《かし》げる。

アメジストも知らないリュシアンに少しばかり驚きつつ、わたしは言った。

「紫色の宝石です。ちょうど、リュシアン様の瞳の色のような」

「俺の？」

リュシアンの瞳が大きく見開かれる。

「できれば小さなものがいいわ」

「小さな？　……遠慮しなくても、王宮騎士はそこまで薄給でもないよ」

小さな石をねだれば、リュシアンが不審げに眉を顰《ひそ》める。それを見て、わたしは慌てて言い訳した。

「ずっと毎日、肌身離さず身に着けたいの。大きな石だと、仰々しくなっちゃうから」

——本当のことを言えば、わたしの赤毛と碧《みどり》の瞳にアメジストの紫はあまり似合わない。でもリュシアンの瞳の色をしたアメジストが欲しい。小さな石なら、目立たないからいつでも身に着けられる。

そんなことを言うのも恥ずかしくて、彼を見上げる。

リュシアンがパチパチと瞬きして、おずおずと頷いた。

「……わかった。最初の休暇が来たら、必ず贈るよ。アメジストを」

でも、この日を最後に、リュシアンの訪問は絶えてしまった。

◆◆◆

間もなく王太子殿下とイネス姉さまの結婚式が行われた。わたしは王太子妃の親族として、姉さまの晴れ姿を間近で見ることができた。純白のウェディングドレスを纏った姉さまは輝くばかりに綺麗で、それを優しそうな眼差しで見つめる王太子殿下も凛々しく素敵だった。

そして、白に金の装飾が眩い王太子殿下の背後で、紺色の礼装用の騎士服を纏って立つリュシアンは乙女の夢を体現したように格好よくて、わたしは時の経つのも忘れてうっとりと見惚れてしまった。

アメジストのペンダントは式に間に合わなかったけれど、その時のわたしは気にならなかった。リュシアンの訪問が途絶えているのも、出仕したばかりのところに結婚式まで重なって、忙しくてそれどころではないのだろうと思っていた。

結婚式から一月ほどでお父様は辺境に戻ったが、わたしは王都のタウンハウスにとどまった。王都で社交界デビューに備えて淑女教育を受け、デビューから間を置かずにリュシアンと結婚、その後二人で辺境に戻るという計画だった。姉さまのいないタウンハウスは少し寂しいけれど、勤務が落ち着けばリュシアンも邸を訪ねてくれるはずだったから。

だが、王太子殿下のたっての願いで嫁ぎ、誰もが羨む王太子妃の座を射止めたイネス姉さまが、王宮暮らしに馴染めないという問題が発生する。

わたしたち姉妹は辺境の城でのびのび育てられたし、我がメレディス家は武門の家柄なので、万事に質実剛健を貴ぶ。対して、都会的な奢侈《しゃし》を尽くした王宮は、何事にも優雅で繊細を好んでいた。要するに家風が合わなかったようだ。

嫁いで二か月、日に日に元気を失っていく姉さまを心配して、王太子殿下が妹のわたしを王宮に招いてくださった。

社交デビュー前のわたしは王宮での披露宴にも出席できていないので、初めての登城となる。

しかもお父様もいないたった一人。王宮の威容にすっかり気圧されてしまい、緊張して真っ青な顔で震えていた。そこへ、王太子殿下の護衛騎士となったリュシアンが、宮殿のエントランスまで迎えに来てくれた。

「王宮で迷うといけないからと、王太子殿下がおっしゃった」

見知った人の顔を見てホッとするわたしと裏腹に、リュシアンの口調は素っ気ない。でも左肩を覆うペリースと呼ばれるマントに、留め金や縁飾りが金色の制服がよく似合って、とても格好よかった。

彼の美しさに見惚れてしどろもどろになりながら、わたしは深く頭を下げた。

「お心遣いありがとうございます、リュシアン様」

「クロエ、そんな他人行儀はやめてくれ。様付けも要らない。……しばらく、忙しくて訪問できず、悪かった。次の休暇には行くから」

正面を見据えたままさくさく大股で歩いていくリュシアンの大きな背中を追いかけて、わたしはほとんど駆け足のようになってしまう。少しばかり息を荒げたところで、ようやく王太子夫妻の居室の前の廊下に出た。敷き詰められた紅《あか》い絨毯を踏みしめながら、リュシアンが言った。

「今、レティシア王女殿下がいらしている」

「レティシア王女殿下？」

わたしは首を傾《かし》げた。彼女は王太子殿下の妹姫だ。わたしより、一歳年上のはず。

「……失礼のないように」

熱量のない声で呟いてから、リュシアンは扉の前に立つ小姓《ペイジ》に告げた。

「メレディス辺境伯令嬢クロエ殿をお連れしました」

わたしの目の前で、彫刻を施した重厚な樫の木の扉が重々しく開かれていく。

頭を下げた状態でかしこまって待つわたしに、懐かしい声がかかった。

「クロエ！　来てくれたのね！」

姉さまの声だとわかったが、わたしは部屋にいるはずの王女殿下に遠慮して、頭を下げたままでいた。

「いいわ、顔を上げて」

そして頭上から降り注ぐ、鈴を転がすような声。その声を聞いてから、わたしはゆっくりと顔を上げた。

部屋の奥の大きな出窓の前に、二人の女性が並んで座っていた。

一人は赤みがかった茶色の髪の、王太子妃——イネス姉さま。そしてもう一人は輝くばかりの豪奢な金髪を長く垂らした、妖精と見紛う美少女。

——結婚式の時にちらりと見かけた、レティシア王女殿下に間違いなかった。

「お招きありがとうございます」

「ああ、待ちくたびれたわ！　クロエ、こちらに来て！」

姉さまが席を立ってわたしの方に駆けてきて、両手でわたしの手を取った。

「会いたかったわ、クロエ」

「イネス姉さま、大げさよ」

それでもわたしたちは再会の抱擁を交わし、互いの頬にキスをする。

その様子を見ていたレティシア様が、扇の陰でクスリと笑った。

「イネス様って、辺境のウサギみたいね」

その言い方は無邪気だったから、悪意はなかったのかもしれない。

けれど、微《かす》かに辺境育ちをからかう雰囲気があって、姉さまがぐっと唇を噛んだ。

なんとなく、姉さまが王宮で居づらく思う理由を察知して、わたしは周囲を見回し、そしてハッとした。

わたしの後ろに控えていたリュシアンが、じっと強い視線でレティシア様を見つめていた。

その視線にレティシア様も気づいたらしく、歌うような口調で言った。

「リュシアン、あなたがわざわざ迎えに行ったの？　クロエ嬢を？」

「……クロエ嬢は自分の婚約者でありますから」

無感動に伝えたリュシアンに対し、レティシア様は驚いたように言った。

「まあ！　知らなかったわ！　いつの間に婚約していたの？」

「昨年です」

淡々としたリュシアンの答えを聞いて、レティシア様はわたしを振り返った。

「驚いた！　リュシアンはね、子供の頃から宮中に上がっていて、わたくしともよく遊んだのよ！まさか田舎貴族の令嬢と結婚するなんて！」

田舎貴族と言われてびっくりした。確かにメレディス領は国の端っこにあるけれど、領都は国境を守る重要拠点だし、周辺諸国と行き来する街道の要衝にあって、それなりに栄えている。我が領の「宮廷」だってある。――たしかに、王都のような洗練には欠けるし、山がちで都会とは言い難いけれど。

「レティシア様！」

イネス姉さまが、わたしを背中に庇うようにして、レティシア様に言った。

「別にメレディス領は田舎ではありません。国境を守る国の要衝です。わたしが王家に嫁いだので、妹のクロエは婿を取って家を継ぐのです」

「ああ、そういうこと」

レティシア様はリュシアンと、わたしの顔を見比べ、納得したように頷いた。そして立ち上がると、わたしたちの横を通り過ぎながら言った。

「わたくしは失礼するわ。姉妹の再会を邪魔しては悪いから。……ねえ、リュシアン、わたくしの部屋まで送ってちょうだいな。昔はよく、わたくしの部屋で一緒に過ごしたじゃない」

甘えた声でリュシアンに言えば、リュシアンは無表情のまま頭を下げる。

「勤務中ですので、お部屋の前までで失礼致します」

「堅いこと言わないで、お茶の一杯くらい飲んでいってよ」

無表情で距離を取ろうとするリュシアンの腕に、レティシア様は自らの華奢な腕を絡ませる。しなだれかかるようにして部屋を出ていくレティシア様を見送るうちに、わたしの胸中に、もやもやした気持ちが広がっていった。

わたしと姉さまは、久しぶりに二人でゆっくりと話をした。

レティシア様は別棟で暮らしているが、イネス姉さまが嫁いで以来、毎日のように姉さまの部屋を訪れているという。

初めは歳の近い妹のような相手の訪問を喜んでいた姉さまだが、訪問のたびに辺境育ちをチクチク言われている気がして、最近は顔を見るだけで胃が痛くなってくるのだとか。

「悪気はないのだろうけど、無邪気にけなされ続けてもね……」

「……ご訪問をお断りはできないの？」

「レティシア様はレイノール殿下のたった一人の妹姫だから……」

王太子殿下はレティシア様をずいぶん気にかけていらっしゃるそうで、姉さまとしても断りにくいらしい。世間でよく聞く、小姑の兄嫁いびりだとしても、嫁入りしたばかりの姉さまが王女殿下へ文句を言うわけにもいかず、不満を零す相手もいなかったのだ。

愚痴を聞いてあげるだけで姉さまの心が軽くなるならばと、わたしは聞き役に徹した。

「レティシア様、お暇なのかしらね」

「それもあるんだけど……」

イネス姉さまは少し周囲を見回してから、わたしに顔を近づけて声を潜めた。

「子供の頃からリュシアンがお気に入りらしくて、やたらベタベタして……」

その言葉にさきほど目にしたばかりの、寄り添い合って出て行く二人の背中を思い出し、胸がずきりと痛んだ。

レティシア様は月の女神のようにお美しいし、リュシアンの美貌は理想の騎士そのものだ。二人が揃うと、金と銀が響き合い、麗《うるわ》しい空気が周囲に満ちるようにお似合いだった。

目を伏せると、姉さまは慌てたように言葉を続ける。

「あ、リュシアンはいつも、レティシア様にもあんな感じで素っ気ないのよ。適当にあしらっているから、心配しないで。余計なことを言ってごめんなさい。そもそも、レティシア様は隣国へのお嫁入りが決まっているから……」

それを聞いて、レイノール殿下がレティシア様に弱い理由を理解した。国境地帯で新たに発見された鉱山の利権をめぐり、隣国といざこざが発生した。その和平のために、レティシア様は成人の後、隣国の王太子のもとに嫁ぐことが決まっている。政略で遠い異国に嫁がせる妹だから、なおさら遠慮があるのだろう。

「わたしがね、もっと王宮になじめればいいのだけど――」

姉さまが睫毛を伏せて肩を落とすので、わたしは励ますように言った。

「姉さまのせいじゃないわ。思うに、レティシア様は下世話に言うところの小姑だから、どなたが嫁いでいらしてもきっと気に食わずに苛《いじ》めたわよ。愚痴はわたしが聞くから気にしないで頑張って」

その言葉に、姉さまも力なく微笑んだ。

「そうね、ありがとう……」

◆◆◆

その後も、わたしは姉さまを元気づけるためにちょくちょく登城していた。そんなある日、姉さまの部屋の周辺がざわついていて、異様な雰囲気に包まれていた。

異変に気づいたリュシアンが、扉の前に立つ小姓《ペイジ》に尋ねる。

「何かあったのか？」

「王太子妃殿下が足を滑らせて――」

「なんだと？」

イネス姉さまはテラスの石段で転倒し腰を強く打ち、医師の診察を受けていた。

その場にいたのは姉さまとその侍女、そしてレティシア様だけだったと言う。

すぐに王太子殿下も駆けつけ、医師から詳しい説明をお聞きになった。その間、わたしは姉さまの部屋で所在なく待った。同じテーブルにレティシア様もいたのだが、何か言いたげにわたしをジロジロと観察していて、非常に気づまりだった。

やがて沈黙に耐え切れなくなったのか、レティシア様が口を開く。

「あなた、リュシアンの婚約者なのよね？」

突然の問いかけに、わたしはハッとして背筋を正した。

「そ、そうです。うちは姉とわたしの姉妹だけなので、わたしが婿を取って家を継ぎます」

「……つまり、リュシアンが将来、辺境伯になるのね？」

その言葉にも頷く。

「はい。リュシアン卿は次男ですし、騎士学校の成績も優秀だと聞きましたので……」

「つまり、領地目当ての婚約なのね？」

レティシア様の言葉に、わたしは返答に窮して、首を傾《かし》げた。

どうしてそんな風に、いちいち棘のある言い方をするのかしら。胸の中にもやもやが広がる。

「……まあその、領地を継ぐためにリュシアン卿に婿に入っていただくと言うか……」

「あなたも知っていると思うけど、わたくしも数年後には隣国に嫁ぐの」

わたしの答えなど聞かず、レティシア様はどこか遠くを見るように視線を彷徨《さまよ》わせる。青い瞳が揺蕩《たゆた》い、憂いを帯びて伏せられる。——お話の内容を聞かずにお姿だけ見ていれば、お美しくて本当に見惚れてしまいそうなのに。

「存じ上げております」

「相手の殿下はね、わたくしよりも十以上も年上なのよ」

「そうなのですか……」

「当然、もうお好きな方もいらっしゃって……婚約も間近だったのですって。そこへわたくしが割り込む形になって、まるでわたくしがお邪魔虫みたいに言われているの。わたくしだって好きでお嫁にいくわけじゃないのに」

レティシア様の愚痴に、わたしはどう反応していいかわからず、黙っていた。

ちらりと青い瞳が私を射貫く。

「同じ政略でも、あなたが羨ましいわ。……リュシアンみたいな人と結婚できるなんて」

リュシアンと婚約できた幸運については、わたし自身もその通りだと思うので、わたしは「はあ」と頷いた。

わたしの反応が物足りなかったのか、レティシア様はさらに力を込めて言葉を続けた。

「リュシアンとは幼馴染なのよ。小さなころはよく一緒に遊んだし、彼が騎士学校に入った後も、時々お兄様のところに来ていたから。……でも、隣国との間で、わたくしの婚約話が出たあたりかしら。彼、あまり来なくって……」

昔を懐かしむようなレティシア様の表情に、わたしの胸がざわざわする。

それって——

「わたくしね、隣国とのお話が出るまでは、ずっと王都の貴族の令息と結婚するとばかり思っていたの。たとえば、リュシアンのような——」

レティシア様の発言に、わたしは固まってしまう。

つまり、隣国との婚約がなかったらリュシアンと婚約していたって、レティシア様は言いたいのかしら？　でも、リュシアンは次男だし——王女様と結婚なんて、無理よね……？

騒ぐ胸を抑えて無言で座っていると、王太子殿下に呼ばれて場を外していたリュシアンが戻ってきた。何か告げようとこちらへ歩み寄ってきたところをレティシア様が尋ねる。

「ねえ、リュシアンの本音を聞かせて。このまま、クロエ嬢と結婚でいいの？」

まさかリュシアン本人にそんなことを聞くとは思わず唖然とする。

リュシアンは一瞬、紫色の目を眇《すが》めたが、すぐに表情を消した。

「……自分には過ぎたお話で、光栄なことと存じます」

言い方も素っ気なく、わたしの方を見ようともしない。

——本音では、リュシアンも不満があるのでは……

そんな風に感じて、思わず目を伏せた。そしてふと目を上げて、わたしは気づいてしまった。

リュシアンの紫色の瞳が、食い入るようにレティシア様を見つめていたのだ。

嫌な予感に胸がドキドキした。

レティシア様は妖精のように美しい。それに引き換え、わたしはそばかすまで浮いた、赤毛でみっともない娘だ。

——リュシアンも、本心ではレティシア様と婚約したかったのでは。

わたしは、なんとなくいたたまれぬ気分で、膝の上で両手を組み換えたりしていた。早くレティシア様がこの場からいなくなってくれないかと、心の中で祈る。姉さまの怪我も心配だし、落ち着かない。

そこへリュシアンがレティシア様に告げた。

「本日のところは、お部屋にお戻りいただけますか」

「イネス様のお加減がよくないの？」

「お怪我は特にはございませんが、念のために大事を取ってお休みいただくことになりました。レティシア様をおもてなしできないので、今日のところはお引き取りいただきたい」

「……なら、あなたが部屋まで送ってちょうだい」

「かしこまりました」

リュシアンはしかつめらしく頭を下げ、そっとレティシアさまの前に跪き、手を差し出す。レティシア様が自然な動作でその手を取り、優雅に立ち上がった。

「クロエ嬢、婚約者をお借りするわね」

にこやかに言い置いて、リュシアンの腕に手をかけ部屋を去っていく。リュシアンの銀の髪と、レティシア様の金の髪が響き合うように輝く後ろ姿を見て、わたしは絶望的な気持ちになる。

――もともと、幼馴染だった。だから――

ぽつんと一人、居間に取り残されてしまったわたしを、姉さまの侍女が呼びにきた。

寝室に向かうと、ベッドの上に起き上がり、しくしくと泣く姉さまを、王太子殿下が抱きしめいた。

「……イネス姉さま？」

わたしが声をかけると、姉さまが弾かれたように顔を上げる。碧《みどり》色の瞳が涙でいっぱいだった。

「クロエ……ああ、わたし……」

「どうなさったの、姉さま。まだ、痛むの？」

駆け寄ったわたしのために場所を開けると、王太子殿下は姉さまから離れて、重々しく言った。

「クロエ嬢。これは、ここだけの話にしてもらいたい」

「え？」

「イネスは転倒して腰を強く打って……流産してしまった」

「……りゅう……ざん？」

わたしは意味がわからず、パチパチと目を瞬《しばた》く。

「王太子妃が転んで流産したなどと万が一、外部に漏れたら、イネスの不注意を咎める声が起こりかねない。イネスの立場を守るためにも、くれぐれも……」

姉さまの王太子妃としての立場はまだ固まっていない。どんな小さな瑕疵《かし》も、大きな傷に発展することがあり得ると王太子殿下に強く言われ、わたしはただコクコクと頷く。

「は、はい！　もちろんです。このことは誰にも言いません！」

「そなたの父上には私から手紙を書く。だが、それ以外には誰にも――」

わたしはもう一度頷き、それから姉さまに尋ねた。

「……他は、大丈夫なの？」

「ええ……今のところは……」

姉さまは俯き、涙を拭った。

「王太子妃失格ね。……妊娠していることすら、気づかなかったなんて……」

そう言って薄い腹を撫でる姉さまに、王太子殿下は眉尻を下げた。

「そんなことはない。まだはっきりしていない時期だったんだ。私も迂闊だった。これからは気をつけて、二度とこんなことがないようにする」

王太子殿下は姉さまを慰めてから、わたしを振り返った。

「イネスは、王宮内で孤立しているんだ。辺境育ちで友人もいなくて……私が至らないばかりに申し訳ない」

「そんなことは……」

転んだのは姉さまだし、なぜ、王太子殿下が謝るのかよくわからない。

返答に困っていると、王太子殿下がさらに言った。

「今までよりも頻繁に登城し、イネスを守ってやってくれないか？」

「……それは、かまいませんが……」

わたしが登城したところで、姉さまを守れるとは思えなかったが、とりあえずは頷いておく。でも、王宮で孤立し、その上流産までした姉さまを支えるためなら、登城するくらいはなんでもない。

が、王太子殿下がわずかに表情をゆがめ、言いにくそうに言い足した。

「それから――レティシアのことなんだが……」

姉さまの肩がピクリと震えた。

「イネスは、レティシアが苦手らしい。ただ、我々の方からレティシアの訪問を差し止めるわけにいかない。そなたが間に入ってくれれば少しはましだと思うのだが……」

つまり、姉さまの風よけとしてレティシア様の相手をしろ、ということだろう。

きっと、無意識に眉間に皺を寄せてしまったと思う。さっきの問答を思い出しても、レティシア様のお相手は気が滅入る。妙にキラキラしいし、辺境育ちをあからさまに馬鹿にされているのを感じる。リュシアンにベタベタして、いちいち幼馴染であるのを強調し、「あなたよりわたくしの方が婚約者に相応しい」って言いたいのが透けて見える。王女様に対して失礼とは承知の上で、正直言って不愉快だし、できれば会いたくない。

でも、レティシア様は毎日のようにイネス姉さまの部屋に入り浸っているというから、姉さまに会いにきたら、必然的にレティシア様のお相手もしなければならないだろう。

王太子殿下の意向もあって、わたしはこれまでよりも頻繁に、王宮に上がることになった。レティシア様に会うのは嫌だけれど、リュシアンに会えるなら——そんな風に思って、気持ちを奮い立たせていたのだけれど。

何度か王宮に通ううちに、わたしは王太子殿下の護衛騎士から、リュシアンが外れていることに気づいた。

「リュシアンは、今日はお休み？」

何気なく尋ねたわたしに、イネス姉さまが気まずそうに言う。

「リュシアンは、配置換えになったの」

「配置換え……？」

「ええ……レティシア様付きに」

わたしは驚きのあまり、言葉が出てこない。

「……そう、なの？　全然、知らなかった……」

リュシアンがレティシア様付きになった。レティシア様の護衛として、ずっとお側に――
わたしの胸がもやもやした不安で塗りつぶされていく。そしてそれは杞憂では済まなかった。

第二章　婚約者と王女様

姉さまの部屋にレティシア様がいらっしゃるたびに、わたしはレティシア様の背後に控える、リュシアンの姿を目にすることになった。

紺色に金銀糸の刺繍が入った、華麗な護衛騎士のマント。紫色の瞳はまっすぐにレティシア様を見つめている。まるで、その一挙手一投足も見逃すまいとするかのように。

その熱の籠った視線に、わたしの胸がずきりと痛んだ。

――わたしのことを、そんな風に見つめてくれたことはない。やっぱり、レティシア様だから――

せめて目を伏せてその姿を視界に入れまいとしていると、レティシア様の方から、わたしに話しかけてきた。

「リュシアンはね、わたくしの護衛騎士に自ら志願してくれたの」

「……志願？　リュシアンが？」

「ええ、そうなの。あなたの婚約者だと思うと気が引けるけれど……」

そうして意味深な微笑みを浮かべる。

「とても熱心に仕えてくれて、ひと時もそばから離れないの。それにね……」

レティシア様がわたしの耳元に口を寄せて、小声で言った。

「彼、髪が伸びたと思わない？」

そう言われて、リュシアンに目を走らせる。

たしかに、以前は短く揃えられていた髪がかなり伸び、襟足が肩につくほどになっている。

「わたくしが、髪が長い方が好きだと言ったら、わたくしのために切らないでいてくれるの」

レティシア様付きへの異動は、リュシアン本人の希望だった。

わたしはその事実にひどいショックを受けた。

やはり、彼はレティシア様が好きなのだ。だからそばにいたくて――


その日から、わたしにとって王宮通いは苦行となった。

恋しい人はわたし以外の人に献身的に仕え、わたしのことなど存在しないかのように振舞うのだ。

顔を合わせてもリュシアンはわたしを視界に入れることもなく、言葉もかけてくれない。

勇気を出して話しかけたとしても、「勤務中だから」と冷たくあしらわれてしまう。

見るたびにリュシアンの髪は伸びていき、やがて、うなじのところで一つ結びをするようになった。それはそれで、中性的な美貌を引き立て、端麗さを増していた。

レティシア様の金の髪と、リュシアンの銀の髪が、キラキラと輝きあって――

目を逸らすことすら許されないのが辛かった。

寄り添い合う二人を見たくない。わたしをいないもののように扱うリュシアンを見たくない。

王都を離れて領地に戻ることも考えた。

そうすれば、二人を見ずに済むし、辛い思いをしなくてもいい。

でも、イネス姉さまを一人残しておくことはできない。王太子殿下からくれぐれもと頼まれていたし、王太子妃として後継ぎを生まなければならないというプレッシャーが、姉さまの肩にのしかかっていた。それはわたしの目からも明らかなほど、年ごとに強くなっていく。

わたしがいなくなったら、姉さまは潰れてしまうのではないか。――そんな風にも思えて、結局、姉さまを見捨てることができず、わたしは重い心に蓋をして、王宮に通い続けた。

わたしがその辛い日々に耐えられたのは、レティシア様がいずれ、隣国に嫁ぐことが決まっているからだ。

両国の和平のために、十も年上の相手に嫁ぐのはお気の毒だとは思う。

我が国の成人年齢は十六歳。成人を迎えればすぐに、レティシア様は国を離れる。

つまり、レティシア様が十六歳になるまでの二年間だけ、我慢すればいい。

わたしはそんな風に考えていた。

ところが、レティシア様が十六歳を迎える直前になって、隣国との間に問題が発生した。

レティシア様が嫁ぐはずの王太子は、もともと国内の貴族令嬢と恋仲だったそうだ。だからレティシア様との縁談が持ち上がり、結婚式までに身辺を整理するよう、我が国から要望していた。

一国の王女を嫁がせるのだ。それくらいの誠意を見せるのは当然だろう。

しかし、結婚式まであと数か月となったところで、くだんの令嬢の妊娠が発覚したという。

もともと女神のように美しいレティシア様は、国内でも人気が高い。和平のために、遠い隣国に嫁がせることに反対もあった。そこに来て発覚した、婚約者である隣国王太子の不実をきっかけに、レティシア様の輿入《こしい》れは無期限延期になってしまった。

世間はレティシア様への同情に溢れていて、わたしの悩みなど、誰も理解してくれそうにない。

そしてリュシアンはと言えば、幼馴染のレティシア様に献身的に仕え、わたしには興味すら示さない。我が家への訪問もずっと絶えたきり。

レティシア様さえいなくなってくれれば――そんな風に思う自分自身がみじめだった。

そんなわたしに、追い打ちをかけるような出来事が起こった。

十六歳を迎えて成人したレティシア様の、社交界デビューの舞踏会。そのエスコートをリュシアンが務めることになったのだ。

隣国の王太子とレティシア様の婚約は、破談寸前ではあるがまだ維持されていた。

そうなると、一応、婚約者のいるレティシア様がエスコートを頼める相手は限られてくる。普通の貴族令嬢なら、父親か兄弟が務めるのだろうが、国王陛下や王太子殿下がエスコートするわけにもいかない。

各方面に配慮した結果、普段から護衛騎士を務めるリュシアンならば、ということになったらしい。

もちろん、レティシア様の希望もあったという。

「リュシアンにはクロエ嬢という婚約者がいるが、幸い、成人前で社交界デビューしていないから……」

王太子殿下に申し訳なさそうに言われてしまえば、いやだなんて口にすることはできない。

わたしはひきつる笑顔と痛む胸を押し隠して、「わかりました」と言った。

リュシアンが他の女性をエスコートするのは辛いけれど、仕方がない。来年、わたしが成人した暁には、彼のエスコートでデビューし、まもなくリュシアンと結婚式を挙げる予定なのだから。

そう、自分に言い聞かせても、胸がざわざわするのを抑えきれない。わたしは憂鬱な心を抱えたまま、ふさぎ込んで過ごした。

――今回ばかりは領地に帰ってしまおうか。あまりに心が狭いだろうか。

レティシア様付きになってから、リュシアンの訪問も絶えていた。王宮で顔を合わせても、話をする機会もない。婚約者と言っても名ばかりで、彼が何を考えているかもわからず、不安ばかりが大きくなっていく。

「……領地に帰りたいの」

イネス姉さまに打ち明ければ、姉さまもわたしの不安の萌《きざ》すところに思い至ったのだろう。

姉さまが困ったように眉尻を下げる。

「気持ちはわかるけど、クロエがいなくなったら、わたしはどうしたらいいのか……」

そう言われてしまうと、わたしも帰郷を強行しにくい。

結婚して二年以上経つのにいまだに子供ができないせいで、イネス姉さまへの風当たりは相当に強くなっている。

姉さまはわたしの手を取って、縋《すが》るように言った。

「クロエが帰るなら、わたしも帰りたい――」

姉さまが本当に王太子殿下に告げたせいで、わたしの帰郷まで止められてしまい、王都のタウンハウスで一人、悶々と過ごす羽目になった。

成人前のわたしは王宮の舞踏会に出席できないから、レティシア様をエスコートするリュシアンの様子を実際に目にすることはない。それだけが不幸中の幸いだったかもしれない。

なぜなら、しばらくの間、王都はデビュタントのレティシア様がいかに麗《うるわ》しかったか、エスコートした騎士といかにお似合いだったか、そんな噂で持ち切りだったから。

実物を目にしていたら、もっとショックを受けていたに違いない。

美しいレティシア様。

国のために、隣国の不実な王子と婚約を結ばざるを得なかった気の毒な方。

でも、リュシアンはわたしの婚約者なのに。まるで恋人同士のように振る舞うのは、わたしに不誠実じゃないのかしら？　……でも、二人は幼馴染で、わたしが後から割り込んだわけだし。

わたしの成人後、わたしとリュシアンはできる限り早く結婚式を挙げ、その後は二人で辺境領に帰って、領地経営を学ぶことになっている。王都を離れて二人きりになったら、リュシアンもレティシア様のことは忘れて、わたしを見てくれるはず。

あとちょっと。あと一年。わたしが、成人さえすれば――

レティシア様とリュシアンの噂がめぐる王都で、わたしは息を殺して暮らした。

王宮に上るのも億劫だったけれど、イネス姉さまは「クロエが気を病むことはないわ」と慰めてくださった。

「リュシアンは、護衛の仕事として割り切っているだけよ。彼が王宮で王族付きになれたのも、クロエの婚約者で、将来辺境伯を継ぐ前提の上の抜擢なのよ」

レティシア様にしても、隣国との婚約はそう簡単には解消できるものではない。鉱山の利権をめぐっての両国の利害は極めて複雑で、不実を働いた王太子は、相応の犠牲を払うことになるだろう、と姉さまは言った。

二国間の協議がどうなっているのか、わたしには想像もつかないけれど、レティシア様が隣国に嫁がない未来はありえないそうだ。

でもわたしは、身分や領地をたてにリュシアンと無理に結婚してもらいたいわけじゃない。

わたしはリュシアンを愛しているから、彼に振り向いてもらいたいだけだ。

彼がレティシア様を愛しているなら、いっそ婚約をなかったことにした方がいいのでは――

そんな思いばかりが膨らんでいった。

そんな中、レティシア様とリュシアンの噂は辺境の父のもとにも伝わったらしい。わたしを心配した父が、リュシアンの父に手紙を送り事情を聞いてくれた。それに対しては「王女の護衛はただの仕事、噂は事実無根だ」という返答が戻ってきた。何の解決にもならない答えだったけれど、クレール侯爵家からわたしへお詫びの花束と小さな包み、そしてリュシアンからの短い手紙が同封されていた。

　小さな包みの中身は、アメジストのペンダントだった。

繊細な金鎖の先に、小さな紫色の石が揺れている。それを手に取り、わたしはアッと思った。

――彼が王宮に出仕する直前、初めての給金で贈ってくれると約束したアメジスト。

あの後、我が家を訪ねることもなくなり、アメジストのことなんてすっかり忘れられてしまったと思っていた。なのに、リュシアンは覚えていてくれたのだ！

　彼の瞳と同じ、紫色の輝きを見つめていると、目の奥が熱くなって、涙が滲んだ。

　王宮に出仕してから、我が家への訪問の約束は何度か取りつけられた。でも、約束の日が近づくと、直前になって使いの者がキャンセルを告げに来る。期待して待ったあげくにキャンセルが繰り返されれば、わたしの心も擦り切れていく。最近では、訪問の約束自体なくなっていた。

　それでもこの小さな石が、消えかかっていたリュシアンへの信頼に火を灯した。

　わたしの胸は高鳴り、逸る心を抑えて手紙を開封する。

　言葉の少ないリュシアン同様、あっさり淡泊な手紙で、余計なことは何一つ書いていない。

「王宮の勤めが忙しくて、そちらへの訪問も間遠になり、申し訳なかった。約束したペンダントもなかなか渡せず気になっていたので、同封する。今度、我が家で園遊会を催すので、その日は休みを貰うことになっている。その折につけてくれたら嬉しい――」

約束通り、小さなアメジストがあしらわれたペンダントは、リュシアンがわたしを気にかけてくれている証だ。

首元にペンダントを飾るだけで、わたしの不安が溶けていく。

もしかしたら、メレディス家への婿入りの話がなくなるのを恐れた彼の家族が、いろいろ手を回したのかもしれない。それでも、初めてのリュシアンからの誘いに、わたしは有頂天になった。

すっかり浮かれたわたしは、翌日さっそく姉さまにそのことを報告した。姉さまもパッと表情を明るくして、我が事のように喜んでくれた。

「そう！　よかったわね！　クレールご夫妻も、クロエのことは気にかけていらっしゃるのよ。ちょうどお父様も辺境から王都に出ていらっしゃる時期だわ。なんなら、その日はわたしたち夫婦も一緒に——」

だが、あいにくとその日は先約があり、王太子殿下は出席できないという。

「わたし一人での社交はまだ、許してもらっていないのよ。残念だわ」

結局姉さまの出席は無理だったが、着ていくドレスや髪型を一緒に選んでもらった。贈られたアメジストは小さなものだけれど、首元のそれが映えるように、昼間らしくシンプルなデザインで……

わたしは天にも昇る心地で、その日を待った。

待ちに待った園遊会の日。

辺境から定期報告のために王都を訪れたお父様も、心なしか安心したような、穏やかな表情をなさっている。

今日こそリュシアンに会える。声を聞いて話をして、彼はわたしの婚約者だって確認できる。

少しくらい拗ねて、甘えても許されるだろうか？　だって、ずっと不安だったから——

贈られたアメジストに合わせて誂《あつら》えた薄紫のデイドレスを身に纏い、わたしは父のエスコートでクレール侯爵邸の園遊会に乗り込んだ。

婚約が調った時にお会いしたきりだったが、クレール侯爵夫妻もリュシアンの兄上も、わたしたち父子《おやこ》を歓迎してくれた。

だが——

「あの、リュシアンはどちらに？」

どうして肝心のリュシアンが来てくれないのだろう？

尋ねるわたしたちに、クレール侯爵が思わずというふうに、額の汗を拭った。

「それが……」

嫌な予感がして、わたしの心臓がバクバクと脈打つ。無意識に、リュシアンのくれたペンダントを握りしめる。そんなわたしを気遣うように、クレール侯爵は言葉を濁した。

「実は、リュシアンは今日のために休みを申請し、普通に許しも出ていたのです。ですが——」

ちょうどその時、屋敷の門のあたりに新たな客が到着したらしいざわめきが起きた。

遠目に見れば、馬車の周囲に王家の旗が翻っている。

「……王族？」

でも今日は、王太子夫妻は来られないと言っていた。

どういうこと？　とクレール侯爵を振り仰ぐと、彼は苦い顔で言った。

「その……レティシア王女殿下がどうしても、我が家のバラを見たいとおっしゃったそうで――」

「レティシア様が？」

クレール侯爵夫妻が露骨に気まずそうな表情をしている。この園遊会はレティシア様とリュシアンの噂を払拭するために企画したのに、そこにレティシア様ご自身がやってきてしまったのだ。気まずいどころではないだろう。

「本当に申し訳ない。息子は護衛騎士として王女殿下にお仕えしているだけで、やましい仲ではないのです」

クレール侯爵にしてみれば、次男であるリュシアンの婿入り先として、我が家以上の好条件の家はない。

我が家との話が潰れてしまうのは困るのだろう。レティシア様は隣国への嫁入りが決まっていて、リュシアンがレティシア様の婿になれる可能性は、万に一つもないのだから。

そうしている間にも、車寄せの前でリュシアンが跪き、レティシア様が馬車から優雅に降り立つ。

今日もリュシアンの銀髪とレティシア様の金髪はキラキラと輝いていた。

噂通りに仲睦まじげに寄り添う二人の姿に胸がぎゅっと締めつけられる。

それ以上、その場にいるのは無理だった。

「お父様……わたし、帰りたい」

お父様がわたしの背中を支えるようにして撫でて言った。

「クレール侯爵夫妻、せっかくのお招きですが、娘の体調が悪いようなので、わたしどもはこれで……」

「ええ……申し訳ない。この埋め合わせは必ず……」

目立たないように退出するわたしたちを、リュシアンの兄上が車寄せまで送ってきた。

「すみません……今日になって王女殿下が突然言い出されたそうで、我々も何がなんだか……」

言い訳する兄上に、お父様が苦笑なさった。

「最近、レティシア様は夜会にもリュシアン殿を伴って出席なさっているそうですな。うちのクロエはまだ社交デビュー前ですが、婚約は王家にも届け出た正式なものです。あまりに目に余る噂が流れるようなら、我が家のメンツにも関わります。リュシアン殿にはくれぐれも……」

「よく言って聞かせます。確かに、弟は王太子殿下のご学友に選ばれた縁で、レティシア様とは幼いころから顔見知りではありますが、弟からは特に親しいという話も聞いたことはなくて。今度の噂にも我が家は困惑する一方で……リュシアンには異動願いを出すように言っているのですが……」

二人の話を上の空で聞きながら、わたしはフラフラと車寄せに向かう。前から、レティシア様とリュシアンが腕を組んでこちらに向かってきた。

レティシア様の大きく開いたドレスの胸元に、紫色の小さな宝石が煌《きら》めいている。

——アメジスト！

鈍器で殴られたような衝撃を受け、その場に縫い留められたように足が動かない。

ハッと息を止めるわたしたちの前で、レティシア様がぎゅっとリュシアンに寄り添い、その腕に抱きついた。

「ご、ごめんなさい！　わたくし、うっかりして、こちらにクロエ嬢が招待されていることをすっかり忘れて――」

青い瞳を潤ませてふるふると震えるレティシア様の可憐な様子に、父もそれ以上は何も言うことができなかったらしく、ただ無言で頭を下げてすれ違う。リュシアンは一瞬視線を逸らし、だが表情は変えずに通り過ぎた。

わたしは無意識に、自分の胸元のアメジストに触れて存在を確かめる。

わたしがねだって、贈ってくれたアメジスト。覚えていてくれた、約束のプレゼント。

――でも、レティシア様にも、同じものを贈ったの？

心臓が痛いほど脈打っている。リュシアンはいったい、何を考えているの？

◆◆◆

クレール侯爵家の園遊会に腕を組んで出席したことで、リュシアンとレティシア様の噂はさらに加速した。

曰く、リュシアンとレティシア様は幼馴染で二人は憎からず想い合っていたが、レティシア様に隣国との縁談が出て、リュシアンはいったん身を引いた。だが、隣国の王太子の不実に傷ついたレティシア様を放っておけず、リュシアンは護衛騎士として王女に仕えることにした。長く伸ばした銀の髪は、レティシア様への忠誠の証だと。

しかし、クレール侯爵には、リュシアンを王女の婿にするつもりはないらしい。我がメレディス辺境伯家の機嫌を損ねたことを重く見て、即座に侯爵自身から丁寧な謝罪の手紙があった。

今回のことはレティシア様の突然のわがままだが、主催のパーティに王族の来臨を賜った形になるので、クレール侯爵家から王家に苦情を言い立てることはできない。ただ、リュシアンの将来のためにも、レティシア様との噂がこれ以上広がるのは困る。リュシアンを王女の護衛から外してもらうよう、王家に申し入れるつもりだと書いてあった。

クレール家の困惑も理解できなくはないが、苦々しい気持ちでその手紙を読む。

「あちらも、婿入り先を失うわけにはいくまいからなあ。リュシアンも王女殿下のわがままを抑えることができなかったのだろう。我が家から王太子殿下のお耳に入れておこう」

お父様もそうおっしゃって、王宮に出かけていった。

わたしは登城する元気もなく、ただお父様の背中を見送った。

その日、王宮から戻ってこられたお父様は、ずいぶんと疲れた表情をしておられた。

「クロエ……リュシアンのことだが……」

お父様が言いにくそうにわたしに告げた。

「王太子殿下とも相談したが、しばらくは王女殿下の護衛から外すことはできないそうだ」

「……はあ、そうなのですか」

リュシアンは自らレティシア様の護衛に志願したと聞いている。彼の気持ちがレティシア様にあるなら、周囲が無理に引き剥がしても無駄では……

無意識に首元のペンダントを握りしめ、そんなことを漠然と考えているわたしに、お父様が続ける。

「来年には、お前も社交界デビューする。そこでリュシアンがエスコートすれば、お前とリュシアンの婚約は周知されるだろう。その後、なるべく早く正式に式を挙げれば、噂も鎮まるはずだ」

わたしとリュシアンの婚約は我が家を継ぐための政略目的だから、リュシアンの気持ちを無視して進むのも仕方がない。でもそれで本当にいいのかしら？

内心に生じた疑念を振り払うように、私は聞く。

「それで、リュシアンはいいとして、レティシア様は？」

クレール侯爵家で、まるで恋人同士のように腕を絡め合っていた二人の姿を思い描きながら言えば、お父様がため息をついた。

「レティシア様のお輿《こし》入《い》れの時期については隣国と協議中だが、暗礁に乗り上げているようだ」

クレール侯爵家の園遊会の当日、王太子殿下はレティシア様の婚姻について隣国の使者と協議していたらしい。

「……王太子殿下がおっしゃるには、おそらくレティシア様は、リュシアンとの噂を隣国の使者の耳に入れるために、わざとクレール家に赴いたのだろうと」

「わざと？」

お父様が頷く。

「レティシア様は、隣国の王太子との婚約を白紙に戻したいと考えておられる」

「それはまあ……たしかにあの王太子では……」

レティシア様との婚約が決まっているのに、恋人を妊娠させてしまった人だ。

頷くと、お父様もため息を吐いて頷いた。

「王太子の子は女児だったそうだ。隣国では女児に継承権はない。そこで王太子も子の認知はするが、令嬢との結婚は諦めたらしい」

どうしても結婚するなら王族の籍を抜くと、隣国の国王が通告したそうだ。

「だから、レティシア様は遠からず隣国に嫁ぐ。それは間違いないが、もう一つ問題があって――」

「問題？」

お父様の、眉間の皺がさらに深くなる。

「イネスに……王太子夫妻にまだ、子どもが生まれない」

「イネス姉さまに……」

「国王陛下のお子はレイノール殿下とレティシア殿下のお二人だけ。レティシア殿下を異国に嫁がせると、その次は国王陛下のイトコの公爵まで隔たってしまう」

隣国に嫁ぐにあたりレティシア様は王位継承権を放棄することになる。王太子殿下に後継ぎがいない現在、レティシア様を国外に出すのを反対する貴族も多いのだという。

つまり……わたしが目を見開くと、お父様が頷いた。

「レティシア様もそのことを見越して、わがままを言っているところもある。レティシア様を嫁がせるならば、王太子殿下にはご愛妾を、という意見もあるらしく……」

「そんな……！」

イネス姉さまが嫁いで二年が経つ。王太子殿下との仲は、見ている方が赤面するほど睦まじいのに、子供ができないからってご愛妾だなんて、あんまりではないか。

「王太子殿下もそれは避けたいと思っておられる。イネスが子供さえ生んでくれれば、レティシア様の輿入《こしい》れになんの障害もなくなる」

お父様はわたしの顔を見つめ、気まずそうな表情で言った。

「だからその……イネスがもう少し落ち着くまで、お前も王都でイネスを支えてやってほしい」

イネス姉さまが子を産むまでレティシア様を嫁にだせず、リュシアンも護衛から外すことができないのだと。

――やはり、リュシアン自身がレティシア様の護衛でいることを望んでいるから――？

それはそれでわたしの胸はずきずきと痛み、わたしは目を伏せて俯いた。

「では、婚儀の直前まで、リュシアンはレティシア様の護衛を務めるわけですね？」

「そうなるな。今、二人の仲が噂になっているところでリュシアンを配置換えすると、我が家の差し金と思われてしまう。――というか、レティシア様がそのように世論を誘導する可能性がある。我が家から王太子妃を出している以上、世論の動きに敏感にならざるを得ない」

生来の美しさで国民人気の高いレティシア様と我が家が対立していると思わせたくはない。

お父様はそう、おっしゃった。

「イネスのためにお前に我慢を強《し》いるようで悪いが……」

「いいえ。王宮のイネス姉さまの方が、きっとわたしの何倍も苦しいわ。わたしは大丈夫。社交デビューさえすれば――」

そうして、その日の話は終わった。園遊会の出来事は非常に不快ではあったけれど、騒ぎ立てればかえって我が家の恥になる。所詮、あと一年の辛抱なのだから――

だが、わたしやお父様の見通しは甘かったのだ。

翌年の社交界デビューの頃には、レティシア様と護衛騎士リュシアンの噂は王都中に広がっていた。お父様が推測した通り、おそらくレティシア様は意図的に噂を広めているのだ。

隣国の、不実な婚約者に嫁ぐはずの、けなげな王女の悲恋の物語として。

◆◆◆

リュシアンとは会えないまま、デビューの日がやってきた。

わたしはリュシアンの瞳の色に合わせた薄紫色のドレスを誂《あつら》え、首飾りはあえて真珠にした。

首飾りの下に、リュシアンからもらったペンダントを身に着け、垂れる小さなアメジストが目立つようにする。リュシアンの出迎えを待つ間、わたしは鏡の前でくるりと一回りして、おかしくないか何度も確認した。

薄紫がわたしに似合う色じゃないのはわかっているけど、わたしはどうしても、リュシアンの色を身につけたかった。

リュシアンもデビューの重要性を理解しているのか、遅刻することもなく、我が家まで馬車で乗りつけてくれた。

その姿を見て、わたしはわずかに息を吐いた。

ずいぶん、久しぶりに会った気がする。

彼も少しばかり気まずそうで、訪問できなかったことを詫びてくれた。

「なかなか休みが取れなくて、会いに来られなくてすまなかった。……ドレスや装身具も、俺が準備できればよかったんだが――」

「それは、大丈夫です。お姉さまと選んだの。リュシアンは忙しそうだったから」

「俺は女性のドレスに造詣が深くないから、あまり役には立てそうにない。それでよかったのかもな」

デビュタントのドレスは親が娘のために仕立てるか、恋人や婚約者から贈られるか、半々くらいだから、リュシアンのセンスが未知数である現状、似合わない変なドレスを贈られるよりは、うんとマシだ。

――デビュー前に全く打ち合わせもできない状況が異常ではあるけれど。

そういうリュシアンは、いつもと違う白を基調とした騎士服に、わたしの目の色に合わせたエメラルドのピンを帽子に挿している。普段の紺色の騎士服も素敵だけれど、この衣装は彼の銀髪によく映えていて、あまりの格好良さに心臓がドキドキした。

彼は、長い脚をわたしの目の前で優雅に折り、わたしの手の甲に口づけて言った。

「綺麗だ、クロエ。君をエスコートできて光栄だ」

「ありがとう、リュシアン」

それでも、その言葉にうまくはしゃぐことが出来ない。

——それは本心？　心から、そう思ってくれている？

きっと不安が常態化して、何か起こるのではと気が気でなくなっているせいだ。

さすがに、今日は何も起きないと思いたい。

わたしはリュシアンの肘に手を預け、いつもとは違う心持ちで王宮に上がった。

ほかのデビュタントたちと並んで、王宮の大広間への入場を待つ。

シャンデリアで、会場は昼間のように明るく照らされている。

初めての夜会。初めてのダンス。王宮の大広間も夜に来るのは初めてだ。

高い天井には建国神話を描いた華麗なフレスコ画が広がり、シャンデリアの灯が金銀の装飾とクリスタルに反射して、キラキラと輝いている。

居並ぶ貴顕淑女の豪華な衣装、笑いさざめく声。すべてが夢のように美しくて、わたしはうっとりと立ち尽くす。傍らに立つリュシアンの横顔をそっと見上げると、彫像のように完璧な美貌がそこにあった。うなじで一つにまとめられた銀の髪が背中に垂れ、光を弾いて揺らめく。

じっと見つめている視線に気づいたのか、彼がわたしを見返して紫の瞳を見開き、それから微《かす》かに微笑んだ――ように見えた。

ああ、リュシアンはとても素敵だった！

本日のデビュタントの中で、わたし以上に素敵な婚約者を持つ人なんていないだろう。わたしは、今までの苦しみも忘れて、ただリュシアンに見惚れた。

整列して入場後、他のデビュタントたちと一緒にいったん広間の隅にはけて、王太子夫妻のファーストダンスを見守る。広間には華やかな音楽と、楽しげな笑い声が溢れている。

今夜も、イネス姉さまはとても綺麗で、王太子殿下と見つめ合って踊る姿も楽しそうだった。その姿を見るだけで、わたしの胸も温かくなる。これが終われば次は、デビュタントたちのダンスだ。

――リュシアンとの初めてのダンスに備え、ずいぶんと練習を重ねてきたのだ。無表情ながら、リュシアンの眼差しも普段より柔らかい気がする。

リュシアンは私の前に立つとそっと手を差し出した。

「踊っていただけますか？」

「はい！　もちろん！」

型どおり、リュシアンが白手袋を嵌《は》めた右手でわたしの手を取り、左手を胸に当てて頭を下げる。

それに妙に勢い込んで答えてしまったけれど、わたしにとっては夢に見た瞬間だったから。

リュシアンの腕の中で音楽の拍を待っていた、その時。

――突然、王族席の周辺からけたたましい悲鳴が聞こえた。

音楽が鳴りやみ、周囲が騒然となる。

「何事？」

わたしが無意識にリュシアンの腕に縋《すが》りつけば、リュシアンもわたしの肩を安心させるように、そっと撫でる。

「大丈夫だ、俺が――」

その時、王族席の方から一人の騎士が駆けてきた。

「隊長！　レティシア殿下が――」

「俺は、今日は非番だ」

「ですが、お怪我をなさって――」

「レティシア様が？」

わたしたちは顔を見合わせる。

すぐに侍従長が宴の再開を促し、音楽が流れ始める。一瞬、みな戸惑ったが、周囲は踊り始めた。

だが、わたしたちはすっかり、ダンスの気勢を削がれてしまっていた。

リュシアンがため息をつく。

「非番だが、護衛隊長としては、その場にいたのに無視するわけにはいかない。少し順番が変わってしまうけれど、ダンスは後回しにして先に王族席に挨拶に行かないか」

「ええ。……わたしもそれがいいと思う」

わたしたちが連れだって王族席に近づくと、周辺は護衛騎士が取り囲み、騒然としていた。

「何があった」

リュシアンが部下を捕まえて情況を訪ねれば、部下が説明する。

「レティシア様がワインを運んできた給仕と接触して転倒し、ドレスにワインがかかってしまったのです。足をひねったのか立ち上がれないとおっしゃって——」

ファーストダンスを終えて王族席に戻ってきた王太子夫妻も、何が起きたのかわからない様子で呆然としている。

「クロエ！」

「イネス姉さま！　……じゃなくて王太子妃殿下！」

姉さまがわたしに近づき、そっと抱きしめて耳元に顔を寄せ、小声で囁いた。

「いつもの手よ。あの人、周囲の同情を買うためにわざと転ぶの」

「姉さま？」

見れば、レティシア様は駆け寄ったリュシアンに抱き着かんばかりに甘えている。

そのせいで、レティシア様が浴びた赤ワインの染みが、リュシアンの白い騎士服にも飛んでいた。

——あれでは、リュシアンも着替えなければならない——

「リュシアン、助けて、足が！」

「いったいどうなさったのです。急に立ち上がるからそんなことに」

さすが、リュシアンは服の汚れを気にすることなくレティシア様に近づき、状況を尋ねる。そして、周囲の騎士にレティシア様を支えるよう指示を出した。だが、レティシア様本人が、頑としてリュシアン以外の騎士の手助けを受け入れようとしない。

「リュシアン！　あなたでなければいや！　ほかの人は触らないで！」

王族の威厳もなんのその、レティシア様の取り乱した声に、集まってきた貴族たちがざわめいた。

このままでは、舞踏会そのものがめちゃくちゃになってしまう。

公式の場で、王族の醜態をこれ以上晒させるわけにいかず、王太子殿下が仕方なく命じた。

「リュシアン、非番の日にすまないが、レティシアを退出させてくれ」

「殿下……」

リュシアンの眉間にはっきりと皺が寄せられる。彼はちらりとわたしを見てから、それからレティシア様を横抱きに抱き上げ、広間を出て行く。レティシアさまはぎゅっとリュシアンの白い騎士服に縋《すが》りつき、肩越しにわたしと目を合わせた。

一瞬だけ、その表情に勝ち誇った笑みが浮かんだのを、わたしは見逃さなかった。

もちろん、その後リュシアンが広間に戻ってくることはなく、わたしはずっと一人で放置された。

壁際で一人、広間を眺めているわたしの耳に同じデビュタントの嘲《あざけ》りの声が入ってくる。

「あの人、さっきからずっと一人ね」

「しょうがないわよ。レティシア様の恋人の婚約者だもの。お気の毒よね」

クスクスと笑いさざめく声。

わたしはその場の嘲笑にいたたまれず、夜会の途中で会場を後にした。——わたしの社交デビューはリュシアンとダンスを踊ることもできないまま、苦い思い出だけが残ったのだった。

不測の事態とはいえ、デビューの夜会で放置されて、わたしはすっかり落ち込んだ。

さすがのお父様も腹に据えかねて、わたしを辺境に連れて帰ると言い出した。

あれはどう見ても、レティシア様がわたしのデビューを妨害したのだと。

けれど、わたしが辺境に帰ってしまうと、イネス姉さまを支える人がいなくなる。

王太子殿下がレティシア様の代わりに平謝りして、わたしを王都に引き止めた。

肝心のレティシア様本人は、王太子殿下から叱られてもどこ吹く風で、その頃には夜な夜な、リュシアンや取り巻きを引き連れて王都の夜会に繰り出していたと聞く。

そこでまた仲睦まじい二人の姿を周囲に見せつけ、噂は広がるばかり。

——いつしか、わたしは婚約者に顧みられない哀れな令嬢から、愛し合う幼馴染の二人を引き裂く、横入りのお邪魔虫だと言われるようになっていた。

第三章　王女と騎士と、お邪魔虫

王宮へ伺候する以外は引きこもっているわたしを心配して、王太子殿下がわたしと姉さまのために、王都の歌劇場のボックス席を手配してくださった。

「一生に一度のデビューを潰されたのが、こんなので帳消しにできることじゃないけれど、せめて気晴らしをしてほしいと、レイノール殿下もおっしゃって……」

王宮から馬車に同乗して歌劇場に乗りつける道すがら、イネス姉さまが言った。

「レイノール殿下もレティシア様には厳重に注意なさったのよ。レティシア様の素行は目に余ると。あちこちの夜会に出入りしては、あなたやわたしの悪口を吹聴しているらしいわ」

「わたしはともかく、姉さまの悪口まで言うなんて……信じられないわ」

わたしは婚約者に顧みられない哀れな令嬢として、社交界ですっかり有名だった。

お父様がリュシアンに立腹したまま辺境に戻ったため、結婚式の日取りも決まっていない。もっと言えば、あの後クレール侯爵家を通してお詫びの手紙が届いただけで、それっきりリュシアンが会いに来ることもない。

俯くわたしに、イネス姉さまが言った。

「レイノール殿下にも、クロエに甘え過ぎだと、文句を言ったのよ」

その言葉に、わたしはびっくりして、思わず顔を上げた。

「姉さまが？　殿下に？」

姉さまが申し訳なさそうに眉尻を下げている。

「王都にいたらどうしたって嫌な噂が耳に入るわ。レティシア様がリュシアンをひと時も離さないのは本当だし。……我が家への訪問もないのでしょう？」

わたしが無言で頷けば、姉さまがため息をつく。

「デビューの時、リュシアンはレティシア様を退室させた後、広間に戻ってきたのよ。服がワインで汚れてしまって、着替えに手間取り時間がかかってしまったみたい」

「そうなの？　てっきり、もう戻ってこないとばかり……」

「リュシアンもアクシデントさえなければ、婚約者の義務を蔑《ないがし》ろにするつもりなんてなかったのよ。全部、レティシア様のわがままのせいなのよ」

　イネス姉さまが、今思い出しても不快だと言うように顔を歪める。

「あの時取り乱すレティシア様を、兄であるレイノール殿下がビシッと注意なさるべきだったのに。殿下はその場を収めることを優先して、リュシアンに押しつけたのよ」

　リュシアンに命じてレティシア様を退場させたことで、わたしは会場に放置されてしまった。デビュタントなのにパートナーに放置されるなんて、前代未聞だ。あまりにみじめな婚約者だと、周囲の嘲笑を浴びるわたしを目の当たりにして、王太子殿下は自身の失態だと深く反省なさったそうだ。――レティシア様のわがままを強く窘《たしな》めずに来たために、彼女を増長させてしまったのだと。

　レティシア様と隣国の王太子との婚約は、まだ効力を持っている。その状況で護衛の騎士との仲を噂されれば、王女としての品位を下げ、国の弱みになる。王族に相応しい行動を心がけるよう、王太子殿下がきつく叱責なさったそうだけど、レティシア様はかえって意地になったように、リュシアンを連れ回して遊び歩いているのだとか。

　わたしは、窓の外の王都の風景を見ながら考える。

「レティシア様は、隣国との結婚話を白紙にしたくて、リュシアンとの噂をことさらに吹聴しているのかしら？」

わたしの問いに、イネス姉さまが首を振る。

「さあ……それもあるかもしれないけど。でも、たとえ隣国への輿入《こしい》れがなくなっても、レティシア様がリュシアンに嫁ぐのは無理よ。彼は次男で、爵位を継げないのだから」

レティシア様の相手を国内で探すとなると、侯爵家以上の跡取りが条件だ。辺境伯の後継ぎなら王女と釣り合うけれど、リュシアンはわたしと結婚しないと辺境伯を継げない。レティシア様の結婚話がなくなったとしても、侯爵家の次男であるリュシアンとレティシア様が結ばれるのは絶望的だ。

「じゃあ、レティシア様は到底結婚の許されない相手に、何をどうしようと言うの……」

わたしからリュシアンを奪っても、二人の結婚は認められないのに。

そこまで考えて、わたしはお父様のお話を思い出した。

もし、このままイネス姉さまに子が生まれなければ、次の王位継承者はレティシア様ということになる。

では、レティシア様が女王になったら、どんな婿でも選び放題――？

やがて、馬車が歌劇場に到着し、わたしたちは王族専用通路から用意されたボックス席に入った。挨拶に訪れた支配人に劇場の説明を受け、わたしは高い位置から舞台を覗き込み、開演までのわくわく感を味わう。すでに一階席はあらかた埋まり、オーケストラピットからは音合わせの音が聞こえてくる。

「素敵ね！　今日はどんなお話なの？」

「さあ、レイノールさまのお話だと、古典悲劇の名作、『愛の後悔』だと聞いたけれど」

だが、渡されたパンフレットには別のタイトルが記されていた。


『新作喜劇：王女と騎士と、お邪魔虫』。

美貌の騎士ジュリアンと幼馴染のティア王女は愛し合っていた。

だが、ジュリアンに懸想した赤毛のクロティルドが、父親の権力を使い、無理矢理婚約を結ぶ。

婚約者クロティルドの妨害をくぐりぬけ、二人がついに結ばれるまでを描く、恋愛喜劇。


「これって……」

わたしたちは同時に眉を顰《ひそ》める。名前も地位も微妙に違う。でも——

「何なのかしらこれ……」

わたしと同様にイネス姉さまも気づいて、表情を険しくして、支配人に尋ねる。

「レイノール殿下から聞いていたタイトルと違うけれど」

「え、そんなバカな——」

支配人も知らなかったのか、驚いてパンフレットを覗き込む。その時、ボックス席のドアが開いて、副支配人が駆け込んできた。

「支配人！　レティシア王女殿下がこちらに」

「ええ？」

支配人が仰天し、わたしと姉さまが顔を見合わせる。

「レティシア様が？　どういうこと？」

支配人が小声で副支配人に言う。

「今日はボックス席が塞がっているから、お断りしろと言ったはずだぞ？　それになぜ、演目が変わっている？」

「それはその、レティシア殿下のご意向で――朝一番で、急に演目を変えてくれと言われて」

この劇場は数種の劇を交互に上演する形式で、時々都合で順序を入れ替える。

観客を飽きさせないためと演者の急な都合にも対応できるように、ということらしい。王族のわがままで急遽演目を取り換えることも、珍しくはないという。だが、本日の演目に関しては、王太子殿下が事前に古典の名作を指定していたにもかかわらず、レティシア様の横やりで現場が勝手に新作歌劇に変更してしまったようだ。

「いや、これは……この演目はまずい！　今からでも変更を！」

支配人がやけに慌てて変更を命じるが、すでに音合わせに入っている状態で、変更は不可能だろう。

「レティシア様が突然いらっしゃるのは、よくあるの？」

イネス姉さまの問いに、支配人が揉み手しながらあわあわと言い訳する。

「その……普段、王族用のボックスは空いておりますので、時々フラリといらっしゃいます。ですが――」

「ねえ、この演目……あなた方は以前から承知の上で上演してきたのよね？　もしかしてこれも、レティシア様の差し金？」

支配人が視線を忙しなく動かす。

「えっと……特にその、脚本の制作部や演出部にレティシア殿下より多額の寄付をいただいていて……この新作歌劇もレティシア殿下の援助とご希望を汲んで制作されました……」

舞台監督はレティシア様の熱烈な信奉者だと言う。パンフレットの内容から、何が行われているかは察せられる。

わたしと姉さまがうんざりした表情で顔を見合わせていると、レティシア様が堂々とした足取りで王族用ボックスに入ってきた。

「ごきげんよう、イネスさま、それからクロエ嬢。今日はお二人も観劇でしたのね。本当に偶然だわ。わたくし、急に見たくなって、新作に演目を変えてもらったの！」

はしゃいだ調子でまくしたてるレティシア様をぽかんと見上げるしかできない。

姉さまは彼女に向かって露骨に眉を顰《ひそ》めてみせた。

「本日はわたしとクロエと姉妹で寛ぐために、レイノール殿下がわざわざ手配してくださったの。せっかくの姉妹水入らずの席ですもの、申し訳ないけど、今日は遠慮してくださらない？　突然割り込んでくるのは、いくらなんでも失礼だわ」

姉さまがはっきりそう指を突きつけても、レティシア様は馬耳東風だった。

「あら、だってここは王族専用のボックスよ？　わたくしが見たいときに使って何がいけないの？

ねえ、リュシアン？」

　当たり前だが、レティシア様の行くところ、常にリュシアンがいる。

　同意を求めるレティシア様に、リュシアンが無表情で言った。

「王族専用ボックスにも優先順位がございます。本日はイネス妃殿下が先に予約していらっしゃった。妃殿下が同席を拒まれるのでしたら、無理を言うべきではないと存じます」

　反論されると思っていなかったのか、レティシア様は一瞬、不快げに眉を顰《ひそ》めたけれど、すぐに表情を改め、にこやかに言った。

「まあそうね。わたくしたち、今日は帰るわ。……古臭い古典は新作に変えてもらったから演目はそのままで見ていってちょうだい。ヒロインはわたくしをモデルにしたんですって。敵役の婚約者が傑作なのよ？　本当にお邪魔虫でね？　きっと楽しんでいただけるわ」

　それだけ言うと、レティシア様はリュシアンに微笑みかける。

「じゃ、行きましょ、リュシアン」

　リュシアンは無言で頭を下げ、わたしとイネス姉さまにも一礼して去っていった。

　嵐のような一行に支配人も冷や汗をびっしょりかいて、しきりに恐縮している。

　イネス姉さまはじっとりとした視線を支配人に向けた。

「……この演目はレティシア様をモデルにしているって、本当？」

「そ、それは……」

「劇の内容によっては、レイノール殿下に申し上げて調査していただくわ」

「も、申し訳ございません！」

楽しいはずの観劇の気分は一気に冷めてしまった。

けれど、舞台の幕は上がってしまう。

演目は歌劇場の支配人が真っ青になるのも当然なぐらい、わたしたちにとって非常に不愉快な内容だった。

美貌の騎士ジュリアンは銀色の長いカツラをかぶり、ヒロインは煌《きら》びやかな金髪である。

ジュリアンは王女への永遠の忠誠を誓い、長く伸ばした銀髪に愛を籠めて歌いあげる。

♪我はこの髪に誓う姫への永遠の愛と忠誠を
♪この憂き世では思うに任せぬ恋心、我はただ愛しい姫のお側に
♪たとえ結ばれない恋だとしても、長く伸ばした銀の髪は、永遠の愛の証

絶望的な恋を胸に抱きながらも、王女ただ一人への真摯な愛を朗々と歌う銀髪の護衛騎士ジュリアン。

黄金の髪のティア王女もまた、政略のために隣国に嫁ぐ未来への絶望とともに、可憐な歌声でジュリアンへの愛を歌う。


♪祖国のために捧げるこの身、せめてお前だけはわたくしの側に

♪たとえ結ばれない恋だとしても、わたくしの心はお前ひとりだけ

国のために引き裂かれる不幸な恋人たちの美しいアリアに、観客は皆、ハンカチを濡らしながら聞き惚れる。

美しく切ない恋の歌。理想の恋人である二人は、あくまで美しく描写される。若い娘は誰でも二人に憧れ、同情の思いを抱くに違いない。

対して、ジュリアンの婚約者クロティルドはみっともない赤毛の女で、しきりに恋人たちの邪魔をしようとしては失敗する滑稽な役どころだった。

報われない二人の切ないストーリーが、クロティルドの登場で一気に喜劇へと表情を変える。

♪ねえ、王女様、その人はわたしの婚約者なの
♪わたしは赤毛で醜いお邪魔虫
♪でも、その人はわたしの婚約者なの、返してくださらない？

赤毛のヒロインが滑稽な動作で踊りながら歌う。その歌が幾度も繰り返され、哄笑が劇場中に響いた。

それがわたしを当てこすっているのは明らかで、わたしは途中から耐えられなくなって、耳を塞いでやり過ごした。

騎士ジュリアンの愛されない婚約者であるクロティルドは、二人を引き裂くお邪魔虫だ。

互いに婚約者がいながら愛し合う二人の悲恋が、お邪魔虫クロティルドの滑稽な失敗のおかげで逆転の大団円を迎える、という喜劇となっている。

クロティルドにしてみたら、婚約者であるジュリアンを返してほしいという要求は正当なものだ。婚約者がいながら別の相手と愛し合う二人の方がおかしいのに、なぜか、被害者であるはずのクロティルドは、二人の邪魔をしようとして失敗を繰り返す、愚かで醜い女として貶《おとし》められている。

――この劇はレティシア王女と護衛騎士リュシアンの恋を題材に取り、リュシアンの婚約者であるわたしを当てこすり、笑いものにするためのものだから、当然と言えば当然だ。

こんな劇が王都で演じられていることが、わたしにはショックだった。

劇を見て無邪気に笑う人々は、誰もがレティシア様とリュシアンの恋を応援し、わたしのことを醜いお邪魔虫だと嗤《わら》っているのだろうか？

そして、リュシアンは――

彼もこの劇を見て、一緒にわたしを嗤《わら》っていたのだろうか？

だとしたら――リュシアンを許すことはできないと、わたしは初めて思った。

◆◆◆

この一件を聞いた王太子殿下は、ただちに脚本を取りよせ、劇の内容を審査してくださった。

歌劇場は王立で、上演する歌劇には事前に検閲がある。しかし、劇場は検閲用にはニセの脚本を提出し、審査を誤魔化していたそうだ。

もちろん、すべてレティシア様を信奉する歌劇場の脚本家や監督が、彼女の意向を汲んでしたことだ。

王太子殿下はレティシア様に厳重な注意をなさったという。

レティシア様はしらばっくれていたそうだが、脚本家に自分を主役とした新作劇を作らせた上、辺境伯令嬢であるわたしのことを誹謗した。わたしだけなら一貴族令嬢に過ぎないので、大きな処罰は科されなかったかもしれないが、劇中に「石女《うまずめ》の王太子妃」まで登場させていたことで、見逃すわけにいかなくなった。

劇は王族を中傷したとして、上演禁止になった。脚本家と舞台監督は追放、劇場支配人と副支配人は更迭《こうてつ》された。今後は脚本の検閲だけでなく、上演前に試演をチェックすることになったらしい。

「もう、あんなふざけた劇が上演されることはない」

王太子殿下はそうわたしに詫びてくださったけれど、劇にまでなったことで、レティシア様とリュシアンの恋の噂は、王都中に広まっていた。

その上、噂を裏書きするように、レティシア様がデビューして以来、彼女が出席するすべての夜会で、リュシアンは護衛という名のエスコートを務めている。レティシア様がリュシアンの腕に縋《すが》る姿は、誰がどう見ても相思相愛のパートナーなのだそうだ。

まして、リュシアンは一度として、婚約者であるわたしのエスコートをしたことがない。

デビューの夜会ですら、レティシア様を抱き上げて途中退席したからだ。

もちろん、わたしも夜会の前には常にリュシアンにエスコートをお願いし、リュシアンからも了承の返事が来る。

だが、夜会の数日前になると決まって、休暇の許可が降りないからとキャンセルされてしまうのだ。

直前にエスコートをキャンセルされても代わりなど見つからないから、わたしは夜会の出席を取りやめるしかない。その後、その夜会にレティシア様がリュシアンのエスコートで現れた、と人づてに聞くことになる。

昼間の茶会など、エスコートの必要のない催しには、一人で出席することもある。

わたしとて辺境伯の次期当主夫人。社交とまったく無縁ではいられない。辺境出身ゆえに友人も少なく、手持ち無沙汰に一人、壁際に立っているわたしの目の前を、おしのびで出席されたレティシア様が、リュシアンの腕に腕を絡ませて通り過ぎていくこともある。

おしのびの王女様には、向こうから声をかけられない限りご挨拶はしない。レティシア様はわたしなど眼中にないのか視界に入れることもないが、リュシアンはいつも一瞬だけわたしを見て、気まずそうに眼を伏せる。

そうしてわたしたちが無言ですれ違った後、周囲からあからさまな嘲笑と痛々しい視線が容赦なく降り注ぐ。

婚約者に顧みられない、哀れで醜い赤毛の女。

そんな言葉が、誰からとなく耳に入ってくる。
ひどい場合は、幼馴染の愛し合う二人に割り込んで、仲を引き裂くお邪魔虫女だと。
わたしの頭の中に、あの日の歌劇場の満座の哄笑が響き渡る。

♪ねえ、王女様、その人はわたしの婚約者なの
♪わたしは赤毛で醜いお邪魔虫
♪でも、その人はわたしの婚約者なの、返してくださらない？

歌劇場で耳にした滑稽な歌の通り、リュシアンはわたしの婚約者だけど、昔からレティシア様のことが好きだった？
レティシア様の結婚が決まり、諦めてわたしと婚約したけれど、王宮でレティシア様に再会して、レティシア様にやっぱり永遠の愛を誓ったの？

♪我はこの髪に誓う姫への永遠の愛と忠誠を
♪この憂き世では思うに任せぬ恋心、我はただ愛しい姫のお側に
♪たとえ結ばれない恋だとしても、長く伸ばした銀の髪は、永遠の愛の証

表向き、護衛ということになっているが、夜会を訪れた二人は必ずダンスをするそうだ。

夜会に出ないわたしは、二人が実際に踊る姿を見たことはない。でもいろいろな人から、さまざまな機会に、二人の麗《うるわ》しい様子を聞かされ続けてきた。――みな、親切ごかして、聞きたくもないのに教えてくれる。金色の髪を靡《なび》かせるレティシア様を腕に抱き、華麗な足さばきでリードするリュシアンの様子を。

息の合った二人のダンスはまるで一場の劇のよう。リュシアンの銀の髪と、レティシア様の金の髪が、夜会のシャンデリアの光にキラキラと輝き、レティシア様のドレスの裾が翻る。もうそれだけで、夢のように美しいのだと――

誰が見ても二人は愛し合っていて、真実の愛を体現しているのだとか。

リュシアンの婚約者はお気の毒ね、きっと形だけの婚約者に過ぎないのよ――

うわべだけ同情の言葉で包んだ、蔑みの言葉。そんなこと言われなくても、わたしが一番よくわかっている。婚約者らしいふれあいなんて、ほとんどない。彼に顧みられることもなく、ただ遠くから彼の銀の髪が靡《なび》くのを眺めることしかできない、みじめな赤毛の女だって。

あの悪夢のようなデビューから一年以上経っても、わたしはまだ一度もリュシアンとダンスすらできていないのだ。エスコートはもちろん、二人で出かけたこともないし、我が家への訪問も数年絶えたきり。王宮ですれ違っても言葉を交わすこともなく、手紙もない。もちろん、贈り物も――

二人の姿を目の当たりにした日は、わたしはリュシアンから唯一もらったアメジストのペンダントにそっと触れる。

これだけが、わたしがリュシアンの婚約者だと実感できる証だった。

たったそれだけの絆。——絆だと思っているのも、わたしだけかもしれない。こんな関係をずっと続けて意味があるの？　わたしはこのまま、リュシアンの婚約者でいていいの？　彼はもうとっくに、レティシア様に心を移しているのでは？　いや、彼は最初から幼馴染のレティシア様が好きで、わたしには何の興味もなかったのだ。

わたしはそれでも、彼が好きだと思っていたけど。

——本当に、今でも彼を愛している？

これほど遠ざかっているのに、婚約している意味はあるのかしら？

社交界デビューから二年。わたしも十八歳になった。

もう、結論を出すべき時ではないのかしら。

そう思えてならなかった。

そんな風に悩んでいたわたしのもとに、イネス姉さまから懐妊したとの報せが届いた。

その報せは重苦しい空気を払い、どんよりと曇っていたわたしの視界を晴らしていく。長く膠着していたものが、静かに動き始める気配がする。

すべてが大きく変わる。ならば、わたしも変わらなければ——

レティシア様の婚姻に関する、隣国との交渉が大詰めを迎えていたようだ。

イネス姉さまの懐妊が公にされるとほぼ同時に、詳細は秘されたままながら、レティシア様の隣国への輿入《こしい》れの日時が決まったと発表された。

にわかに華やぎを増した王宮で、わたしは姉さまのお見舞いのため、これまでよりも頻繁に登城するようになったが、ある時レティシア様から呼び出しを受けた。

億劫なことと思いながら、指定された中庭に面したサロンに向かうと、レティシア様が一人でソファに座って待っていた。

見回したが、リュシアンはいない。

不思議に思いつつ、わたしは彼女に頭を下げた。

「お呼びと伺い参上いたしました」

わたしが膝を折って挨拶すると、レティシア様は鷹揚に頷き、すぐそばのスツールを指さした。

わたしは頭を上げて、そちらに腰を下ろす。するとレティシア様は艶やかな紅《あか》い唇をわずかに歪めた。

「あなたも聞いているだろうけど、隣国への輿入《こしい》れが正式に決まったの。それで……折り入ってお願いがあって」

「はあ……お願い。それは、個人的なものですか？」

わたしは首を傾《かし》げる。臣下として、王族から公的に命じられたら、従うしかない。

でも私的なお願いごとならば、それを聞くかどうかは個人の自由だ。

少なくともレティシア様に、強要する権力はない。

わたしの言葉に、レティシア様は懇願するような、哀れを誘うような表情をした。

「いじわるを言わないで。あなたには悪いことをしたと思っているわ。そのことについては謝るわ。

だから――お願いを聞いてもらいたいの」

レティシア様にされた「悪いこと」が何を指しているのか、多すぎて思いつかないくらいだ。

「どんなお願いごとでしょうか？　内容を伺ってからでないと、なんとも……」

するとレティシア様が、ためらった末に話しはじめる。

「わたくしの婚約者、隣国の王太子のフォルテ殿下は、もともと幼馴染の令嬢と生涯を誓い合っていらしたのは、あなたもご存じよね？」

それは有名な話だったので、わたしは頷く。レティシア様はため息をついて、続けた。

「少し身分が隔たっていた二人の婚約は障壁が多くて……ちょうど、新たに見つかった鉱山の採掘権をめぐって、両国は開戦一歩手前までいったの。ギリギリのところで王族同士の婚姻を結び、採掘権の譲渡を行うことで話がついたそうよ。それで、フォルテ殿下とわたくしの婚約が決まったの。……身勝手な話よね？」

それはその通りだ。肝心の二人の意志は置き去りに、国同士の取り決めによる婚約だったことは間違いない。ただ、わたしはまだ彼女の言いたいことが読めないので、ゆっくりと頷くことしかできない。

「フォルテ様は恋人を忘れられなくて、婚約後も密かに愛を育《はぐく》み、令嬢に子供までできた。……それで、一度は婚約がなくなるかと思ったのに」

あいにく、二つの王家とも、結婚適齢期の未婚の王子・王女が他にいない。婚姻がなくなれば戦争に突入しかねないほどの状況下、フォルテ王子は国よりも愛を選んだ。

いったんは令嬢との別れを承諾しながら、密かに令嬢を離宮に囲い、二人の間には王女と、その後に王子まで生まれたという。

「向こうの国王陛下は孫可愛さに折れたの。——王子を後継ぎにして、嫁いできたわたくしの養子にするって。わたくしは名ばかりの王妃になり、子供は産まなくてもいいと。いいえ、違うわね。愛されないみじめな王妃として、白い結婚になる。そういう話が両国でまとまったの」

「その条件を、わが国は認めたのですか？」

わたしが目を瞠《みは》れば、レティシア様が肩をすくめる。

「ええ、お兄様に言わせれば、わたくしにリュシアンのとの噂があるせいで、押し切られてしまったそうよ。でもいくらなんでも、あまりに不公平じゃなくて？　なぜ、フォルテ殿下だけが、愛する人と過ごすことを許されるの？」

隣国の無茶な要求に、二国間の協議は揉めに揉めた。だが、レティシア様はリュシアンとの噂があるせいで、純潔を疑われているのだと。

——自業自得と言えなくもない。

それで、何だというのだろう。ずっと聞いていても全然、話が見えてこない。わたしはつい、眉を寄せてしまう。その顔を見て、レティシア様が本題に入った。

「ただその代わり、せめて愛する人をそばに置いてもいいって約束させたの。……もちろん、子供は作れないけれど」

「え、それは……？」

それはつまり、愛人の公認ってこと？

固まるわたしの顔を覗き込むようにして、レティシア様が言った。その青い瞳は涙で潤み、唇は震えていた。

「ねえ。お願い。リュシアンとわたくしは愛し合っているの。わたくしは彼にそばにいてほしいし、彼もそれを望んでいる。彼は、わたくしに生涯の愛を誓ってくれた。一生、わたくし一人に仕えてくれると。……あなたには本当に申し訳ないと思っているの。でも、彼を解放してほしいの」

「……解放？」

レティシア様は、リュシアンの婚約者であるわたしに、彼の裏切りを告げた。

でも、今までの二人の様子や、王都で囁かれる噂、それに、リュシアンのわたしへの冷たい態度を鑑みれば十分に納得がいく。やはりそうだったのかと、わたしの心は意外にも凪《な》いでいた。

だが、その告白の先の、レティシア様からのお願いは、少しばかり理解に時間がかかった。

解放――とは？

わたしは意味がわからなくて、しばしの間、首を傾《かし》げて考え込んだ。

リュシアンが心の底からレティシア様に愛と忠誠を誓っているとしても、レティシア様は隣国の王太子妃として嫁ぐ。あちらの王太子が認めたところで、要は愛人でしかない。

そんな立場をリュシアンも受け入れているの？

「もし、リュシアンがレティシア様について隣国に行くというなら、もちろんわたしとの婚約は破談になりますけれど――」

「彼を円満に送り出してあげてほしいの！」

「円満に……」

レティシア様が青い目に涙を浮かべ、金色の睫毛を濡らして懇願するさまは、女のわたしから見ても庇護欲を煽られるほど可憐で美しい。

けれど、人の婚約者を奪っておいて、ここまで被害者ヅラができることに、いっそ感心してしまった。

「にわかには信じがたいお話ですし、わたしの一存で決められることでもありません。父や、リュシアン本人と相談しなければ……」

わたしはごく当たり前のことしか言っていない。しかし、レティシア様は不満げに眉を顰《ひそ》めた。

「彼はわたくしを愛しているの。あなたとは領地目当てで婚約しただけなのよ。彼は真実の愛に生きると決めたのに、彼に執着して縛りつけるの？」

「領地目当てでもなんでも、彼は我が辺境伯家を継承するために選ばれた婚約者です。それは王家も関わった正式な契約でもあります。わたしの勝手で切り捨てることはできません」

レティシア様は肩を竦め、顔を逸らしてため息をついた。

「もういいわ。……あなたみたいな人の心がない人に頼んでも無駄ね」

さっきまでしおらしく涙ぐんでいたのが嘘みたいに顔を歪め、レティシア様はつまらなそうに吐き捨てた。

「そうですか。人の婚約者を奪って愛人にする方がひどいと思いますけど……」

なんとなく興がそがれてしまい、わたしが白けた気分のままに呟けば、レティシア様はびっくりしたように青い目を見開いた。

「あ、あ、あなた、わたくしが悪いって言うの？」

「誰が見ても被害者はわたしですよね？　……もし、レティシア様がリュシアンとわたしの婚約を潰して隣国に連れて行くと言うなら、我が家から王家には相応の賠償を要求することになるでしょうね」

「王家にお金を請求するつもり!?」

「数代前にですが、王子に婚約者を奪われた貴族が、同様の訴えを起こした事例があったと記憶しております。それに――」

すっかり冷静になったわたしは、レティシア様をまっすぐに見て言った。

「リュシアンは次男で、爵位も財産も継げません。我が家への婿入りがなくなり、王宮の騎士でもなくなったら、ただの無職ですわね。……愛人として、レティシア様が養うならば止めませんけれど」

「そ、そんなヒモみたいな！」

「みたいじゃなくて、正真正銘のヒモになるしかないと思いますわ」

「もういいわ！」

レティシア様はわたしの指摘に立腹して、立ち上がって乱暴な足取りで去って行かれた。

わたしはその後ろ姿を見送ってから、どうせならリュシアンも連れてきてくれれば、一緒に話し合いができたのに……とため息をついた。

この告白を受け、わたしは大急ぎでお父様に手紙を書いた。

レティシア様の話によれば、レティシア様とリュシアンは将来を誓い合っている。リュシアンは、レティシア様について隣国に行くつもりだと。だからリュシアンとの婚約を解消してほしいと頼まれた。

わたしは、リュシアンがレティシア様を選ぶなら、彼を自由にしてもいいと思っている。

お父様のお許しをいただきたい。

――返事は、わたしの予想よりもはるかに早く戻ってきた。

結論から言えば、お父様は、リュシアンがレティシア様とともに隣国に行くなんて、あり得ないと考えていらっしゃった。

お父様が掴んでいる断片的な情報からも、隣国のフォルテ王太子が幼馴染の令嬢と夫婦同然に暮らし、王女と王子の、二人の子供が生まれたのは間違いないという。

普通なら当然、フォルテ王子は廃嫡にされるはずだが、隣国は彼以外に跡継ぎがおらず、孫可愛さに国王が折れた――ということも事実だった。

隣国もレティシア様のよくない噂を耳にしており、お互い様だと思っているかもしれない。

所詮、鉱山の利権絡みの政略結婚だ。レティシア様を追い出し、鉱山の一日も早い採掘開始にこぎつけたい王太子殿下は、その条件を呑んだのだろうと。

確かにレティシア様にとっては非常に承服できない結婚であろう。だがリュシアンとの噂は、王族女性としては大きな瑕疵《かし》になる。せめてもの温情で愛人帯同を許容されたとしても、リュシアン本人がそれを望んでいるとは、到底、思えない。

メレディス辺境伯の当主となる未来を捨て、王女のヒモになりたがる男がいるはずがない。王女との話し合いの場に、リュシアンがいなかったのは、リュシアンの意志ではないからでは？

——そう記載されたお父様の手紙を読み終えて、わたしはため息をつく。

言われてみれば、リュシアン本人の意向を聞かず、わたしの方から婚約を解消しろだなんて、今に始まったことではないとはいえ、レティシア様の言い分は無茶苦茶だ。

やはりリュシアン本人と話し合うしかない。彼自身が、レティシア様にすべてを捧げる覚悟があると言うなら、彼を『解放』してもいい。慰謝料も要求せず円満解消できるよう、お父様にお願いしよう。本当にレティシア様を愛しているなら、その愛を貫いてほしい。

わたしは決意を固めて、リュシアンに話し合いを求める手紙をしたためた。

しかし、何通手紙を送っても、リュシアンからの返事がない。

わたしはだんだんイライラしてきた。

婚約を解消するなら、早くしてほしい。善は急げだ。

わたしは業を煮やし、「お返事がなく、あなたには婚約を継続するご意志がないと思われます。お父様に申し上げて、こちらから婚約破棄の手続きを取りたいと思います。この手紙へのお返事は結構です。もう返事を待つのも疲れました」と、最後通牒のつもりで送りつけた。

――そして、その翌日。

イネス姉様の部屋に向かう途中の中庭で、わたしはリュシアンに呼び止められたのだった。

久しぶりに間近で見るリュシアンは、いつも通り一分の隙もない美を体現していた。輝く銀の髪にアメジストの瞳、完璧な美貌を凛々しい騎士服に包んでいる。

やっぱりこの人はとても美しい。レティシア様と一緒でない単体で彼を見るのは、もしかしてあの悪夢のようなデビューの日以来かもしれない。

そんな感慨にかられて立ち尽くしていると、リュシアンが唐突に言ったのだ。

「クロエ、俺は婚約解消するつもりはない」

藪から棒に言われて、虚を突かれた。

「今、なんとおっしゃって？」

「君との婚約をやめるつもりはない。婚約破棄は受け入れられない」

「本気で言っていらっしゃるの？」

婚約を続ける気があるなら、今までの態度は何だったのか。いまさら、辺境伯の爵位と領地が惜しくなった？

「婚約は継続する。一方的な破棄など、受け入れられない」

「一方的だなんて。こちらからは何度も話し合いを求める手紙を送りましたのに、あなたがずっと無視してきたのでしょう？　婚約を継続する気はないと、わたしは判断しました」

「クロエ、俺は……」

わたしは困惑して、首元のペンダントに手を触れると、リュシアンがそれに気づいた。

「クロエ、その、ペンダント……」

わたしがペンダントを握り込んだ時、回廊の奥から足音がした。人が来たことで、リュシアンは早口の小声で言う。

「時間切れだ、クロエ。……勝手に手続きをされないよう、それだけ言いに来たんだ。すまない、また改めて」

「ちょっと待って！　改めてっていつ……」

慌ただしく去っていく後ろ姿を呆然と見送って、わたしは思う。

もしかして、彼はわたしからの手紙をずっと気を引くためのものだと勘違いしていたのだろうか？　今まではすべての手紙を無視していたが、もう返事はいらないと書かれて、いまさらながらまずいと思ったのか。

確かなのは、リュシアンにはレティシア様についていく気などないこと。

彼はレティシア様を送り出した後は、何食わぬ顔でわたしと結婚し、辺境伯を継ぐ気でいる。

わたしは陽光を弾いて煌《きら》めく噴水の水飛沫《しぶき》を眺めながら、考えに沈んだ。

リュシアンは、レティシア様を愛していると思っていた。

愛していても、辺境伯としての未来を捨てるほどではないということなのか。

それとも、最初からレティシア様を愛していなかったのか——

「いいえ、そんなはずはないわ。だって彼はあんなにも――」

レティシア様の、ほんのわずかな動作すら見逃すまいと、あんなにじっと見つめていたのに。


リュシアンに婚約破棄を拒否されたことで、わたしは目標を失ってしまった。

わたしももう十八歳。本来なら、とっくに彼と結婚していた年齢だ。

結局、その後リュシアンからの接触はない。このまま、レティシア様が嫁ぐのを待つつもりなのだろうか？

わたしはリュシアンのことが好きだった。

家を継ぐための、親の決めた婚約者だったけれど、わたしはリュシアンに一目で恋に落ちた。

レティシア様との噂であれだけ胸を痛め、理不尽な思いをたくさんした。

ここまで踏みつけておいて、リュシアンはレティシア様ではなく、わたしを選んだ。――違う。

リュシアンが選んだのは、わたしではなくメレディス辺境伯としての未来だ。

じゃあ、今までのリュシアンの態度はなんだったの？

王宮で会っても目も合わさず、夜会のエスコートだって完遂したことなんて一度もない。

彼はずっとレティシア様一筋だったじゃない。いまさら、これまでのことが帳消しにできるとでも思っているの？

リュシアンがレティシア様への愛を貫き、すべてを捨てて隣国についていくというなら、わたしは彼の恋を応援したし、わたしの辛い日々も報われる気がしていた。

片思いでも、わたしは尊敬すべき人に恋をした。それでもいいと思っていた。

なのに——

リュシアンがレティシア様ではなく、わたしとの結婚を選んだことへの、この失望はなんだろう。

所詮、その程度の男だったの？　わたし、そんな男のためにあんなに辛い想いをしてきたの？

そしてレティシア様だって——

あんなにずっと身近にいて、誰よりも献身的に仕えてきた人に裏切られて、そんなの、受け入れられるのだろうか——？


わたしは妙な胸騒ぎに襲われる。

きっと何か起こる。きっと——

第四章　夜会の出来事

月満ちて、イネス姉さまは無事、男の子を出産した。

王太子殿下はもちろん、国王陛下も群臣も、待望の王子の誕生に胸を撫でおろした。

石女《うまずめ》と陰口を叩かれていた姉さまも、ようやく大きな責任を果たし、肩の荷を下ろしたようだ。

わたしも少しだけほっとした。王子の誕生で、差し当たってレティシア様の女王即位の可能性は消える。

レティシア様の嫁入りを反対していた貴族たちも掌を返し、国はお祝いムードであふれかえった。

王子の生誕と名づけ祝う、盛大な祝賀パーティが開かれることになった。

お父様――メレディス辺境伯も辺境から駆けつけた。

王都では祝いの花火が上がり祝い酒もふるまわれた。王都の広場では人々が歌い踊り、夜毎、王子の誕生を祝うお祭り騒ぎが続く。

王太子殿下が国王陛下に王子の誕生を報告し、命名の許可を得る。国王陛下の承認を得て初めて、王子は王家の一員と認められ、王位継承権を獲得する。この儀式に夜会が付属して、群臣とともに王子の誕生を祝うのだ。

王子のお披露目の夜会とはいえ、生まれたばかりの王子様も、彼を産んだばかりのイネス姉さまも当たり前だが不参加だ。

しかし王太子妃の実家である我がメレディス辺境伯家にとっては、次代の王の親族として、記念すべき栄えある日だ。

お父様も辺境から駆けつけ、王子様との対面も済ませた。――初孫に、相好を崩しまくりだけれど。

夜会にはほとんど出席しないわたしも、今夜ばかりは閉じこもってはいられない。

わたしは、お父様のエスコートで、その夜会に参加することにした。

自分の瞳の色に合わせた鮮やかなエメラルド・グリーンのドレスは、姉さまの懐妊がわかって、リュシアンとの訣別を意識した時に注文したものだ。いままでは、リュシアンの瞳の色に合わせた淡い紫色のドレスばかり着ていた。

婚約者としての意地でもあったが、実のところあまり似合っていなかった。

リュシアンなどいなくても、わたしは独りで立っていく――そんな決意を示すつもりで、わたしは新しいドレスを纏い、夜会に乗り込んだ。

もう、エスコートの依頼すらしていない。どうせ、今夜もリュシアンはレティシア様の護衛だ。仕事だろうが何だろうが、婚約者の義務も果たさず、他の女にピッタリくっついている男なんて用はない。

いっそ、夜会会場の注目を浴びながら婚約破棄してやろう。

――そんな思いつきに、わたしはこれまでにないほど楽しい気分で、王宮の大広間に足を踏み入れた。

シャンデリアに照らされた広間は、昼間のように明るい。金銀の装飾やクリスタルの食器、広間に溢れる貴顕淑女の、華やかな衣装の刺繍や宝石飾りが照明を反射し、すべてが光り輝いて見えた。

その華やいだ人々が、はっと振り返って我々に注目する。――未来の国王の祖父と、その娘。

お父様は辺境で国防を担《にな》っているから普段は王都には不在で、わたしは婚約者に顧みられぬみじめな娘、その姉は王太子妃となりながら石女《うまずめ》だと、陰で嘲笑を浴びせられてきた。

わたしはお父様の肘に手を置いて、ゆっくりとホールを歩きながら、そっと周囲を見回す。

これまでわたしたちを貶《おとし》めてきた人々が、みな気まずそうに目を逸らす様子に、我知らず笑みがこぼれた。

王子が生まれたからって、別にわたしが変わるわけじゃない。

でも、イネス姉さまが一つ責任を果たした今、わたしも肩の荷を下ろし、不愉快な人々は切って捨てて、好きに生きていいんだ、と清々しい気分でいっぱいだった。

周囲から、国家の重鎮らしき紳士が進み出て、次々にわたしたちに声をかける。

「この度はおめでとうございます」

「イネス妃殿下には、まことにお喜び申し上げます」

「無事な出産に、お祝いを」

お父様が鷹揚に頷く。

「ありがとうございます。母子ともに健康と聞き、大変、安堵しております。これもすべて神のご加護。皆さまにも感謝申し上げる」

周囲からの祝いの声ににこやかに応じていると、ファンファーレが鳴って国王陛下と王太子殿下が登場なさった。

王太子殿下が国王陛下に王子の名を記した巻物を献じ、国王陛下が承認のサインをする。それを侍従長に下げわたし、侍従長が群臣の前で掲げて御名を周知するのだ。

「シャルル殿下と決定されました。我が王家に栄光あれ！」

「栄光あれ！」

広間を埋め尽くす群衆から一斉に拍手が上がり、音楽が流れ始めた。

祝賀のパーティが始まる。給仕がグラスを配り、紳士淑女が笑いさざめく。

宰相閣下が壇上に上がり、グラスを挙げて乾杯の音頭を取る。

「シャルル殿下のご誕生と、我が王家のさらなる繁栄を願って、乾杯！」

「乾杯！」

わたしもお父様もグラスを受け取り、少し掲げてから泡の立つ黄金色の酒を一口だけ飲んだ。

今夜はあちこちから乾杯を持ちかけられる可能性があるので、わたしは一口飲んだだけでグラスを給仕に戻した。それから話しかけてきた老婦人にもそつなく応対して、昼間にお目見えした小さな王子様のご様子などをお話しする。

「髪の色は王太子殿下にそっくりでした。瞳は——姉さまのお話では、エメラルド色だということですが、眠っていらしたのでわたしは拝見できていませんの」

「んまあ、さぞお可愛らしいでしょうね！　早く拝見したいわ！」

王太子殿下の結婚から五年。後継ぎが生まれないことで、イネス姉さまはずいぶん、肩身の狭い想いをしていた。

一応、妹姫であるレティシア様がいらっしゃるとはいえ、女王が王位を継承することは稀《まれ》で、貴族も国民も、みな、不安な思いを抱えていたのだ。

王子様が生まれてよかった——その喜びが会場中に満ちている。

そこでふと、レティシア様が王族席にいらっしゃらないことに気づいた。

王子の誕生により、レティシア様の継承の目はなくなり、予定通り、速やかに隣国に嫁ぐことになるはず――

そう思っていると、突然、背後から呼び止められた。

振り返れば、豪奢に輝く金の髪を長く背中に垂らした、王国の麗《うるわ》しき女神、レティシア王女殿下が立っていらした。もちろん一人ではなく、周囲には崇拝者たちと護衛の騎士を侍らせて。

だが、常にその隣で王女にピッタリ張り付いている、銀髪美貌の騎士はいなかった。

――リュシアンはどうしたのかしら？

わたしは内心不思議に思いながらも、王女の登場にかしこまって膝を折り、頭を下げる。

「これはレティシア殿下。ご機嫌麗《うるわ》しく」

「ごきげんよう。クロエ様。……かしこまらないで、顔を上げてちょうだい」

わたしが姿勢を戻すと、レティシア様はわたしを上から下まで舐めるように見て、言った。

「リュシアンはどうしたの？　彼と一緒ではなかったの？」

リュシアンのことを聞かれ、わたしは首を傾《かし》げる。リュシアンの居場所なら、わたしの方こそ聞きたいくらいだ。

「本日は父と参りましたので。リュシアンには会っていません。何か御用でしょうか」

「そう……。王子の誕生に、お祝いを言いにきたの。……わたくしも叔母さまになったのよ。老けたみたいでいやな呼び方だけど」

「殿下は今日もお美しくあらせられますわ」

わたしがお世辞を返せば、レティシア様が華奢な肩を竦める。金の糸のような波打つ髪が、さらりと揺れてシャンデリアの光を弾いた。――本当に、いつ見てもキラキラと輝かしい人だ。

「イネス様もあなたも、本当に幸運ね」

「わたしはともかく、姉は幸運でした。すべて神様と、王家のおかげです」

「それに引き換え……王子が生まれた以上、わたくしは邪魔者。政略のために外国に嫁ぐくらいしか、使い道がなくなったのね」

返答のしようがなくてわたしが黙っていると、レティシア様はフンッと鼻を鳴らした。

「隣国のフォルテ王太子殿下は、幼馴染の伯爵令嬢を心から愛して、王冠を捨てて真実の愛を貫こうとなさったけれど、国王や国民に止められて渋々、わたくしをお飾りの王妃に迎えてくださるのですって。後継ぎの王子ももう、そちらの方から生まれていて、わたくしはただ、王妃の役割だけ果たせばいい。余計なことはするなって言われたわ」

「……その条件を、国王陛下や王太子殿下が呑まれたのが、信じられません」

やはりあまりにもレティシア様自身を馬鹿にした条件だと思い、つい聞き返せば、レティシア様は疲れたような表情になった。

「お父様は、鉱山の権利の心配ばかりよ。名目でも王妃にしてくれるなら万々歳ですって。お兄様に至っては、わたくしを追い出したくてしょうがなかったから、諸手を挙げて賛成なさったの。ひどい言い草よね。子供を生まなくてもいい身分になれて感謝すべきだとまで言っていたわ」

レティシア様はその美貌で国民人気が高い。でも、国王陛下や王太子殿下は、その人気を内心、煙たく思っていらしたのだろう。それに――言ってはなんだが、レティシア様は美しいけれど、ただ美しいだけで賢王の器というわけでもない。

派手さはないが、堅実な王太子殿下の方が政治は向いていると、臣下からは言われている。

特に、最近のリュシアンとの恋仲の噂は、応援する人もいる一方で、王女にしては軽々しいふるまいだと眉を顰《ひそ》める者もいた。

これまで、わたしは自分が馬鹿にされ、非難されているとばかり思い込み、社交界から遠ざかっていたけれど、リュシアンへの執着心がなくなって曇りのない目で見てみれば、婚約者を差し置いていちゃついている男女を、批判的に見ている冷静な人はたくさんいた。

そういう人は大騒ぎしないから、声がわたしの耳に届かないだけだったのだ。

今回の婚姻も、隣国の王太子がひどいのは揺るがないが、レティシア様だって同じことをしていたじゃないか、という世論も形成されていて、レティシア様への同情も以前ほどは集まっていない。両国の平和のためなら仕方ないと考える人もいる。

「政略結婚は王族の義務だわ。わたくしも、潔く隣国に参ります。その前に、シャルル王子殿下の誕生を祝って、わたくしの杯《さかずき》を受けてちょうだい」

レティシア殿下はそう言うと、取り巻きの令息が差し出すグラスを手に取り、わたしにも勧めた。

王宮では、給仕以外の手からグラスを受け取ってはいけないと、しつこく言われている。でも、王女殿下の勧めるグラスを受け取らないわけにいかなかった。

わたしは仕方なくレティシア様とグラスを合わせ、スパークリングワインに口をつける。シュワッと弾ける泡。先ほど飲んだ一杯目よりもわずかに苦い気がするが、レティシア様がじっと見ているので、仕方なく飲み下す。

飲み干すのはよくない。——もともと、わたしはそこまでお酒に強くない——ので、わたしはグラス半分くらいをちびちびと舐めながら、あたりさわりのない会話を交わしていた。

だが不意に強い酩酊感に襲われ、わたしは大きくふらついた。

手からグラスが落ち、床に破片が飛び散り——

モザイクがかかったように視界がぼやけ、ぐわんぐわんと回る。

極彩色の光がゆらゆらと視界を横切り、立っていられない。

大きく傾《かし》いだ身体を、力強い誰かの腕が抱き留める。視界を覆う、見慣れない男物の夜会用のコートと、鼻につくキツいコロンの香り。わたしの中の警鐘が鳴り響く。まずいことになった。誰かに、助けを求めないと——

だが声など出したら気持ち悪くて吐いてしまいそう。

「大丈夫ですか、メレディス辺境伯令嬢」

「そっと会場を抜けましょう、クロエ嬢……僕たちに任せて」

——誰？

立っていることもできないわたしを、黒地に銀糸刺繍のコートを着た男性と臙脂《えんじ》に金の刺繍のコートの男性が、二人がかりで会場から連れ出していく。

「やめ……まっ……」

助けを呼ぼうにも、呂律《ろれつ》が回らず、声も出ない。

ぼやけた視界はさらに歪み、周囲から遮断されたかのように音が遠ざかっていく。

「さあ、こっちですよ、クロエ嬢」

「そうそう、大丈夫だから」

ぐわんぐわん回る視界に耐えられず、わたしはぎゅっと目を瞑った。そこをすかさず両側から抱えられ、引きずられるようにどこかに運ばれていく。

頭の中に靄《もや》がかかったよう。朦朧《もうろう》とした意識の中で、助けを呼ばなければと思うが、もはや声すら上げることができない。

これは――やはり、さっきのお酒――レティシア様が――どう、して――

この人たちは誰？　騎士――ではない、レティシア様の取り巻きの――令息たち？

では――リュシアンは？　リュシアンは、どこ――？

レティシア様の隣にいなかった、リュシアン。

こんなことは今までなかった。夜会では必ず彼がレティシア様の隣に――

まとまらない思考を壊したのは、ドサリ、と柔らかい感触の何かの上に投げ出された衝撃だった。

ほとんど闇に溶けかけていた意識が、ほんのわずか浮上する。

ここは――

うっすら開けた瞼の向こうに、白くぼやけた視界があった。波打っているのは、シーツの海だろうか。動かない頭で必死に考えるけれど、手足の自由が利かない。

シーツってことは――ベッド……？

「やれやれ、何とか連れ込んだぜ？　おい、カギをかけたか？」

「カギはかけるなって言われている」

「なんで。覗かれたらヤバいだろ」

頭の上で見知らぬ二人が会話している。聞いたこともない、声。

「後で、レティシア様が大勢引き連れて扉をバーン！　キャー！　クロエ様が男二人と！　って騒ぐ手はずになってる。婚約者がありながら、夜会で男二人とのご乱行を目撃されて、晴れて婚約もナシになるって算段だと！　レティシア様も人が悪いよなあ」

「おいおい、その時に俺たちが強姦魔だなんて話にはされないだろうな？」

「そこが俺たちの腕の見せどころだろ。二人がかりでメロメロのドロドロになるまでヤりまくって、強姦だなんて言えないほど、イかせまくってやればいいのさ」

「なるほど、じゃ、どっちがイかせられるか、競争だな」

「望むところよ」

いったいなんの話をしているのか、さっぱりわからない、けど――

何かすごい、まずい状況――にげ、ないと――

わたしは最後の力を振り絞ってシーツを握りしめ、腕に力を込めて起き上がろうとした。

「う……」

「お、気づいたか？」

一人がわたしの腕を掴み、ごろりと仰向けにひっくり返される。

天井は見慣れないが、タイルに王家の百合の文様があしらわれているから、王宮の一室ではあるらしい。

二人の男が上から見下ろしてくる。

二人は襟元のクラヴァットを緩めながら、ニヤニヤと嫌な笑いを浮かべ、言った。

「へえ！　よく見たら結構、美人じゃん！　レティシア様や周囲の女どもは赤毛のブスって言ってるけど」

「王太子妃殿下の妹だぜ？　ブスなわけがねーだろ！　レティシア様は自分が一番の美女じゃないと我慢ならないから、ことさらに嘲《あざけ》ってるけどよ。何しろ、一番のお気に入りのリュシアン卿の婚約者だ。本音は悔しくてたまらなかったんだろうな！」

「げに恐ろしきは女の嫉妬ってやつか！」

だんだんと頭に入ってくる彼らの会話の内容は、あまりに下劣だ。

わたしは彼らの顔を見るのも嫌で、顔を背けて逃げようとした。だが、一人がわたしの頭を掴み、結いあげた髪のピンを引き抜き、リボンを解きにかかった。

もう一人はわたしの足元に取りつき、刺繍入りの靴を脱がせ、ひざ下のガーターを外し、絹の靴下を脱がしていく。

「や、やめ……」

「うっひょ！　さすが辺境伯のご令嬢！　綺麗なおみ足！」

「お前、相変わらず脚フェチだな、気持ち悪い」

「ぐずぐずしねぇでとっとと脱がせろよ」

「わあってる！」

男はわたしのドレスの上着のボタンに手をかけ、それを外しにかかる。

「い……あ……」

やめて、と叫びたいのに、舌も唇も強張って言葉を発することができない。

ボタンをすべて外される。首元の真珠の首飾りが引っかかって、乱暴に上着をはぎ取られるときに糸が切れて真珠の粒が弾けとんだ。

デコルテが露わにされ、刺繍とレースのフリルで飾った胸当《ストマッカー》ても外され、投げ捨てられる。

コルセットが露出し、もう一人の男にはドレスのスカートをめくりあげられて、ペチコートとパニエが露わになっている。

――こんな姿を他人に見られるなんて、想像したこともない。

身体を必死に動かすが、男たちはいとも簡単にわたしの腕を止めてしまった。

「いつも思うけど、深窓のご令嬢ってのはよ、なんでこんなに重装備なんだよ」

「しゃーねえだろ、それがいやなら、下町の娼館でも行けよ。裸に近い女しかいねぇからすぐにヤれるぞ」

男はニヤニヤ笑いながら、わたしのデコルテを覗き込み、コルセットで押し上げられた胸の谷間に指を入れた。

「んー、やわらけぇ！　これを御開帳するにはコルセットを取らねえと」

そういってわたしをもう一度うつ伏せにひっくり返す。視界が反転し、ぐわんと眩暈《めまい》がして頭を支えることができず、シーツに突っ伏してしまう。

――いや、誰か！　助けて――いや――！

「うわー、見ろよジョシュア！　この真珠のような白い肌！　たまんねぇな！」

男の一人はわたしの背中にのしかかって、何か喋っている。

重い、どいて――やめて――

その時、バタンと扉が開く音と、バタバタと乱暴な足音がして、身体を圧迫していた重みがふっと消えた。

「――その人から離れろ！」

「え？　なんで？　あんた――」

「いて！　いててて！　やめろ、離せ！」

バタバタと乱闘の音が響く。振り返ろうとしたが、身体は上手く動かない。

「二人とも縛り上げて、騎士団に突き出してやる」

「違います、俺たちは気分の悪くなった令嬢を介抱しているだけで――」

「痛い！　痛い！　俺たちはレティシア様に命じられて！」

「うるさい、神妙にしろ！」

わたしは気を抜けば沈んでいきそうな混濁した意識の闇の底から、懸命に浮上しようとするが、シーツから顔も上げることができない。

周囲で入り乱れる数人の足音、怒号に怯え、恐怖に震えていた。

――怖い！　何？　誰――

「クロエ！　大丈夫か?!」

突然、肩を掴まれ、あっと言う間もなく抱き起こされた。

でももう目を開けていることもできず、乱暴に揺すぶられてもなされるがままだ。

「クロエ、俺だ！」

「リ……」

もう一度呼びかけられ、微《かす》かに目を開ければ、そこにいたのは――

「何を飲まされた！　……お前たち、彼女に何を飲ませた？」

周囲で繰り広げられる問答も聞こえてはいるが、遠い世界の出来事のようで理解できない。

「そいつらを騎士団に突き出して尋問し、誰に命じられたか、調書を取れ！　それから王太子殿下に報告を！」

「ハッ！」

「俺はこの部屋で彼女の介抱をするから、辺境伯閣下にも伝言を――」

「了解です！」

がやがやと騒がしい足音が去っていって、パタンと扉が閉まる。

わたしはシーツに横たえられ、誰かの体温が遠ざかった。

くたりとシーツに身体を預けて、わたしは目を閉じたまま、耳を澄ます。

——危険は、去ったのかしら？　みんな、いなくなった——？

しばしの静寂の後、ガチャリ、と鍵のかかる音がひどく大きく響いた。

「クロエ。起きているか」

一度遠ざかったはずの声が、再び耳元で囁く。

——この声は、リュシアン？

でも、どうして——

「クロエ……無事でよかった」

耳元で囁く声は、紛れもないリュシアンのものだ。

あれほど冷たくされて、めったに耳にする機会すらなかったのに、彼の声を聞き分けてしまう自分が、あまりにみじめで情けない。それもこんな——

わたしが力を振り絞って重い瞼を開けると、真上から覗き込むリュシアンの顔が視界に飛び込んできた。

ぼやけて歪んでいるのに、こんな時ですら美しい。

「あ……」

「無理にしゃべらなくていい」

「おみ……ず……」

「ああ、待ってろ、今……」

リュシアンの顔が視界から消える。わたしは動かない身体にむち打ってなんとか寝返りをうち、うつ伏せになると、腕に力を込めて起き上がろうとした。

「クロエ、無理するな。……ほら、水」

リュシアンがわたしを抱き込むようにして、口元に水の入ったグラスを差し出す。けれど、唇が震えて飲むことができなかった。冷たさが胸を伝って落ちていく。

「ああ、……ちょっと待って……」

すると口元からグラスが遠ざかった。そして顎を上向けにされたと思ったら、リュシアンの端麗な顔が間近に降りてきて、唇を塞がれた。

「！」

何を——と思う間もなく、わずかに開いた唇の間から冷たいものが流れ込み、わたしはそれを飲み込んでしまう。

「あ……だめ……」

いったん唇が離れ、わたしは彼の腕を振り払おうとするが、身体の自由が利かない。

再び否応なく唇を塞がれ、また水を飲まされる。今度は少し口を開いていたせいで、唇の端から水の雫が零れて流れていく。だが、彼はわたしが嚥下するまで待ち、それから唇を離すと濡れた口の端を舌で舐めた。

身体の自由の利かない者に水を飲ませるには、こうするしかないと頭では理解しても、リュシアンに初めてキスされて、気持ちが追いつかない。

婚約期間こそ長いものの、彼とこんなに近づいたことも初めてだ。

彼の体温を間近に感じるだけで、心臓がドキドキする。冷たい水を飲まされて少し冷静になり、そして、自分が今、裸に近いはしたない姿をしていることに気がついた。

――もう少しリュシアンが遅かったら、いったいどうなっていたのか。

恐怖がぶり返して身体が震える。すると、彼の腕に力が籠もり、強く抱きしめられた。繰り返し口移しで水を飲まされ、とうとう咽《む》せてしまった。

「げほっ……」

「大丈夫か、クロエ……」

リュシアンが唇を離し、大きな手で背中をさする。わたしは恥ずかしさに耐え切れず、顔を背けて首を振った。

「はな……して……」

「……何を飲まされた」

「し、しらな……」

最初は視界がぼやけ、手足に力が入らなくなった。そしてその後、体温が上がり、汗が噴き出す。頭に血が上っているのは、半裸でリュシアンに抱きしめられている羞恥心のせいか、薬のせいか。あるいは両方か。動悸が激しくなり、呼吸も荒く、コルセットで締め上げた胸が苦しい。背中を撫でていたリュシアンの手がコルセットの紐を探り当て、しゅるりと紐が解かれた。途端に締め付けが緩んで呼吸が楽になる。

「はあっ……はあっ……」

「脱いだ方がいい。今、楽にしてやる」

コルセットが緩んで胸が零れ落ちる。スカートを締めていた紐も解かれて、バサリとスカートが地面に落とされる音に、わたしはハッとして首を振った。

「だめっ……」

「大丈夫だから」

大丈夫なわけない！

手際よくわたしの身ぐるみを剥いでいくリュシアンに、困惑する。

男たちから助けてくれたのは感謝するけど、どうしてあなたまで脱がせようとするの？

とうとう、リュシアンはパニエとペチコートも取り去ってしまった。残ったのは緩んだコルセットと膝までのドロワーズだけ。

「やめ……」

「クロエ……」

彼の手から逃れるために両手に力を込めて這い出ようとしたが、身動きを封じられた。

背後からぐいっと抱き込まれ、肩口に顔が寄せられて耳朶に熱い息を感じる。

「クロエ……逃げないで。大丈夫だから」

この状況で大丈夫なわけがない。いったいどうしたらいいのかわらず、わたしはいやいやと首を振った。

リュシアンの手が、首飾りの下にしていたペンダントの金鎖に触れる。

「これ……つけていてくれたんだ……」

しみじみと呟きながら、リュシアンがコルセットを剥ぎ取る。あとは透けるほど薄いキャミソールだけ。わたしは自分のあられもない姿を想像し羞恥で死にそうになる。

「少し、楽になった？」

「う……でもっ……こんな……」

「無理に動いちゃだめだ。……その様子だと、薬の量はたいしたことない。たぶん、すぐに抜ける」

「ふっ……はあっ……はあっ……」

身体が熱くて、息が上がる。背中に感じるリュシアンの体温のせいか、わたしの中に熱が溜まってくる。

「大丈夫だから……俺に任せて」

背後から抱きすくめられ、耳元で囁かれると、熱い息が耳朶にかかる。そのくすぐったさに、わたしは身を捩《よじ》り、はしたない声を上げてしまった。

「ああっ……やだっ……あっ……」

「クロエ……やっぱりそっちの成分も入っているのか……」

熱くて苦しくて、目に涙が浮かんでくる。

わずかに首をひねってリュシアンの方を見れば、心配そうな紫の瞳と目があった。

「くる……しいの……」

呂律《ろれつ》の回らない舌で必死に訴えかけるが、リュシアンが困った風に眉尻を下げる。

「クロエ……俺が発散させても？」

「は……さん……？」

リュシアンの紫の瞳が異様な光を放ち、形のよい唇を、ちろりと舌が舐める。漂う凄絶な色気に、わたしの身体の奥がドクンと疼いた。——逃げられない。

「大丈夫、すぐに楽にしてあげるから……」

リュシアンの大きな手が、ゆっくりとわたしの身体を撫でていく。布越しに感じる掌の熱に、わたしは無意識に身をくねらせる。

「ああっ……」

首筋に唇を押し当てられ、両胸を背後からわしづかみにされる。

全身に疼くような感覚が走り、戸惑いと恐怖に慄《おのの》いた。

「ああ、クロエ、そんな風にされると、我慢できない」

「待って、怖い……」

どうしたらいいのかわからない。ただこのまま進んだら、抜き差しならないことになる。それだけは間違いなくて、わたしは必死に身を捩《よじ》った。

「だめ……」

リュシアンの手がドロワースを引き下げ、ふとももを這う。じわじわせりあがる感覚に、汗が噴き出す。キャミソールがめくりあげられ、器用にはぎ取られて、どこかにやられてしまった。

身体じゅうを這う彼の掌の熱さで、自分が生まれたままの姿になっているのを知る。首筋や背中に感じるのは、唇——？　時にチュッと吸い上げられるたび、ピリッとした感覚が走って、わたしはビクビクと身体をのけぞらせてしまう。

恥ずかしい。なんてはしたない。羞恥で涙が溢れ、目尻から零れ落ちる。

「クロエ。……泣かないで」

背後から感じるリュシアンの息が熱く、息遣いが荒くなっていく。目尻にキスが落ち、涙を吸われる。

「ごめん、俺、我慢できそうもない。君を、抱く——」

背中を覆っていた彼の体温がふと遠ざかる。

肌を撫でまわしていた手が離れ、ホッとすると同時に物足りなさを感じて、わたしはどうしていいかわからないまま、ぎゅっとシーツを握りしめていた。

背後でがさがさと衣擦れの音がして、次の瞬間、再び彼の腕の中に囚われてしまう。背中の感触がさっきと違い、布ではなく、彼の肌に直接触れているのだと気づいた時、くるりと身体をひっくり返された。視界が反転する。

真上に、リュシアンの端麗な顔があった。わたしを見下ろす紫色の瞳がギラギラと輝いて、危険な雰囲気にわたしは息を呑む。上からのしかかる体勢の彼もまた、一糸まとわぬ姿になっていた。

初めて目にする男性の裸。わたしは本能的な恐怖で、ぎゅっと目を閉じた。

「ひっ……」

「クロエ……」

熱い口づけが落ちて唇を塞がれ、強引に唇をこじ開けられて、ぬるりとした熱いものが入ってくる。それがリュシアンの舌だとわかるまで、数秒を費やした。舌を舌で絡めとられ、唾液を吸い上げられる。熱い舌が口蓋の裏を舐め上げ、ゾクリとした感覚にわたしは身を捩《よじ》った。

「んんんっ……」

逞しい肩を両手で押しやろうとしたが、力が入らない。

長く深い口づけは続き、角度を変えて何度も貪《むさぼ》られて、呼吸もできずに意識が朦朧としてくる。苦しくて首を振ると、リュシアンがようやく、唇を解放してくれた。

わたしが空気を取り込もうと、ハクハクと魚のように必死に息を吸うその間に、しかしリュシアンの顔が肩口に下りて、唇が首筋を這っていく。彼の銀色の髪が肌に触れる。くすぐったさについため息をつく。

「や……あ……」

唇は首筋に沿って下り、舌が鎖骨を舐め上げる。やがて、彼はわたしの胸に顔を埋めた。

唇と舌がわたしの胸を這いまわり、時に強く吸い上げられる。チリチリした感覚に驚いて見下ろせば、彼の銀髪がわたしの胸を覆っている情景が目に入る。まるでそれが現実のこととは思えず、頭が真っ白になった。

男女のことを、全く知らないわけじゃない。閨《ねや》のことも、座学ではあるが学んでいた。

結婚式で神の前で夫婦の誓いをなし、その後この人とベッドを共にするのは覚悟していた。
でも！　今はまだ誓っていない！　待って！　お父様がこんなのお許しになるはずが！

「リュ……アン、待って……ダ……メ……」

回らない舌で拒否を伝えようとするが、リュシアンの耳には入らないのか、彼はわたしの胸のあわいに顔を埋め、感極まったように何度も深呼吸を繰り返している。さっきからものすごく息遣いも荒くて、獲物を前に興奮した猟犬みたいだ。

ちょっと待って落ち着いて！

「クロエ……ああ……クロエ……」

さっきから馬鹿の一つ覚えのように、リュシアンはわたしの名前を呟いている。まるで彼がわたしのことを好きなのかと勘違いしそうになるけど、レティシア様は、リュシアンとは相思相愛で永遠の愛を誓ったと言っていた。

二人はすでに男女の仲だって、もっぱら噂されているし、あの時、レティシア様も、もう他人じゃないみたいな、そんな雰囲気だった。だからわたしはリュシアンを諦めるつもりで——

リュシアンはレティシア様を愛しているはず。

なのに、どさくさに紛れてわたしを抱こうとしているのはなぜ？

今まで、わたしのことを疎《うと》んで、存在すら無視してきたのに、いきなりどうして——？

ちゅ、ちゅ、と胸元から響くリップ音を聞きながら、わたしは必死に考える。

リュシアンは何を考えているの？　婚約を破棄するつもりはないと言った。レティシア様が隣国にお嫁に行ったら、わたしと結婚するつもりで――

　わたしの目の前で、彼の長い銀髪がするりと流れ落ちる。それを見てハッとした。

　――長い髪はレティシア様への愛の証。彼はもしや、わたしに婚約破棄されないために、既成事実を作ろうとしている？　真実の愛はレティシア様に捧げて、爵位と領地の実を与えるわたしを、逃がさないように？

　でも、わたしはそんな愛は要らない。わたしは――

　わたしは渾身の力で彼を押しのけようと腕を突っ張った。

「いや……！」

　突然、暴れ始めたわたしに、胸の間を這っていたリュシアンのキスが止まる。

「クロエ？　……お願い、拒まないで……」

　胸から顔を上げ、わたしの顔を正面から覗き込むリュシアンの、紫色の瞳がせつなげに揺れる。

「なに、を……いまさ、ら……」

「わかってる、今さらだって。……でも、失いたくない。愛してるんだ」

「う……そ……」

　リュシアンの告白に、わたしは息が止まるほど驚いた。

　――だって、そんな――嘘かも、しれないけど、でも――

「嘘じゃない。俺が好きなのはクロエだけだ」

　はっきり、わたしの目を見て告げたリュシアンの瞳は、嘘を言っているようには見えない。

「でも……レティシア様は……」

「あの人とは何でもない。ただの噂だ。二人きりになったこともない。……俺は、ただの護衛と言うか……監視役だ」

「……護衛と……監、視……？」

凍りついたように固まるわたしの頬を、リュシアンがそっと撫でる。

「……王太子殿下の命令で、あの人がイネス妃殿下に危害を加えないよう、見張っていたんだ」

「王太子殿下の命令？　イネス姉さまを？」

リュシアンが長い睫毛をそっと伏せて、頷く。

「あの人が嫁に行くまでって話だったのに、嫁入りは延びるし、どこに行くにも連れ回されるし、おかしな噂はバラ撒かれるしで、殿下に交代を願い出ても代わりがいないと却下された」

彼がわたしの耳元に顔を寄せ、ため息交じりに続ける。

「やっと嫁入りが決まってホッとしていたら、クロエから婚約を破棄するって言われて……」

耳朶に触れそうな唇が、熱い息とともに告げる。

「愛してる、クロエ……やっと結婚できると思ったのに。俺を捨てないで……」

長く拒まれ続けたせいだろうか。リュシアンのたった一言の「愛してる」が、旱《ひでり》の後の慈雨のように、わたしの心に沁みわたっていく。わたしは抵抗する気を折られて、突っ張っていた腕の力を抜いた。それから彼の肩を掴んで、彼を見上げる。

「本当に？　信じていいの？　爵位目当てで既成事実を作ろうとしてない？」

「本当に愛してる！　既成事実は作ろうとしているけど、爵位目当てじゃない」

リュシアンが、顔を上げてわたしを正面から見つめる。

「クロエが欲しい。……いい？」

リュシアンの不安そうな目に絆《ほだ》されて、わたしはついつい、コクンと頷いてしまう。とたんに、彼がホッとしたように表情を緩め、笑顔になった。

破壊力抜群の、蕩けるような笑顔！　しかも至近距離！　そんな顔で見つめられたら、勝てるはずがない。

「続けるよ？　クロエ……」

リュシアンがわたしの顔じゅうにキスを落としながら、大きな手でわたしの胸を覆い、やわやわと揉みしだく。尖ってきた先端を指できゅっと摘まれると、とたんに、背筋に甘く痺れるような刺激が走った。

「ああっ……」

「ああ、やっぱり……想像したとおりだ……クロエ……可愛い……」

リュシアンの銀の頭がもう一度胸に埋められ、もう一つの頂点を唇で吸い上げる。チリチリとした痛みを伴う感覚にわたしの腰が跳ねる。

リュシアンが片方の胸を指で摘まんで愛撫しながら、もう一つに舌を這わせ、潰すように舐め、転がし、吸い上げる。初めて知る感覚にわたしは必死に首を振って耐えた。

「あっ……それ、だめ……」

リュシアンのもう一つの手が腰からふとももに撫でおろされ、内股を撫で上げて脚の間に触れる。自分ですらほとんど触れたことのない秘密の場所に、彼の指が旅していることに気づいて、羞恥で目の奥が熱くなる。彼の指がわたしの茂みをかきわけ、わたし自身ですらどうなっているか知らない場所を探るように分け入ってくる。

「ああ……っ！」

はじめて知る強烈な刺激にわたしの腰がビクリと跳ね、全身に痺れるような衝撃が走る。彼の指がわたしの脚の付け根をまさぐり、さらに奥へと侵入を試みる。

「いっ……」

そこは異物の侵入を拒み、わたしは痛みに悲鳴をあげた。

「狭い……指を入れただけで……」

それでも、彼の指の動きにわたしの身体は反応して、水音が漏れ始める。

「や……あっ……ああっ……」

ぐちゃぐちゃという水音に、無意識に漏れるわたしの声が混じる。敏感な場所を幾度もこすられて、未知の感覚に両足を突っ張って耐える。

これは、なに――？

身体が、熱い――下半身が溶けてしまいそう。

「や、やだ……なにこれ、いやっ」

「大丈夫だから、クロエ。力を抜いて。俺に、全部委《ゆだ》ねて」

「やだ、だって……こんなの、知らないっ……」

「クロエ……」

両胸の先端を交互に舐めしゃぶりながら、彼が乳首に軽く歯を立てる。ぴりっとした痛みが誘発する何かに呑まれて、わたしは全身を硬直させ、内部から湧き起こる波にさらわれた。

「ああっ……」

わたしが呆然と天井を見上げて荒い息を吐いていると、ふっと顔に陰が差す。リュシアンが真上から覗き込んでいる。長い髪がバサリとカーテンのようにわたしの周囲を覆い、彼の顔がよく見えない。

わたしは顔の横に流れる彼の髪を掬いあげて、手を差し伸べ、彼の頬に触れた。

「クロエ……イった？」

「イくって？」

まだ呼吸の整わないわたしに、リュシアンが真上から微笑む。

「その……快感を極めるってこと」

「快……感……」

「気持ちよくなかった？」

あれが、快感というものなのか……戸惑っていると、リュシアンの整った顔が迫って、ギラギラした紫色の瞳でわたしを見下ろして、言った。

「挿れていい？」

「い、挿れる？　何を？」

「何をって……その、俺の……」

リュシアンが困ったように眉尻を下げた。

「クロエと、一つになりたい」

リュシアンの手がわたしの両膝を掴んで広げ、脚の間に身体を入れてきた。何か熱くて硬いものが当たる感触に、わたしがこわごわ視線を向けると、リュシアンの脚の間に見たこともないものが聳《そび》え立っていた。それがわたしの秘所に押しつけられている。

「え？　それ、なに……？」

「だから俺の……」

「え、それを、どうするの？」

「これをクロエの中に……」

「嘘！　そんなの入らない！」

「大丈夫だから！　……たぶん」

リュシアンは必死に首を振り、わたしを説得しようとした。

「俺も、初めてだから……」

「え……」

わたしが目を瞠《みは》った。

「嘘でしょ。レティシア様ともう……」

「するわけないだろ！　そこまで疑われていたのか！」

「だって……」

気まずく顔を背けると、リュシアンの唇が頬に触れる。

「俺はあの人と二人きりにならないようにしていた。メイドや女官も証言してくれるはず。本当に、あの人とは何でもないから、信じて」

「あ……」

耳元で縋《すが》るように囁かれ、リュシアンが熱い昂りをさらに押しつけてくる。

「挿れるよ……少し、堪えて」

性交については座学で学んだだけで、漠然とした知識しかない。わたしは、ギリギリとねじ込まれる熱い楔の存在感に恐怖を覚えて、身を捩《よじ》った。

「い、いたっ……まって……！」

レティシア様に飲まされた酒に含まれた薬の成分なのか、痛みは予想したほどではない。それでも容赦なく打ち込まれる肉杭に、わたしは悲鳴を上げた。

「ごめん、あともう少し……」

上からのしかかるようにしてゆっくり腰を進めるリュシアンも、乱れた前髪が汗で額に張りつき、悩ましげに眉を顰《ひそ》めている。完璧な美貌は歪めても美しいのだな、とわたしは現実逃避のように思った。

「う……いっ……」

わたしの中を、リュシアンの禍々しい肉杭が貫いていく。身体の中に彼を受け入れる圧迫感に、わたしは両目をぎゅっと瞑った。わたしは純潔を失った。お父様が知ったらきっと……でも……

「ううっ……もう少し、我慢して……クロエ」

「いっ……痛い……」

「あと少しだから……クロエ、ごめん……」

リュシアンはゆっくりと腰を進めてわたしの中にすべてを収めきると、ホッと深いため息をついた。

「全部入った、クロエ……愛してる。これでもう、俺のものだ」

「ううっ……」

肉を引き裂かれるような痛みと異物感。心臓の鼓動がドキドキとうるさいくらいに音を立てている。

リュシアンの裸の胸に触れると彼の心臓も、激しく脈打っている。そっと労わるような口づけが落ちて、額と、瞼と、頬に触れて、やがて唇が塞がれた。

舌が差し込まれ、口の中を這いまわる。舌と舌を絡められ、しばらく唇を貪《むさぼ》っていたリュシアンが離れて、唇が解放される。

「クロエ……もう、離さない。クロエ……」

――本当に？　レティシア様じゃなくて、わたしが好き？　信じていいのね？　ずっとひどい態度だったのに？

ずっと好きだったリュシアン。初めて会った日から、どれほど冷たい態度でも諦められなかったリュシアン。彼に抱かれて、彼のものになった。

――愛してる。好きなのはクロエだけ。クロエが欲しい。

夢見ていた言葉を囁かれ、信じてすべてを捧げてしまったけど、夢のようだからこそ、信じていいのか不安になる。

でも――

わたしの中に、リュシアンの一部が入っていて、二人で繋がっている。リュシアンのキスがもう一度顔中に落とされ、背中に腕が回されて、ぎゅっと抱きしめられる。押しつけられた固い胸と、肌のぬくもり包み込まれて、彼の鼓動と自分の鼓動が一つになる。わたしは無意識に、彼の背中に両腕を回して縋《すが》りついた。

温かくて、安心する。ずっとこうしていたい――

リュシアンの唇がわたしの耳朶を食《は》み、甘噛みする。耳にかかる熱い息に、脳が溶けそうだ。繋がったところから広がる甘い疼きがわたしの全身を満たし、わたしの内部が彼を締めつけてしまう。

「うう、クロエ……そろそろ動く」

耳元で囁くと、リュシアンは体重を逃すように顔の横に手をつき、そっと身体をゆすり始める。緩慢な動きにわたしの内部が擦れて、新たな刺激にビクリと震えた。

「ふっ……んっ……んっ……」

「はあっ……クロエ、クロエ……」

次第に彼の動きは激しさを増して、わたしの身体は快感を拾い始めた。

リュシアンが勢いに任せて奥を突き上げ、そのたびにわたしの脳裏に白い光が走る。

「あっ……ああっ……あっ……」

「くっ……ううっ……」

彼はそっと身体を起こすと、ぐっと腰を押しつけて結合を深める。刺激される場所が変わるだけで、新たな快感が生まれ、わたしはつい、悲鳴をあげた。

「ひあっ……ああっ……」

彼が抜き差しするたびに、結合部からぐちゃぐちゃといやらしい水音が響く。見上げる彼もまた眉を顰《ひそ》め、眉間に深い皺を刻み、何かに耐えるように美しい顔を歪めている。

――こんな、顔、するんだ……リュシアン……

揺すぶられながら、リュシアンの美しい顔を陶然と眺めていると、視線に気づいたリュシアンがわたしの頬を撫でて、ウットリと微笑んだ。その笑みがあまりに美しくて、わたしは息を呑む。と、その瞬間を狙いすましたように、最も深い場所を抉られて、わたしは我を忘れて叫んだ。

「ああっ……」

「クロエ……愛してる、クロエ……はあっ、はあっ……」

リュシアンの動きはさらに激しくなり、荒い息遣いの合間にこらえきれない嬌声が入り乱れる。

彼に翻弄されるまま、わたしはなすすべもなく乱され、喘ぎ、悶えて、そして身体の奥から沸き起こる白い波のような快感に呑みこまれ、そのまま意識を手放した。

第五章　銀髪騎士の事情

俺の腕の中で初めての絶頂に身を震わせるクロエは、信じられないほど綺麗だった。

陶器のような白い肌がうっすら桃色に色づき、エメラルド色の瞳は快感に潤んでいる。

乱れた紅《あか》い髪が朝焼けのように煌《きら》めき、少し開いた唇は濡れて、ひっきりなしに甘い声をあげて。

もちろん、男たちから救い出した段階では、彼女を抱くつもりなんてなかった。結婚まで純潔を守るのが貴族の常識だし、俺だってそのくらいは弁《わきま》えている。

だが、クロエの飲まされた薬にはごく僅かながら催淫性というか、いわゆる媚薬の成分が含まれていたようだ。感覚を過敏にする成分も入っていたかもしれない。おそらくは、身体の自由を奪った上で、望まない行為でも快感を得てしまうように。はしたなく乱れる姿を衆目にさらして、クロエの尊厳と未来、そして貴族令嬢としてのすべてを奪うつもりだったのだ。

レティシア殿下の計画の卑劣さに、怒りで頭に血が上り、同時に悪辣さに震えが走った。

罪もないクロエを毒牙にかけようとしたことが許せなかった。

最初は、薬の効果が切れるまで、俺がそばについて休ませるだけのつもりだった。だが、未知の感覚に悶え苦しむクロエの様子はあまりに艶めかしく、俺の劣情を大いに刺激した。

――口移しで水を飲ませるためとはいえ、抱きしめてキスをして、クロエの体温を感じ、髪の香りを嗅いだだけで、俺の脳は興奮で痺れていく。

息苦しそうだからとドレスを脱がせ、媚薬を少しだけでも発散させる。

——心の中で言い訳しながら強引に迫るうちに、俺の理性の箍《たが》など、たやすく外れてどこかに飛んでいってしまった。

もう、どうなってもいい。クロエが欲しい。

彼女と一つになり、俺のものにする。

俺はゴクリと唾を飲み込むと、決意を固めてクロエの白い脚を開き、欲望に猛った自身を彼女の濡れそぼった花びらにあてがった。

一瞬、辺境伯閣下の強面《こわもて》が脳裏によぎる。——殺されるかもしれない。どう考えても、あれには勝てない。でも——

結局、恐怖と欲望を天秤にかけ、欲望が勝った。

俺はこれから起こる苦難と騒動を覚悟した上で、彼女の無垢な花弁を押し開くように、自身を突き立てた。

破瓜の痛みに歪む顔すら、すべて俺だけのもの——

◆◆◆

クロエと初めて会った時、俺は十七歳だった。騎士学校の最終学年を控え、将来の道を決める時期。

俺の家、クレール侯爵家は王都の法服貴族。数代遡れば王家にも連なり、代々官僚を輩出してきた家だ。格式はそこそこだが、領地は持たない。次男の俺は幸運にも王太子殿下と同い年だったので、ご学友に選ばれて子供の頃から宮中に上がり、次代の腹心候補と目《もく》されてはいた。

父も兄も文官として宮廷に出仕している。父は国王の側近官で、兄は宰相補佐官だ。

でも、俺は文字を書くより剣や馬の方が得意だったし、何しろ口下手で議論が苦手だから、性格的にも文官は向いていないと思い、騎士の道を選んだ。

次男の俺が爵位を得るには、どこか後継ぎのいない貴族家に養子か婿に入るしかない。親父がコネを駆使して、俺の婿入り先を探している時、メレディス辺境伯家との縁談が持ち込まれた。

広大な領地と屈強な軍隊を擁《よう》する武門の名家メレディス家には、後継ぎとなる男児がいない。長女に婿を取る予定が、たまたま王太子殿下が彼女を見初めて、彼女は王家に嫁ぐことが決まった。それで、メレディス辺境伯は当時十二歳の次女を後継ぎに据え、その婿に爵位を継がせることにしたのだと。

高位貴族で年齢の見合う、次男以下。将来、辺境伯として国境防衛を担《にな》い、有事の際には自ら前線に立つことを考えれば、武芸の素養は必須である。できれば、王家とも個人的なつながりのあることが望ましい。

――爵位や家柄がつり合い、騎士の訓練を受け、王太子の幼馴染でもある俺は、条件的にピッタリだと王家から打診があり、親父は一も二もなく飛びついた。

爵位と家の存続のための政略結婚だから、相手の人柄などは二の次だし、なにせ五歳も年下だ。

でも、王都のメレディス邸で初めて顔を合わせたクロエ・ド・メレディスは、ほのかに辺境の森の匂いのする、清楚な雰囲気の美少女だった。

艶やかな紅《あか》い髪に、ぱっちりしたエメラルドの瞳。薄くて小さな唇、抜けるような白い肌。少し冷たい印象がする顔立ちだが、鼻の頭に浮いたそばかすが素朴な雰囲気を醸し出していて、むしろ好ましく思えた。初めての対面に、恥ずかしそうに頬を染めているのも可愛い。俺のことを気に入ってくれたらしいのも、嬉しかった。――まだ幼いけれど、これから時間をかけて仲良くなっていければいいと思っていた。親が決めた結婚相手ではあるが、俺は初めからクロエに対して好印象で、不満もなく、むしろ過分な相手だとすら思った。

俺は生来無口で不愛想、そして無表情で、しかも十七歳当時、それを自覚していなかった。本来なら年上の俺が気をつかって話しかけ、会話の糸口をつかんで交流を図るべきなのに、その重要性を全く理解していなかったのだ。

結果、向かい合って無言で座っているだけのお見合いだった。俺は沈黙が気にならないタチだけれど、今にして思えばクロエを不安にさせたに違いない。

それでも最初の一年は、平穏に過ぎた。

俺は学校の休みごとにメレディス家のタウンハウスに通い、小さな花束とハンカチやリボン、時には綺麗な挿絵の入った書籍などを土産に携え、彼女とお茶をする。子供だましみたいなプレゼントでも、クロエは喜んでくれて、パッと花が咲いたような笑顔になった。

ただ、会話はあまり弾まなかった。俺自身は沈黙を苦痛に思わないから、時々、彼女が振る質問に、ああ、とか、うん、とか適当に頷いて、黙ってクロエの話を聞いて、その顔を眺めるだけで満足していた。要するにクロエの努力によりかかっていたわけだが、親が決めた婚約者との関係なんてそんなものだろうと思っていた。

十八で騎士学校を卒業し、俺は王宮に仕官した。家柄と親の七光り、そして辺境伯家の婿予定者の肩書で、王太子付きの護衛騎士に抜擢された。

クロエが成人するまでは王宮に勤め、休暇にこれまで通りメレディス家に通う。その間にクロエとの仲を深め、彼女が成人したら即、結婚。その後は領地で経営と軍隊の指揮を学びつつ、辺境伯の後継者としての地盤を固める。

——そんな漠然とした人生設計を胸に描いていた俺は、ふと思う。

俺は入り婿だ。辺境伯と侯爵家で家格はほぼ同じとはいえ、この婚約の決定権はどう考えてもメレディス家側にある。たまたま、クロエが俺を気に入ったから婚約が成立したが、将来、クロエが俺の至らなさに気づいたら振られてしまうかもしれない。

この一年でクロエは背も伸び、立ち居振る舞いも洗練されて、とても綺麗になった。社交界にデビューしたら、きっと男たちの視線を集めるに違いない。それでなくても辺境伯家の家付き娘なのに——

俺はクロエの気を惹かなくてはと思い、短絡的ではあるが、初めての給金で何かプレゼントしたいと申し出た。

それに対してクロエが遠慮がちにねだったものは、「アメジストの小さいペンダント」だった。

アメジストを知らなかった俺に、一瞬、クロエは呆れた表情をした。

――しまった。宝石や花の名前をもう少しは勉強しないと！

なんでも俺の瞳と同じ、紫色の宝石だという。

俺の瞳の色を、しかも常に身に着けたいからあえて小さなものを、だなんて、上目遣いに恥ずかしそうに言われて。――俺が本気で恋に落ちたのは、きっとあの瞬間だった。

――え？　可愛い！　可愛いよ！

いや、可愛いのは前からだったけど、そんなことを言われて墜ちない男なんていない。

心の内ではめちゃくちゃに身悶えていたんだが、幸か不幸か俺は表情が顔に出ない。おそらく傍からは何も考えていないように見えただろう。俺は即座に、出入りの宝石商にペンダントを注文した。

仕官して一人前になり、彼女を守れる立派な男になる、その第一歩のつもりだった。

――王宮勤めのせいで、俺の人生が危うくぶち壊しになるなんて、想像すらしていなかった。

◆◆◆

幼馴染でもある王太子レイノール殿下はおっとりしてはいるが堅実な性格で、彼が是非にと望んだ王太子妃イネス様は、妹のクロエに似て天真爛漫で可愛らしく、感じのいい女性だった。

当初は、この二人に仕えて大過なく任務をこなしていけると考えていた。

だが、思わぬ伏兵がいた。——殿下の妹姫、レティシア王女殿下だ。

もともと、レティシア殿下とは子供の頃から顔見知りではあった。俺は王太子殿下のご学友として王宮に通っていたから、当然、妹姫とも顔を合わせることがあったのだ。

でも、彼女はいつもわがままで自分本位で、勉強や遊びを邪魔された記憶しかなかった。

一度など、馬術の稽古中に突然駆け込んできて、王太子殿下のご乗馬が驚き暴れ、危うくレティシア殿下を馬蹄にかけそうになった。俺がとっさにレティシア殿下を庇い、事なきを得たが、もし事故になっていたら、王太子殿下の将来に大きな傷を残すところだった。

子供だから仕方なかったのかもしれないが、いろいろ迷惑を蒙った。王女だから無下にもできないし、ちょっと面倒臭い妹姫という印象だった。

金の髪に青い瞳、華奢で儚《はかな》げで、誰もが振りかえるほどの美少女——らしいけれど、単純に、俺の好みじゃない。存在自体、長いこと忘れていた。だから宮中で再会した時、馴れ馴れしく話しかけられて驚いた。レティシア殿下から「幼馴染」だなんて呼ばれても、ピンとこない。

王太子殿下はたしかに幼馴染だが、レティシア殿下は単なる、その妹。

むしろ俺は、婚約者のクロエの姉であるイネス妃殿下の方に、親しみを感じていた。

メレディス邸では数回、言葉を交わした程度だったが、レイノール殿下が選んだ妃である以上、騎士として全力で守るべき存在と考えていた。

王太子付き護衛騎士として、イネス妃殿下の警護も担当する。そのうち、レティシア殿下が毎日のようにイネス妃殿下の部屋に遊びに来るようになった。

はじめのうちは暇なのかな、くらいに軽く考えていたのだが、だんだん、レティシア殿下のイネス妃殿下に対する、嫌味と底意地の悪さに気づいた。さりげなくドレスの裾を踏んで転ばせようとしたり、手元が狂ったふりしてドレスにお茶をこぼしたり。あるいはわざと転んで、イネス妃殿下のせいにしたり。

――そうそう、昔から、この人はこうだった。被害者ぶって同情を買い、周囲の誰かを悪役にしたり。俺は幼い頃の記憶を思い出し、次第にレティシア殿下を警戒するようになった。

イネス妃殿下はその手の悪意にさらされた経験がないのか、最初は嫌がらせ自体に気づいていなかった。しかし毎日のように接するうちに、さすがにおかしいと思い始めたようだ。

イネス妃殿下は辺境育ちで、王都には友人も少ない。辺境伯令嬢を王太子妃に据えることに対し、反対もあった。――主に、自身の娘を王太子妃にしたい王都の貴族連中などからの。

ただでさえ王宮で孤立しているイネス妃殿下は、王女の訪問をはじめは喜んでいたのだろう。それゆえにレティシア殿下から悪意を向けられ、なおさらショックだったに違いない。

悪意の理由に思い至らないイネス妃殿下は悩んで、沈みがちになっていった。

いったい、レティシア殿下はイネス妃殿下の、何が気に入らないのだろう？

辺境出身だから？　あるいは巷《ちまた》でよく聞く、小姑の兄嫁いびり？　女きょうだいのいない俺には、よくわからない。

ただ、王族特有の政治的な問題を考慮すれば、レティシア殿下は現在、王太子殿下に次ぐ二位の継承権者だ。イネス妃殿下が子を産めば、レティシア殿下が女王として即位する可能性はほぼ消える。レティシア殿下の普段の言動から見て、女王即位を狙っているようには思えないが、万が一にも王位に野心があるなら、厄介なことになる。まさかとは思うが、イネス妃殿下の妊娠を妨害するなどの、直接的な危害を加えることがあったら、取り返しがつかない。

俺はレティシア殿下が訪れている間は、彼女から目を離さないでいた。すると、レティシア殿下は何を勘違いしたのか、やたら馴れ馴れしく絡んでくるようになった。

「懐かしいわ、リュシアン。わたくしたち幼馴染じゃない。お茶でも一緒にどう？」

「……勤務中ですのでご遠慮いたします」

「堅苦しいのね。いいじゃない、幼馴染なんだから」

アンタは幼馴染であるレイノール殿下の妹でしかない。――そう、言いたいのをグッと堪え、俺はただ頭を下げるのみ。実際、いやな予感は当たるもので、俺はレティシア殿下のつきまといに悩まされることになる。

俺が矢面に立つようになって、少しはイネス妃殿下への風当たりが和らいだ。しかしそれでも王宮に慣れないイネス妃殿下のために、妹のクロエが王宮に呼ばれた。

王太子殿下は俺がクロエの婚約者だと知っているので、エントランスまでの出迎えを俺に命じてくれた。

出仕以来、メレディス邸を訪問できていなかったから気まずかったけれど、久しぶりにクロエに会えてとても嬉しかった。

しばらく見ないうちに、クロエはぐっと大人びて綺麗になっていた。少女から大人の女性へと変わっていく時期なのか、どこか危ういような儚《はかな》い雰囲気がある。見ていると胸がざわつき、ドキドキして平静でいられなくて、俺は慌てて彼女から目を逸らした。

もちろん、いつも通り会話は弾まないけど、王宮で会えるなら悪くない――

この時の俺は、こんな暢気なことを考えていた。

まさか、この後五年間も、クロエとろくに話もできない状況に追い込まれるなんて、想像すらしていなかったのだ。

いつも通り馴れ馴れしいレティシア殿下を牽制するつもりで、クロエは俺の婚約者だと釘を刺したが、後から思えばそれがかえってよくなかった。レティシア殿下はクロエに見せつけるかのように、俺にしなだれかかってくるようになった。

突き飛ばすわけにもいかないし、努めて何事もないふうに受け流していたが、やがてどこからともなく、俺とレティシア殿下が恋仲だという噂が流れ始めた。

王太子殿下に問いただされ、俺は即座に反論した。心外な気分だった。

「ありえません。俺には婚約者がおりますし、レティシア殿下だって、隣国との縁談が――」

俺はあの手の、容姿を武器に人を操ろうとする女は好きではない。

王太子殿下もそれは理解してくださったが、一つ、懸念材料があった。

「レティシアは、私に次ぐ王位継承権者だ。国外に嫁に出すのを、反対している者がいる」

鉱山の利権に関わる隣国との協定で、レティシア殿下はいずれ隣国に嫁ぐ。だが、レティシア殿下自身も、縁談に不満であるらしい。

「私が案じているのは、イネスに子が生まれなければ、レティシアに女王即位の可能性が残ることだ」

「……つまり……レティシア殿下がイネス妃殿下に危害を――」

「それ以上は口にするな。レティシアは子供の時から、見かけの美しさの裏でいろいろと――」

真面目で誠実な王太子殿下は、幼少から妹の悪辣さに煮え湯を飲まされてきたし、俺にも覚えがある。成長とともに表向き、清楚で可憐な王女の仮面を被るようになったレティシア殿下は、王城内でも王都でも人気が高い。護衛騎士の中にはレティシア殿下の美しさに目がくらんで、崇拝者になっている者もいる。

「そなたはレティシアの見かけに騙されない上に、レティシアから気に入られている。特に気をつけてレティシアを見張っておいてくれ」

「は」

王太子殿下の危惧は、早々に的中する。

イネス妃殿下が、レティシア殿下に押されて転び、流産してしまったのだ。

流産の原因がレティシア殿下だなんて、故意であれ過失であれ、公表できるわけがない。流産の事実そのものも、外に漏れればイネス妃殿下の立場を危うくしかねない。イネス妃殿下の流産を理由に、自身の娘を愛妾にねじ込もうとする者が出てくる恐れがあった。

「わざとではない、と思いたいが――」

王太子殿下の表情は青ざめ、強張っていた。

当然だ。それほど仲はよくないが、たった一人の妹なのだ。

「申し訳ありません。俺が、目を離した隙に――」

俺がクロエを迎えに行って不在の間に、凶行は起きた。他の護衛騎士たちは、レティシア殿下の外見に騙されて油断し、不幸な事故を防げなかったようだ。

俺の言葉に王太子殿下は首を横に振った。

「そなたのせいではない。だが、レティシアには一層の監視が必要だ。幸い、レティシアはそなたのことをことに気に入っている。レティシア付きになって、監視してもらいたい」

「俺が……ですか？」

「そなたは絶対に、レティシアに篭絡《ろうらく》されたりしないだろう？　その上で、怪しい兆候があったらすぐに知らせてくれ。何、レティシアが隣国に嫁ぐまでのわずかな期間だから」

王太子殿下の命令とあれば逆らうことはできず、俺はレティシア殿下付きの騎士に異動になった。

王太子殿下から派遣された監視要員だとバレないよう、表向き、俺が自ら志願する形をとった。

だが、レティシア殿下は俺が志願したとクロエに暴露したのだ。

ただでさえ俺とレティシア殿下との噂が流れ、また王宮ではクロエの目の前でレティシア殿下に纏わりつかれている。そこにそんな話を聞かされたら、クロエでなくても傷つくし、疑うに決まっている。

王太子殿下の命令でも、レティシア殿下付きになるのは断るべきだった。

たとえ短い間でも、クロエを傷つけるような任務を引き受けるべきじゃなかった。

俺はそのことをずっと悔やみ続けることになる。

◆◆◆

レティシア殿下は騎士の選《え》り好《ごの》みが激しく、お気に入りの俺は、朝から晩までそばに控えていなければならなかった。

当然、外出の際には必ず護衛に指名された。拘束時間も長く、途中休憩もほぼ取れない。気まぐれに呼び出しをかけられるから気を抜くこともできず、わずかな隙には、王太子殿下に秘密の報告に向かう必要もある。以前、王太子殿下付きだった時に比べ、数倍の激務だった。

一番困ったのは、事前に申請した休暇すら、レティシア殿下のわがままで反故にされることだ。忙しすぎて、散髪に行く時間すら取れない。俺の髪はどんどん伸びていって、いつの間にか、うなじで一つに結べるほどになっていた。

だいたい、王宮騎士は七日に一度くらいは休みがあるはずなのに、メレディス邸を訪問しようと申請していた休暇に、なぜかことごとくレティシア様の外出予定がねじ込まれるのだ。

——どうやら、俺がクロエに会いに行くのが気に入らなくて、わざと俺の休暇の日に外出の予定を当てていると気づいたのは少し後のことになる。

王族の外出の護衛は、護衛騎士としては最優先の任務だ。原則として、指名されれば断ることはできない。それに、俺の本当の任務はレティシア殿下の監視なので、殿下が外出するならついていくしかなかった。

もちろん直前のキャンセルに対して、俺は事情を説明したお詫びの手紙を書いた。——ところが。

「リュシアン、困るわ。わたくしのわがままのせいで休暇がなくなった、なんて書かれては。あなたがわたくしの行くところ、どこにでもついてくるからじゃない」

侍女たちの面前でレティシア殿下にそう言われて、俺は最初、何のことかわからなかった。

クロエへの訪問の約束をキャンセルしてレティシア殿下の外出に従う。傍目には、婚約者を蔑《ないがし》ろにし、殿下を優先しているようにしか見えない。

訪問をキャンセルさせることで、殿下は俺を試して悦に入っていたのだ。

困惑して立ち尽くす俺の目の前で、殿下は見覚えのある封筒から便箋を取り出し、朗読し始めた。

「『拝啓、クロエ殿。ご無沙汰しています。この週末に訪問する予定でしたが、レティシア殿下の外出予定が急遽入ってしまい、護衛の仕事で訪問できなくなりました。急なことで申し訳ない。次の休暇は調整してもらうことにします。お詫びと言っては何ですが、以前に注文していたアメジストのペンダントが出来上がってきたので同封します』……」

読み上げられたのは、俺がクロエに送った手紙だった。

周囲の侍女たちがクスクスと笑いさざめいている。

いったい何がおかしいのか理解できず、俺が首を傾《かし》げていると、殿下が堪えきれないというふうに笑い転げた。

「ねえ？　これが婚約者に送る手紙かしら？　愛の言葉の一つもないなんて、もう少しは取り繕ったらどうなの？」

――取り繕う？　何を？

女たちが笑う理由がさっぱりわからない俺に、レティシア殿下が細い金の鎖を掲げてみせる。

俺がクロエの手紙に同封したアメジストのペンダントが、彼女の白い手に握られていた。

約束したのに渡せないままでいるアメジスト。それが、どうして――

ここまでされて、ようやく俺は手紙の内容とペンダントがお粗末だと、馬鹿にされていることに気がついた。

「これがお詫びのアメジスト？　ずいぶんと小さな石ね。婚約者に贈るなら、普通はもっと奮発するでしょう？」

赤い唇を侮蔑に歪めて、レティシア殿下が俺に微笑みかける。

「まあでも、デザインは悪くはないわね？　どうかしら？」

そういって、小さなペンダントを首元に当てると、背後に控えていた侍女たちが、さかんに褒めそやした。

「まあ！　レティシア様なら、どんな安っぽいものでもお似合いになります」

「ええ、その金の髪によく映えますわ」

レティシア殿下が我が意を得たという風に嫣然と嗤《わら》った。

「そうよね。赤毛にはアメジストは似合わないわ。わたくしの方が似合うと思わない？」

それはクロエのために俺が注文したものだ。

俺はゴクリと唾を飲み込み、言った。

「それは、安物で……王女殿下に相応しいお品ではありません」

レティシア殿下はプッと吹き出し、アメジストのペンダントトップをわざと揺らしてみせる。

「安物？　婚約者へのプレゼントに、安物だなんてお前も正直ね。……本心から彼女のことをどうでもいいと思っているのね。愛していないのが、手紙からも丸わかりだわ。愛の言葉一つもなく、お義理で安物をプレゼントするなんて」

俺は何を言っていいかわからなかった。

実際、高価な品ではない。宝石も小さく、デザインもシンプルだから。――でもそれがクロエの希望だったわけで、彼女を見下して選んだわけじゃない。

「わかっているわ、リュシアン。お前の気持ちはわたくしが一番、わかっているの。だから、これはわたくしが貰ってさしあげるわ」

「いえ……その……」

俺の背中を冷汗がダラダラと流れていく。たとえペンダントを奪い返したとしても、すでに安物扱いされたそれをクロエに贈る気は失せていた。

たしかに、クロエの髪と瞳の色には、アメジストは映りが悪いかもしれない。でも彼女は俺の瞳の色を身に着けたいと言ってくれたのに。

だが、ここで俺の心情を吐露したところで、おそらくいい結果は生まない。

レティシア殿下の嫉妬心を無駄に煽るだけだ。

王太子殿下の命令どおり、レティシア殿下を見張り、イネス妃殿下の安全を確保する。まずそれが最優先だ。

あと少しだけ、レティシア殿下が隣国に嫁ぐまでの辛抱だから。

そう自分に言い聞かせ、俺はペンダントを諦めて、無言で深く頭を下げた。

まさか、隣国の王太子がやらかして、レティシア殿下の輿入《こしい》れが無期限延期になるなんて、誰が思うだろう？　約束が違うと王太子殿下に詰め寄ったが、殿下にだってどうにもならない。

あの頃は王太子殿下も苦しい時期だった。イネス妃殿下さえお子を産んでくれればすべてが好転するのに——

思うようにいかない日が続いた。

レティシア殿下付きになって二年、一度もメレディス邸に行けず、クロエともまともに話す機会がないまま時が過ぎていく。

何度か手紙を書いたが、いずれもレティシア殿下の手に渡って、クロエのもとには届かなかった。

しかも、奪い取った手紙を、レティシア殿下は侍女たちの前で読み上げ、内容をあげつらって笑う。

もともと文章を書くのが得意ではない俺には、それが苦痛だった。

——クロエも、あの手紙を目にしたら馬鹿にするのだろうか？　愛が籠っていないと思うのだろうか？

嘲笑の的にされているうちに、自分の文章に対し自信喪失して、俺はクロエに手紙を書けなくなってしまった。

手紙も書けない不義理が積み重なり、王宮でクロエと行き会っても、彼女の顔をまともに見る勇気がなくて、つい、目を逸らしてしまう。そして次の瞬間、クロエの傷ついた表情を見て、失敗に気づく。――どうしたらいいのか戸惑ううちに、俺とクロエの間には大きな溝ができてしまっていた。


レティシア殿下の社交デビュー、エスコート役を命じられたのはそんな時だった。

俺はただの護衛騎士で、婚約者もいる。この上エスコートなどしたら、噂を肯定するに等しい。

これ以上クロエを傷つけたくないと思い、俺はお断りした。

「だが、他に頼める者もいないのだ」

王太子殿下に言われ、俺はわずかに疑いを抱いた。

――もしかして、王太子殿下は俺とレティシア殿下の噂を煽るつもりなのか？

「理解しかねます。俺には婚約者がいる。彼女やメレディス家の心情を考えれば――」

「メレディス家には、私から話を通しておく。クロエ嬢は社交デビュー前で、夜会に出られないから問題はないよ」

王太子殿下に説得され、渋々引き受けたが、後で死ぬほど後悔した。

その日、レティシア殿下から命じられたのは、護衛騎士の制服ではない、一般的な騎士用の礼服を着ることだった。その姿だと、ごく当たり前のデビュタントの、エスコート役にしか見えない。

隣国との縁談が暗礁に乗り上げているレティシア殿下が、王家主催の正式な夜会に、恋人と噂される男と腕を組んで出てきたら、噂が真実だと認めるようなものだ。憶測を生むに決まっている。

「本当にお似合いですわ」

「まさしく至上の一対ですわね」

見え透いたお世辞に、レティシア殿下はまんざらでもない表情で微笑んでいる。

「レティシア様の金髪と、リュシアン卿の銀髪が響き合うようですわね」

「眩いほどですわ。……もしかして、髪を伸ばしているのはレティシア様への忠誠の証ですの？」

――違います。休暇が全部取り消されて、散髪にも行けないからです。

真相を口にするわけにもいかず、俺が無言で立っていると、レティシア殿下がうふふと嬉しそうに笑った。

「そうなのかしら？　リュシアンは口下手だけど、忠誠心はとても篤《あつ》いのよ」

「素敵ですわ。言葉ではなく、髪を伸ばすことで愛を表現するなんて」

いつの間にかそんな話になっていて、俺は困惑どころではなかった。

――まさか、俺が髪を伸ばしているのはレティシア殿下への愛の証だと、そんな与太話を信じる奴がいるなんて。

社交デビューをエスコートしたせいで、俺とレティシア殿下の噂は王都中に広まり、とうとう辺境まで届いたのか、メレディス辺境伯から親父に問い合わせが来た。

辺境伯家への婿入りの話がなくなるのだけは避けたい親父は家で園遊会を催し、クロエとその父を招待することとした。そして、その日だけは何があっても休暇をとるように、と親父に厳命された。

クロエと会えるのは俺にとっても嬉しい。親父経由なら手紙を送っても怒られないかもしれない。

そう思った俺は、宝石商に注文し直したペンダントと小さな花束に拙い手紙を添え、メレディス家に送った。

王宮にも「家庭内最重要案件につき、絶対に絶対に、休暇をもらいたい。外出の護衛も断る」と重々、念を押した。さすがにこの休暇を潰されたらその場で辞表を出す覚悟でいたし、そこはレティシア殿下も空気を読んだのか、休暇は取り消されなかった。そのせいで、俺は少し油断していたのだろう。

レティシア殿下のわがままは、当日になって突如として炸裂した。

「クレール家で園遊会を催すのでしょう？　どうしてわたくしを招待してくださらないの？　バラ園が見事だと聞いたわ」

――バラ園が見たい？　わざわざ俺の家の？　王宮に山ほど咲いているじゃないか。

そう言い返したかったが、レティシア殿下直々に言われてしまえば、断ることなどできない。

……結局、俺はレティシア殿下を我が家に連れて行くしかなかった。

しかもレティシア殿下の首元には、クロエに贈るはずだったアメジストが――

レティシア殿下との根も葉もない噂を払拭するための園遊会だったのに、そこにレティシア殿下を連れていく。親父も兄も困惑しきりで、母親に至っては顔面蒼白だった。遅れて到着した俺に、母がコソッと囁く。

「……彼女は気分が悪いとさきほど——」

「今、そこですれ違った」

「何か言ったの？」

「いや……とても話しかけられる雰囲気じゃなくて……」

肩を落とす俺に、母が心配そうに言う。

「大丈夫なの？　あなたでは王女殿下の婿になるのは無理——」

「俺と殿下はなんでもない！　母上まで勘弁してくれ」

「でも本当に王都中の噂なのよ……王女様の気まぐれにも困ったものね……」

頬に手を当ててため息をつく母の姿に、俺はますます気が滅入った。

——王太子殿下にしてみれば、王位継承のライバルであるレティシア殿下が、護衛騎士と恋愛騒ぎを起こして評判を下げれば好都合、くらいに思っているのかもしれないが、巻き込まれる俺の立場も少しは考えて欲しい。

俺は、レティシア殿下の護衛を降りたいと王太子殿下に告げた。

このままではクロエに婚約を破棄されてしまう。ただでさえ散髪にも行けない劣悪な職場環境に耐えているのに——

ところが、他に適切な人材がいないと却下された。

「そなたが一番、レティシアに気に入られていて、近くに寄れる。他に相応しい者がいない」

それって、俺よりレティシア様に気に入られる男が現れない限り、交代不可ってこと？

その瞬間俺の目によぎった殺意に気づいたのか、王太子殿下が付け足した。

「レティシアはいずれ隣国に嫁ぐ。今は暗礁に乗り上げているが、結婚話は絶対になくならない。頼むからそれまで辛抱してくれ。イネスはクロエ嬢の姉。イネスの安全は、辺境伯家の未来とも関わるから――」

「しかしこのままだと、俺はメレディス家から婚約破棄されてしまいます」

「それについては、私から辺境伯に説明する。だから、せめてクロエ嬢の社交デビューまで、レティシアの監視を続けてほしい」

俺がレティシア殿下付きになったことで、レティシア殿下からイネス妃殿下への嫌がらせや、贈り物に潜ませた危険な物品――避妊や堕胎成分のあるお茶など――を事前に防ぐことができているという。

「とっととレティシア殿下を絞め上げ、処罰を加えて修道院あたりに追い払えば……」

俺が不満を訴えれば、王太子殿下は苦い顔で言った。

「決定的な証拠がない。……それに」

王太子殿下が本音を口にした。

「鉱山の利権を隣国と分け合うには、どうしたって王族同士の婚姻が必要だ。レティシアを断罪したら、嫁に行く人間がいなくなる」

鉱山は王家の私財なので、婚姻という形で譲渡するしかないというのだ。

古くからの権利は簡単には変更できないらしい。

だから、殿下は俺に対して伏し拝むように言うばかりだった。

「メレディス家への婿入りの件は、私が保証する。辺境伯にもそなたの働きのおかげで、イネスが命拾いしていると告げておくから！」

メレディス辺境伯も裏の事情は理解し、今はイネス妃の安全を最優先してほしいと頼まれた。

すべては、クロエのデビューまでの辛抱。

――そこまで言われれば、俺の立場では呑まざるを得ない。クロエのデビューまでのあと一年を乗り切れば。それさえ済めば、クロエと結婚し、わがまま王女とおさらばできるのだから――

◆◆◆

俺は、クロエの社交デビューまでの日を指折り数えて過ごした。

本来ならデビュー前に頻繁に会いに行き、ドレスや宝石を贈ったりしたかった。

でも、相変わらず休暇は取れないし、社交デビューを終えたレティシア殿下は夜遊びまで覚えて、俺は夜遅くまで連れ回され、疲労は溜まる一方だった。

とにかくクロエのデビューさえ終われば――

それだけを心の支えに日々を生き抜き、ついに迎えたクロエの社交デビュー。さすがにこの日の休暇は取り消しにはされなかった。

だが、着飾ったクロエと腕を組んで入場し、さあ、これから初めてのダンス、というところで、レティシア殿下の悲鳴が響きわたったのだ。

あの時、衆目の面前で取り乱して俺に甘えるレティシア殿下を窘《たしな》めもせず、ただ俺に丸投げした王太子殿下に対して、俺はひどく失望した。

ちらりと一瞬だけ振り返ったクロエの顔が、絶望で青ざめていた。俺はそれ以上、彼女を見ていることもできなかった。

――レティシア殿下を部屋に送り届け、一刻も早くクロエの元に戻ろう。

その時はそれだけを思ってレティシア殿下を抱き上げ、広間を後にする。

これ見よがしに俺に縋《すが》りついたレティシア殿下を侍女に引き渡して、俺は即座に広間に戻ろうとした。ところが、殿下が俺のマントを握りしめて離そうとしない。

「いやよ、行かないでリュシアン！　お前はわたくしの騎士でしょう？　そばにいて！」

「――侍女長！　早く殿下をお部屋に！」

興奮して取り乱す一方のレティシア殿下を侍女たちに託そうとするが、彼女たちも怖気《おじけ》づいて近づいてこない。俺はブチ切れて叫んだ。

「いい加減にしてくれ！　王女の恥を外に晒すつもりか！」

めったに声を荒らげない俺が怒鳴ったことで、侍女長たちもハッとしたらしい。

ようやくレティシア殿下に近づいて、彼女を宥め始めた。

「殿下、お鎮まりを。一国の王女にあるまじき取り乱しようです。こんな有様が国王陛下に知れましては、ひどいご叱責を蒙《こうむ》ることになりましょう」

「いやよ、お父様なんてどうでもいいわ！　わたくしを隣国に売り飛ばすつもりなのよ！　リュシアン、わたくしを愛してくれるのはお前だけよ、だからそばにいて！　あんな女のところに行かないで！」

　そう言われて、俺は淡々と答えた。

「俺は殿下の護衛騎士です。殿下の評判を守ることも我々の仕事です」

「どうしてみんな、わたくしの命令を聞いてくれないの!?」

　みっともなく騒いで暴れる王女を侍女たちが寝室に連れていき、パタンと扉が閉まる。俺はようやく、安堵のため息をついた。

　俺とクロエのダンスを邪魔するために、自ら転んで騒いでいただけだ。どうしてそこまで、クロエのデビューを潰そうとするのか。「愛してくれるのは俺だけ」って、どこからそんな誤解が生じているのか。あまりに訳がわからず、俺は目頭を揉んだ。そこへ、侍女長が駆け寄ってきた。

「申し訳ございません、リュシアン卿。せめてお茶でも一服――」

「いや、結構です。すぐに会場に戻らなければ」

「でも、そのお姿では……」

　侍女長に指摘され、俺は改めて自身の姿を見下ろし、愕然とした。

　レティシア殿下に力任せに引っ張られたおかげで、マントの留め金は外れ、礼服のボタンは引きちぎられていた。白い礼服の胸元にはべっとりと赤ワインの染みまで残っている。

今夜は王家主催の正式な夜会だから、この姿では会場へ入れない。俺はいったん、騎士の詰め所に戻って普段着の騎士服に着替え、急いで会場に戻った。

だが、クロエの姿は見当たらない。

俺の姿を認めた王太子殿下が、さすがに気まずそうに俺を身近に手招きする。

「悪かった、その――」

「詫びは俺ではなく、クロエに」

俺はそれだけ言って殿下の御前を失礼し、万一の可能性に賭けて車寄せに走った。しかし、メレディス辺境伯家の馬車は、もう、出てしまっていた。

クロエのデビューは台無しにされてしまった。王太子殿下の命令に従ったためとはいえ、俺は多くの貴族たちの目の前で婚約者であるクロエを放置し、レティシア殿下を優先した。俺とレティシア殿下の噂は、王都どころか国中に広まってしまった。クロエの気持ちを考えると、胸が痛い。

休暇も取れない地獄の三十連勤で、頑丈な俺も疲労が溜まっていく。

散髪するヒマもなくて伸び放題の髪にまで、レティシア殿下への忠誠の証だという噂が一人歩きしていく。

王家に対する不信感も募り、俺は王宮騎士を辞める覚悟を決めた。

結婚を早めて辺境に行きたいと、親父を通じてメレディス辺境伯閣下と交渉を始めたが、王太子殿下はそれを察知したのだろう。秘密裡に呼び出された。渋々出かけていくと、殿下は沈痛な表情で言った。

「実は――ここだけの話だが、イネスが二度目の流産をした」

殿下の顔色も悪く、頬はひきつっている。イネス妃殿下が王宮に入って三年。いまだに子供が生まれず、イネス妃殿下は苦しい立場に立たされている。殿下は深いため息をついた。

「私はイネスを守るために、そなたとクロエ嬢を生贄に差し出しているに等しいと、イネスに詰《なじ》られた。……イネスはそれを気に病んで……。イネスは自業自得だと言っていたが、すべて私が悪かったんだ。本当に、すまなかった」

殿下に真摯に詫びられて、俺は正直言って驚いた。

「その詫びは、俺ではなく、クロエに――」

だが、殿下は俺に向かって、さらに頭を下げたのだ。

「今少しだけ、待ってほしいのだ。クロエ嬢とそなたが結婚して辺境に行ってしまえば、イネスの味方がいなくなってしまう。イネスに子供が生まれさえすれば、どんな手段を用いてもレティシアを宮中から追放してみせる。だから、あと少しだけ、イネスを支えてほしい」

クロエが辛い思いをしても王都に残っているのは、姉のイネス妃を見捨てられないからだろう。姉思いのクロエのためにも、俺もイネス妃殿下の支えになりたいとは思う。

忸怩《じくじ》たる思いではあるが、俺は頷いた。

「……わかりました。あまり長くは待てませんけれど」

「ああ。隣国とも、水面下で交渉は少しずつ進展している。あと少しなんだ」

隣国も後継者をめぐって揉めていて、フォルテ王太子の地位も安泰とは言い難いという。

隣国の継承問題と絡めて、レティシア殿下を上手く押しつけ、有利な条件で鉱山の採掘を始めたいと王太子殿下は言う。国内の継承争いと国外との利権争いの権謀術数は、殿下に任せるしかない。

ただ、俺とクロエはそれに巻き込まれる形になっているわけで、いい迷惑だ。

「レティシア殿下は、何を考えておられるのです？　先日のデビュタントの夜会での奇矯なお振舞いといい、あれでは貴族たちの支持も失いかねません」

王位を狙っているなら悪手にもほどがある。

俺の問いに、王太子殿下が言った。

「かつては、私もあれが王位を狙っていると思っていた。女王になれば、王配もある程度は自由に選べるから。——それでも、リュシアンを王配にするのはかなり難しいとは思うが」

「どう考えても無理です。クロエと結婚できなければ、俺は爵位なし。女王の王配になれるはずがない」

王太子殿下が頷く。

「そうなのだ。本気で女王になりたいならば、護衛騎士との恋など、むしろ慎むはずだ。もしかしたら、王位ではなく、そなたとの結婚が目的なのかもしれん。だが、その場合もやり口が稚拙だ」

「俺との結婚？　まさか。好かれる理由に思い至りません」

俺の答えに、殿下は複雑そうな表情をした。

「まあ……顔、かな？」

俺は自分の顔をつるりと撫でる。

――顔がいい、と言われることは確かにあるが、俺自身の感覚では、別に普通の顔だ。

「あとは――イネスとクロエの姉妹に、思うところがあるのかもしれない」

「姉妹に？」

今度は俺が首を傾《かし》げる番だ。

「私がイネスを妃に選んだ時、一番、反対したのがレティシアだった。辺境の田舎娘が王妃になるなんて、ありえないと。自分は政略で外国に嫁ぐのに、兄の私が好きな女と結婚するのが許せなかったのかもしれない」

王太子殿下の言葉に、俺は眉を顰《ひそ》めてしまう。

「それは――でも、妹のクロエはどうして？　クロエと俺の婚約は政略によるものです」

「だから余計になんじゃないか？　同じ政略結婚なのに、クロエ嬢の婚約者はリュシアンだ。不公平だと思っているのかもしれん」

「そんな無茶な」

だが、俺はレティシア殿下に対し、言いようもない不安を感じた。

今はまだ、俺の休暇に外出をぶつけて潰したり、デビュタントの邪魔をする程度で済んでいる。

しかし、もし本気でレティシア殿下が俺たちの婚約を壊そうと思うなら、予想もつかぬことを仕出かすのではないか。

――俺は、レティシア殿下がクロエを物理的に攻撃するのではと、恐れ始めた。

◆◆◆

俺の忍耐も限界を迎えた頃に、イネス妃殿下がようやく懐妊した。

それを待っていたように、王太子殿下はレティシア殿下の輿入《こしい》れの日時を決めてきた。

「今まで苦労をかけたが、ようやく、レティシアを追放できそうだ」

王太子殿下にもねぎらわれ、レティシア殿下の護衛から降りる許可を得た。

一方、輿入《こしい》れの決まったレティシア殿下は、俺を隣国に伴いたいと言い出した。国王陛下も認めていると。

ありえない話に危うく噴き出しそうになる。

「それは無理です」

レティシア殿下は断られると思っていなかったのか、一瞬、ぽかんとした。

「どうして？　お前はわたくしの騎士でしょう？」

「俺は王家に仕える騎士として、殿下の護衛の任を承っております」

頭を下げる俺に、レティシア殿下が言う。

「わたくしは嫁いでも王女よ。知らない国に一人で嫁ぐわたくしを守ってよ」

「俺は殿下のお輿入《こしい》れを機に、王宮騎士を辞すつもりでおります」

俺がすっぱりと断ると、レティシア殿下は信じられないという表情をして、みるみる顔を怒りで朱に染めた。

「どういうこと？　騎士を辞めると言うの？」

「王宮の騎士は辞めます。その後は辺境防衛の任に当たる予定です」

「辺境――お前、あの赤毛の女と本気で結婚するつもりなの？」

　クロエを揶揄されて、俺はカチンときた。

「たとえ殿下といえども、彼女を侮辱するのはやめてください。クロエ嬢は俺の大切な婚約者です」

「辺境伯の家付き娘だからって、あんな女と――ねぇ、婚約など破棄して隣国に……」

　レティシア殿下はフン、と高慢に鼻を鳴らした。

「ありえません」

　俺はレティシア殿下の目を見てはっきりと言った。

「婚約を破棄して殿下について隣国に行くなら、間違いなく俺の有責になります。莫大な違約金と慰謝料を支払わねばなりませんし、その場合、レティシア殿下も責任を問われますよ？」

　そもそも、俺にはクロエとの婚約を破棄するつもりなんてないのに、何を言ってるんだこの人は。

　俺にはっきり反論され、レティシア殿下は眉を顰《ひそ》めた。

「責任？　わたくしは国のために嫁ぐのに？」

「国のためかもしれませんが、なぜ、俺が婚約を破棄して殿下について行かねばならないのです？」

　俺は心の底から、レティシア殿下の考えがわからずに尋ねる。だが、殿下の返答は俺には理解不能だった。

「だってお前はわたくしの騎士で、子供の時からわたくしを守ろうとしてくれたじゃない。ずっとひと時も離れずにいてくれる」

「子供の時……？」

何のことかわからず、俺は首を傾《かし》げる。

「子供の時、暴れ馬から助けてくれたことがあったでしょう？」

「暴れ馬――というと……」

王太子殿下の馬術の稽古に、突然、レティシア殿下が駆けこんで、馬が暴れたあの事件。たしかに、俺がレティシア殿下を庇って、事なきを得た。しかし、あれはどちらかというと王太子殿下の評判を下げないために必死でやったことだ。

「あれは――」

「お前だけだわ。わたくしに忠誠を誓ってくれるのも。……お父様に疎《うと》まれ、お兄様に嫌われたわたくしを……」

レティシア殿下はめそめそ嘘泣きまではじめた。俺はしばらく考えて、レティシア殿下に言った。

「俺は王家の騎士として、レティシア殿下にお仕えしてまいりました。この後は、俺は辺境伯家の婿として王家にお仕えする所存です」

そう言うと、レティシア殿下は悔しそうに俺を睨みつけた。

「辺境伯家の婿になれるから、あの女と結婚するのでしょう。愛してもいないのに」

「俺はクロエを愛しています！　なぜ、俺が彼女を愛していないことになっているんです！」

確かに俺の手紙には愛の言葉もないし、贈り物のセンスもない。この五年間、ろくに会いにも行けてないし、エスコートもできず、ダンスも踊っていない。でも、それは何もかもレティシア殿下が邪魔するせいじゃないか！

俺がここまではっきり断言しているのに、レティシア殿下は俺がクロエを愛していないという、誤解を改めようとしない。

これ以上、どう説明したらわかってもらえるのか。口下手な俺が何を言っても無駄なのか。無力感に苛《さいな》まれ――というか、だんだん面倒くさくなってくる。

「リュシアン、お前の気持ち、わたくしはわかっているわ。お前は口下手で責任感が強いから、婚約を破棄することにためらいがあるのでしょう？　違約金や慰謝料が不安なら、わたくしに考えがあるわ。心配しないで。わたくしが何とかしてあげるから」

「いえ、そのようなお気遣いはすべてご無用に願います」

――余計なことをしないで静かにしていてくれ。

その頃から、クロエから婚約についての話し合いを求める手紙が届くようになった。

例によって休暇も取れず、迂闊に手紙を出せばレティシア殿下の手に落ちてしまうので、俺はどう返事をしたものか迷っていた。

そのうちに、返事がないので婚約破棄の方向で進める、という最後通牒のような手紙が届き、俺は真っ青になった。

とにかく、クロエと直接話がしたかった。

以前から、クロエがイネス妃殿下の部屋に向かうのに通る中庭がある。

あそこなら、レティシア殿下に邪魔されずに話ができる。問題は、あの場所が俺の普段の行動範囲から外れるので、なかなかタイミングが合わないこと。また万一、クロエと話しているのをレティシア殿下に知られた場合、面倒なことになるであろうことだ。

幸いにも、俺は一人で中庭を横切っていくクロエを見つけ、話しかけることには成功した。

だが焦っていた俺は、藪から棒に「婚約を破棄するつもりはない」と口にして、クロエに怪訝な顔をされてしまった。おまけにこれまで連絡できなかった不実を詰《なじ》られる。まったく返す言葉もない。

でも、あと少しだけ、レティシア殿下が隣国に行くまでの辛抱だから、それまで待ってほしい。そうしたら――

言いたい言葉が胸の中でぐるぐると渦巻く。しかし、声は上手く出ないままだ。

心の中でどれだけ訴えかけたところで、クロエに通じるわけもない。近づく足音に俺は時間切れを察知し、バッサリと打ち切ってクロエを置いて遠ざかった。

――これでは不信感を増すばかりだが、わかっていてもどうしようもなかった。

しかし差し当たって、クロエから一方的に婚約破棄される危機は脱したらしい。姑息な時間稼ぎとは思うけれど、レティシア殿下が嫁ぐまで何とか乗り切りたいと祈るばかりだった。

イネス妃殿下に待望の王子が生まれ、レティシア殿下の輿入《こしい》れも近づいたある日。

俺は王城内の回廊の柱の陰で、いかにも不穏な男たちの声を耳にする。

「レティシア殿下のご命令で……」

「――メレディス辺境伯令嬢を――」

俺はハッとして気配を消し、耳に全神経を集中させる。男たちには見覚えがあった。

レティシア殿下が夜遊びに繰り出した夜会で、調子のいい嬉しがらせを言って、殿下に取り入った男たち。――下級貴族の令息で、見栄えはそれなりだが素行のよくない輩《やから》だ。

「王子誕生の夜会で――」

「薬を飲ませて……複数の男で……」

「婚約を……謝礼はこちら――」

聞こえた内容に、俺は耳を疑う。

俺はその男たちの顔を記憶に叩き込むと、王太子殿下への報告に向かった。

――標的はメレディス辺境伯令嬢クロエ。

レティシア殿下はクロエを複数の男で辱め、俺との婚約を彼女の有責で破棄に持ち込むという、信じられない計画を練っていたのだ。

「クロエ……クロエ……」

耳元で囁かれて、わたしは目を開けた。覗き込んでいた顔のあまりの麗《うるわ》しさに心臓が止まりそうになる。

「リュ……シ……」

「起きた？　ちょっとこれ、被っておいで」

「え……？」

リュシアンが、わたしの肌の上に羽毛の掛布団——デュベをかけながら言う。いったい何が、と聞き返そうとしたら、突然ドン、ドンと乱暴に扉をノックされて、わたしはデュベを掴んで身を縮めた。

「なに……？」

「大丈夫。カギはかけてある。……なるほどそれで、さっきはカギがかかっていなかったのか」

「カギ？」

まだ、わたしは半ば靄《もや》のかかった頭で、さきほどまでのことを思い出そうとするが、上手くいかない。

「俺に任せて。……デュベは被ったままで」

ドンドン、ガタガタと扉が揺さぶられる。ついで、「開けなさい！　クロエ嬢！」「おかしいわね、なんでカギが」「誰かカギを持ってきて！」と外から大声で呼びかけられて、わたしはますます怯え、デュベにもぐりこんだ。

リュシアンがドアに背を向けて横たわり、守るようにわたしの身体を後ろから包み込む。

やがて、カギを回す音がして、ガチャリと扉が勢いよく開かれた。

複数の足音がなだれ込んでくる。

「クロエ嬢！　きゃー、クロエ嬢が男と！」

「レティシア様、しっかり！」

「クロエ様、いったいなんてことに！」

わざとらしい若い女の悲鳴が聞こえる。そのうちの一人の声は、まぎれもなくレティシア様のものだ。

――いったい、どういうこと？

わたしの背後で、リュシアンが起き上がったらしい気配がした。

「……何事です？　レティシア殿下？」

デュベの隙間から覗き見れば、彼女たちは上半身裸のリュシアンを見て、絶句していた。

「リュシアン？　お前、なんでここに？　だいたい夜会の間はどこにいたのよ？　なんで――」

動揺して声を上ずらせるレティシア様に、リュシアンが淡々と言った。

「お輿《こし》入れを機にレティシア殿下付きから外れますので、キャンセルになった分の、休暇の消化中です」

「リュシアン!?　お前は隣国まで連れていくって言ったでしょ？　わたくしの護衛騎士なんだから！　だいたい、輿《こし》入れはまだ一月以上先よ！」

「隣国行きはお断りしたはずです。俺は辺境伯家に婿入り予定ですので」

「だからわたくしが……！　どうしてその女と？　それにその姿は――」

レティシア様が顔を真っ赤にして怒っている。それを無視してリュシアンは長い髪をかき上げると、足元に落としたシャツを拾って、ふわりと裸の上に直接纏った。

「で、何事です。そんなに多くの者たちを引き連れて」

「それは……」

レティシア様がハッと背後を振り返る。

――レティシア様の背後には、取り巻きの令嬢令息や騎士が鈴なりになって、部屋を覗き込んでいる。

「クロエ嬢が具合悪そうだったから、様子を見に来たのよ」

「具合の悪い人を、そんなに大勢で？」

「心配だったから――」

「クロエでしたら大丈夫です。男二人に連れ込まれそうになっていましたが、偶然、俺が通りかかり、捕まえて騎士団に突き出しました。今頃は尋問中だと思います」

その言葉にレティシア様は目に見えて青ざめ、落ち着かなげに周囲を見回している。

「では、クロエ嬢と、あなた、その……」

「ええまあ……俺とクロエは婚約者ですし、クロエの危機を救った流れでつい……。どうせ結婚する予定ですから……」

レティシア様を取り囲む人々が、お互いに顔を見合わせた。

リュシアンはいつもの淡々とした調子で、彼らを見回す。

「クロエを襲った男が誰かに命じられたとしても、法にのっとって裁かれると思います。ご安心を」

リュシアンの言葉に、レティシア様は蒼白な表情で両頬を押さえた。

「わ、わたくしは――」

そこにまた新たな足音がして、王太子殿下の侍従がやってきた。

「レティシア殿下。ローレル男爵家のジョシュアと、ライヒマン子爵家のロイドは御存じですか」

「し、知らないわ！　わたくしは何も！」

「両名は本日の夜会、殿下の紹介で招待状を送ってございますが」

「それは……」

「婦女子に狼藉しようとしているのを取り押さえられ、殿下の命令だと申し立てております」

「知らないわ！　事実無根よ！」

「どのみち、お話を伺わねばなりません。ご同行願います」

数名の騎士がレティシア様を取り囲む。レティシア様が助けを求めるように、リュシアンを見た。

「リュシアン！　お前、わたくしの護衛でしょ！　わたくしを助けなさいよ！」

「今日付けで殿下の護衛の任は解かれております」

「リュシアン⁉　どうして！」

「おかしな噂が流れていたようですが、俺が愛しているのは、婚約者のクロエだけです。殿下に対して恋情など欠片も抱いておりません」

リュシアンの手が、そっと愛おしむようにデュベの上からわたしを撫でた。

なんだかホッとして、目の奥が熱くなって涙が溢れてくる。

――ずっと、好きでいてくれたんだ。わたしが、リュシアンを好きでいたように。

するとレティシア様は観念したようにため息をついて、連行されていった。取り巻きたちも促され、ざわざわとその後を追う。その一部始終を、わたしはデュベの隙間から、息を殺してじっと見つめていた。

その時。

「これはどういうことかね？」

地を這うような声がした。視線を持ちあげると、部屋の入口にお父様が立っている。

「えっと、あーっとこれは――」

今までの落ち着きが嘘のようにオタオタと慌て出すリュシアン。バタンと扉を閉め、お父様がカツカツと靴を鳴らしてベッドに近づいてくる。

「わしはまだ、君と娘の結婚式には出ていないはずだが……」

「いやその、これはその――」

お父様はデュベを被って震えているわたしをじっと見つめてから、深い深いため息をついた。

「まったくなんてことを！　こんな、王宮の夜会で!!」

「あ、あの、お父様、その……知らない人に乱暴されそうになったのを、リュシアンが助けてくれて……」

お父様はじっと眉間に皺を寄せ、何か考えている様子だ。

それから再びため息を吐き、口を開く。

「リュシアン、たしかに君の事情は王太子殿下からも聞いている。君のおかげでイネスや、お腹の子の命が助かったことも理解して、それで、君とレティシア殿下の噂についても目を瞑ってきた。レティシア殿下の嘘に騙されて、感情的に婚約をやめると言い出したクロエを宥めもしたが――」

お父様が、ギロリとリュシアンを睨みつける。リュシアンが縮こまるように肩を竦めた。

「その……五年ぶりに、まともに近づけて……その……」

カツカツと近づいたお父様が、リュシアンの羽織ったシャツの襟首を掴み上げるので、わたしも「ひっ」とデュベの下で身を縮めた。

「本来なら殴りつけて婚約もナシにするところだ！　クロエ、お前まさか、どさくさに紛れて無理無体に純潔を奪われたのではあるまいな？」

「い、いえ、違います！　その……」

わたしが恥ずかしさに倒れそうになりながら同意の上だと言えば、お父様が呆れたような表情になる。

「この男にはもう、愛想を尽かしたと言っておったではないか！　それをあっさり絆《ほだ》された上にこんな……！　もう、このヘタレ男の嫁になるしかないんだぞ？　それでもいいのか？」

そう問われて、わたしは頬が熱くなるのを感じながらも、こくこくと頷いた。

それを見て、お父様はもう一つ深いため息をつき、リュシアンに向き直る。

「本気でわしの婿になりたいなら、こんな程度の身体では辺境では使い物にならんぞ？　覚悟はできているだろうな？」

「は、はひっ！　もちろんですっ！」

ガクガク揺すぶられて、リュシアンが舌を噛みそうになりながら言えば、お父様がぱっと手を離してリュシアンがベッドにドサリと落ちる。

「おぬしはしばらく謹慎しておれ！　馬鹿もんが！」

お父様に雷を落とされ、わたしたちはそれぞれ屋敷に連れ戻されてしまった。

◆◆◆

シャルル殿下のご生誕を祝う夜会の一件は内密に処理された。

わたし、メレディス辺境伯家のクロエにレティシア様の取り巻きの令息たちが薬を飲ませ、休憩室に連れ込んで複数人で辱めようとした。幸い、王宮騎士の一人で当日、非番であった婚約者リュシアンが気づき、騎士たちとともに男たちを拘束、被害は未遂であった。

しかし、王家の慶事の裏で起きた不祥事である。王太子殿下は事件の黒幕がレティシア様だと疑い、レティシア様と周囲の貴族令息、令嬢たちを厳しく取り調べた。

もちろん、レティシア様は事件への関与を否定している。実行犯の令息たちの勝手な暴走で、冤罪をかけられた自分こそ被害者だと言い張るレティシア様に対し、王宮で極秘に査問会が開かれることになった。

「国王陛下が御前で双方の言い分を聞き、自ら詮議《せんぎ》をなさると決断なさった」

「国王陛下が……」

最近、お体の不調を訴え、表に出ることも稀《まれ》になった陛下だが、ただ一人の娘が絡む不祥事に重い腰を上げたと言う。

王太子殿下に呼ばれて久しぶりに王城に上がったが、王太子殿下は随分疲れた顔をしていた。

「被害者であるクロエ嬢を、そんな場に引きずり出すべきでない。そう反対したのだが、このままではレティシアのいいように丸め込まれかねない。私もイネスも出席するし、もちろん辺境伯も側にいる。そなたへ負担がかからないように極力配慮するから、どうか、出席してくれないか」

王太子殿下に言われて、わたしは腹を決め、査問会への出席を承諾した。

王宮の、謁見の間。——中央奥の一段高くなった玉座には国王陛下のお姿があった。

お体がよくないという話の通り、髪もひげも白髪が目立ち、頬はこけ、顔色も悪い。

玉座のすぐ近くに王太子殿下とイネス姉さまの席が並んで置かれ、その反対側に一人だけポツンと、レティシア様の席が設けられている。護衛の騎士や取り巻きからも引き離され、味方のいない状態で、それでもレティシア様は傲然と顔を上げ、女王然とした様子で姿勢を正して座っていた。

わたしはお父様に連れられて謁見の間に入り、陛下に対して腰を落としスカートを摘まんで礼を執る。

玉座から、少し掠《かす》れてはいるが威厳のある声がかかった。

「メレディス辺境伯とその息女か。出頭、ご苦労である」

極秘の査問会のため、列席者は限られている。宰相と、その補佐官。そして宮内長官、王宮騎士団長。あとは陛下の小姓《ペイジ》が壁際に控えるのみだ。緊迫した空気が場を支配していた。

「では、始めさせていただきます」

一歩前に出て司会に立つのは、宰相補佐の一人だ。彼は革の表紙をつけた調書を開き、内容を読み上げる。

「先日のシャルル殿下ご生誕祝いの夜会において発生した、婦女暴行未遂事件についてです。メレディス辺境伯令嬢がローレル男爵嫡男ジョシュア・ローレル及び、ライヒマン子爵ロイド・ライヒマンにより、薬物を混ぜた酒を飲まされ、前後不覚になったところを休憩室に連れ込まれました。危うく乱暴されかかったところを、不審に思った騎士団が踏み込み、男二人を拘束、事なきを得ました」

宰相補佐が周囲を見回す。

「騎士団にて二人を尋問しましたところ、レティシア王女殿下のご命令によるとの供述がございましたので、レティシア殿下および、その周辺からも事情聴取を行いました」

彼の読み上げた調書によれば、二人はレティシア様の命令でメレディス辺境伯令嬢《わたし》に薬を飲ませ、貞操を奪おうとした。さらに、男二人がかりで慰み者にしている最中を狙い、あらかじめ示し合わせてレティシア様が取り巻きと休憩室に踏み込み、騒ぎを大きくして被害者が凌辱されたと周知させる計画だったと供述したという。

計画の悪辣さに、その場が微《かす》かにざわめいた。もし、計画どおりに事が進んでいたら、男二人に辱められたわたしは、貴族令嬢としては致命的な傷を負い、修道院に入るしかなくなるところだった。

顔を伏せると、甲高い声をレティシア様があげた。

「わ、わたくしは知らないわ！　だいたい、なぜ、わたくしがそんな命令を出さねばならないの？」

それを宰相閣下が手を挙げて制し、言葉を続けた。

「まずは男たちの供述から参りましょう。男二人は場当たり的、無差別的な犯行ではなく、レティシア殿下の命令により、メレディス辺境伯令嬢を狙った、そう申しておるのですな？」

宰相補佐が調書をめくり、わたしたち親子に一瞬、視線を投げてから言った。

「はい。男たちの証言によりますと、メレディス辺境伯令嬢とクレール侯爵の次男リュシアン卿の婚約を破棄させるのが目的だったそうです。リュシアン卿は王宮騎士団に勤務し、レティシア殿下の護衛騎士を拝命しておりました」

「その騎士は――つまり、レティシア殿下の恋人と噂される男か？」

宰相補佐が頷いた。一同の視線が、わたしとレティシア様とを交互に見る。レティシア様は落ち着いた表情で余裕さえ感じられたが、わたしは無意識に唇を噛みしめ、両手をぎゅっと握る。

国王陛下が玉座から問う。

「つまり――男たちはレティシアの命令で、レティシアの恋人でもある護衛騎士の、その婚約者を辱め、彼らの婚約を壊そうとした。そう、申しておるのだな？」

宰相補佐は陛下に頷いてみせた。

「はい、実行犯の二人が申しますには、レティシア殿下は隣国への輿《こし》入《い》れにあたり、護衛騎士としてリュシアン卿を伴うつもりだった。しかしながら、メレディス家の令嬢が婚約を盾にリュシアン卿の同行を拒否したため、令嬢の貞操を奪ってリュシアン卿との婚約を破談に持ち込むよう、命じられた。――もちろん、それに伴う謝礼も約束され、前払いですでに金貨五百枚を得ていたと」

わたしは無意識に目を伏せた。あの時の恐ろしい記憶が胸によぎったからだ。

しかし王太子殿下とイネス姉さまから、心配そうにわたしを見る視線を感じて、顔を上げる。

――しっかり、しなくちゃ。

陛下の眉間に深い皺が刻まれた。尖った顎に手を当ててしばし何か考えておられたが、おもむろにレティシア様に問いかけた。

「レティシア、そなたは確かに、隣国に護衛騎士を伴いたいと申しておったが、それがクレール家の次男なのだな？　――そなたは、その男に婚約者がいるなどと、申しておらなんだではないか。少なくとも、余は聞いておらぬぞ？」

　その問いかけにレティシア様がその場で立ち上がり、優雅に膝を折った。

　下から見上げるようにして、国王陛下に返答する。

「はい、お父様。……その、リュシアンの婚約のことは存じておりましたが、彼はわたくしに忠誠を誓い、わたくしたちは互いに愛し合っておりました。ですから彼の婚約は特に問題にならず、報告するに及ばないと考えておりました」

　レティシア様の動作も発言も自信に溢れている。その上で真摯に陛下を見つめる仕草といい、思わず見惚れてしまいそうなほどの、計算された美しさがあった。

「クレール侯爵家とメレディス辺境伯家の縁組は、我が王家の肝煎りで結ばれたもの。それが問題にならぬと考えるのは何故か。――愛し合っていたと？　他に婚約者のいる男とか？　そなたとて、隣国の王家に嫁ぐ身であるのだぞ？」

　国王陛下の厳しい言葉に、レティシア様が目を伏せる。

「ですが……隣国のフォルテ太子は十年来の愛人との間に、すでに二人もの子を生《な》しているとか。わたくしはただ、その王子の名目上の母として嫁ぐと聞いております。あちらは、せめてもの償いに、わたくしの愛する者を伴うことを認めてくれました。ですからわたくしは、リュシアンに同行を求め、彼も了承したのです」

　長い睫毛を伏せていかにも儚《はかな》げに、庇護欲を煽る風情のレティシア様だったが、陛下はその様子に特に感銘を受けた風でもなく、明らかな侮蔑を滲ませて言った。

「フン、ものは言いようであるな。要するに、間男を連れて嫁入りするのに、男の婚約者が邪魔だった。それで、その娘に危害を加えよと命じた。そういうことか？」

「お父様、わたくしは何も命じておりません！　あの男たちが勝手にやったことですわ！　わたくしが命じた証拠は、あの男たちの証言だけなのでしょう？　むしろ、クロエ嬢が自ら、彼らを誘惑したのではなくて？　だからその後、彼女はリュシアンと――」

突然、飛んできた火の粉にびっくりして顔を上げれば、憎々しげにわたしを睨みつけるレティシア様と目が合った。その青い瞳にはギラギラと憎しみが籠っていて、息を呑む。

「メレディスの娘がどうやって、その男たちを誘惑するのだ？　理屈に合わぬではないか」

陛下の問いに、レティシア様は微笑みを浮かべて言い切った。

「彼女は、気分が悪いと言って夜会を抜け、休憩室に向かいましたわ。わたくしが心配して休憩室を訪ねるとそこでリュシアンと――」

レティシア様が思わせぶりに言葉を濁し、口元を手で覆う。そこへ宰相閣下が尋ねた。

「リュシアン、とはクレール侯爵家の次男ですな。メレディス辺境伯令嬢が休憩室でクレール家の次男、つまり、レティシア殿下の恋人と関係を持っていた、そう、おっしゃるのですか？」

周囲の視線が一斉にわたしに向かう。わたしはオロオロして視線を泳がせた。

お父様が目で、落ち着くようにと合図するので、わたしはゴクリと唾を飲み込み、両手を膝の上で握り込む。それでも、このような場で明け透けな言葉で問い詰められるのはあまりに恥ずかしく、顔が上げられない。

　レティシア様の得意げな声が聞こえてくる。

「彼女はリュシアンをわたしに奪われたくなくて、薬を使って彼を誘惑し、既成事実を作り、彼をつなぎ留めようとしたのよ。そうでなければリュシアンが裏切るわけないわ。ついでに男たちを唆して嘘の証言をさせ、わたしに罪を着せたのよ！　そうに違いないわ！」

　あんまりな冤罪に、わたしは呆然とした。

　――冷静に考えて、わたしがそんなことをする必要はないと思うのだけど、これを信じる人もいるのかしら？

　レティシア様はわたしにギラギラした視線を向けて肩で息をしている。いかにも渾身の告発をしたような雰囲気だけれど、しかし肝心の国王陛下はそれを無視して、わたしとお父様の方に視線を向けた。お父様は岩のように静かに座っていらしたが、腹の底から怒りに燃えているのが明らかで、わたしはいつ暴れ出すかとひやひやしてしまう。

「メレディス家の……クロエ、と申したな。そなたの話を聞こう。実行犯の男どもと、面識はあったのか？」

　わたしは司会の宰相補佐を見て、尋ねた。

「直接お答えしても、よろしゅうございますか？」

　それに対し、陛下が即座に認めた。

「よい。直答《じきとう》を許す」

陛下の許可を得て、初めて、わたしは陛下に向き直った。

「あの方たちと面識はなく、お名前も存じあげません」

「王城外の夜会でも、会ったことはないか」

「はい。夜会自体、あまり……わたくし、社交も控えめにしておりました。数少ない機会にレティシア様をお見掛けした場合も、王族の方がおしのびでいらっしゃる際は、特にお言葉を賜ることがなければ、こちらから話しかけないのが作法と聞いておりますので、お取り巻きの方々とも、お話ししたことはございません」

陛下は頷くと、改めて当日何が起きたかについて問うた。

わたしは頷いて、問いに答える。

「はい。あの日はシャルル殿下のお祝いでございましたので、わたくしも馳せ参じました。レティシア様より、シャルル殿下へのご祝辞を賜り、手渡されたお酒を少しだけ飲みました。そうしましたら、ひどく気分が悪くなって——」

「レティシアより渡された酒を飲んで、気分が悪くなったと申すか」

陛下が目を見開く。わたしは、不敬になるだろうかと思いつつも頷いた。

「レティシア様より手ずから渡されたわけではございませんが、レティシア様が選ばれたグラスで乾杯をとおっしゃったので。普段は給仕から渡されたもの以外は飲みませんが、王族の方からの乾杯をお断りするのもよろしくないと思い……」

「なるほど。それは、断りにくかろう。で、どんな風に気分が悪うなったのじゃ？」

「はい。視界が歪んで、眩暈《めまい》がひどく、立っていられなくなりました。気づけば二人の男性に引きずられるように連れて行かれて……舌が動きませんので声も出せず、助けを呼ぶこともできませんでした」

国王陛下が頷き、宰相補佐を見た。

宰相補佐も即座に頷いた。

「押収した薬の効能と一致します。植物由来の成分で、身体の痺れと視界不良、眩暈《めまい》、多量に服用した場合は、四肢の麻痺から呼吸不全、最悪の場合は心臓麻痺を起こすと。この薬は実行犯の男二人、およびクレール侯爵令息からは検出されておりませんので、クロエ嬢だけが服用したとみられます」

「つまり？」

陛下が宰相補佐を促せば彼が言った。

「男を誘惑する目的でしたら、クロエ嬢本人が服用するのは不自然です。自分の身体が動かなくなってしまいますから。男たちもクロエ嬢の抵抗を奪うために飲ませたと、証言しております」

「違うわ！　この女がわたくしを罠に嵌《は》めようと自ら飲んだのよ！」

「黙らんか！」

興奮して叫ぶレティシア様を、陛下が一喝した。陛下はわたしを見て、尋ねた。

「そなたは薬を飲まされ、見知らぬ男二人に休憩室に連れ込まれた。……で、クレールの息子はどうして出てきたのだ？」

「はい。二人にのしかかられ、ドレスを脱がされそうになったところで、突然、リュシアン——いえ、リュシアン卿と、王宮騎士団の方々がやってきて……ギリギリで助かったのだと思いました。男たちが連れていかれた後、わたしは薬のせいか身体が動かず、朦朧としていたので、リュシアンが水を飲ませて介抱してくれて、それで……」

その後、起きたことをどう説明していいかわからず、わたしは真っ赤になって俯いた。

「それで、どうしたのだ？」

国王陛下になおも問われ、わたしは恥ずかしさで涙目になった。

「その……胸が苦しいのでコルセットを緩めたりしてもらううちに、その……」

「そうやってリュシアンを誘惑したのでしょう！　卑怯者！　淫売！」

「やめんか！」

わたしを汚い言葉で罵るレティシア様を、国王陛下がぴしりと制止する。その場に微妙な雰囲気が流れ、隣でお父様が不自然に咳払いした。陛下が確認するように言った。

「つまり、危機一髪のところに婚約者が助けに入り、流れで婚約者と関係を持った。そういうことであるな？」

「……はい。間違いありません」

わたしが消え入りそうな声で言えば、隣でお父様が不機嫌そうに顔を歪め、そっぽを向いた。その様子を見た国王陛下が、少しだけ表情を緩める。

「となればその男、そもそもレティシアとともに隣国に行く気があったのか？」

「お父様！　彼は嵌《は》められたの！　その女は彼が隣国に行くのを邪魔するために彼を誘惑して――」

反論するレティシア様に、陛下が胡乱な目を向ける。

「レティシアと隣国に行くつもりなら、捨てる予定の婚約者が男二人に襲われていても、助けに入ったりはしまい。むしろ婚約者を糾弾し、婚約破棄を突き付ければよい。だが婚約者はそうせずに、かえって男二人を騎士団に突き出したのであるな？」

宰相補佐は調書をめくりながら言った。

「はい。実行犯の二人は、この計画をリュシアン卿も承知していると思っていたそうです。婚約を盾に隣国行きを渋る令嬢にお灸を据えるためだと、そのようにレティシア殿下に仄めかされていた。ですから、リュシアン卿の邪魔が入って驚いたと証言しております」

「リュシアンは正義感が強いから！　騎士として助けに入っただけで！」

なおも言い募るレティシア様に、国王陛下が目を眇《すが》める。

「レティシア、そなたの言うことは理屈に合わぬ。メレディス家の娘が自ら薬を飲んで婚約者を誘惑する理由があるのか？　ないであろう？」

だがレティシア様はわたしを睨みつけて言い放った。

「あるわよ！　この女はわたくしに嫉妬して、わたくしからリュシアンを奪い返そうとしたの！　わたくしがリュシアンを連れて隣国に行くのを拒否したわ！　だから自分を餌にしてリュシアンを手に入れようとしたのよ！　お父様はご自分の娘であり、王女であるわたくしの言葉より、こんな女の話を信じるの？」

「あの……」

わたしが勇気を奮《ふる》って手を挙げると、陛下がわたしを見て言った。

「どうした。申してみよ」

「わたくしはリュシアンが隣国に行くことを拒否してはいません。婚約を解消して彼を解放しろとは言われましたが……でも、それはわたくしの一存では決められないと申し上げただけです」

わたしの発言に、レティシア様がカッとなって言った。

「同じことじゃないの！　王家に対して賠償を要求するとまで言った！　政略の婚約者に縋《すが》りついて、真実の愛を邪魔したわ！」

「レティシア、黙れ」

国王陛下がレティシア様を制止し、わたしに向き直る。

「それは、いつのことだ」

「はい……レティシア様のお輿入《こしい》れ日時が本決まりになったころ、でしょうか。リュシアンも隣国に行くのを望んでいるから、わたしの方から円満に婚約を解消しろと言われましたが――」

わたしはお父様の方をちらりと見て、もう一度陛下に視線を向ける。

「この婚約は我が家とクレール家の約定でありますし、もともと王家からの打診でもあったと聞いております。ですから、わたくしの一存では決められないし、もし、リュシアンが婚約を解消してまで隣国に行くならば、その場合は王家に対して相応の賠償を求めることになるだろうと申し上げました」

わたしは話の途中で、ちらりとレティシア様を盗み見る。案の定、顔を真っ赤にして、悔しそうにわたしを睨んでいて、怖かったのですぐに目を逸らした。

「その、レティシア様はひどくご立腹なさって……席を立って行ってしまわれたので、その話はそれまでになりました」

わたしは少しでもしおらしく見えるよう、そっと俯いて目を伏せる。あくまで被害者は私だと言う事実を、陛下や宰相閣下に印象づけなければ。

陛下はわたしの証言に、眉を顰《ひそ》めて頷かれた。

「確かに、メレディス家とクレール家の縁は、王家の肝煎りで結ばれたものだ。それを王女のわがままで壊すなら、それ相応の代償は支払わねばならぬ」

陛下が続ける。

「それでどうしたのだ？」

「はい。もし、お二人が心底思いあっておられるなら、愛のない婚約に縋《すが》りついても空《むな》しいだけです。ですから、わたしの方からリュシアンに婚約を白紙に戻す用意があると伝えました」

それについてはお父様もまた、請け合った。

「娘から、リュシアンが望むなら婚約を解消したい、との相談を受けておりました」

「嘘よ！」

レティシア様が叫んだ。レティシア様はわたしがリュシアンを取り戻すために自ら薬を飲んで彼を誘惑し、その罪をレティシア様に着せたと主張している。でも、わたしはリュシアンとの婚約を解消するつもりだった。レティシア様の主張は成立しない。わたしは大きく息を吸い、続けた。

「でも、リュシアンからはなかなか返事もなく……このままなら婚約を破棄すると最後通牒のつもりで送ったら、王宮の中庭で呼び止められ、婚約をやめるつもりはないと言われました」

わたしの言葉を聞いて、レティシア様が怒り狂った様子で立ち上がり、叫んだ。

「嘘よ！　そんなはずないわ！」

「レティシア！　黙れと申すに！」

「嘘です、お父様！　その女は嘘つきです！　彼はわたくしを愛していました！」

「黙らんか！」

陛下がレティシア様を強く叱責し、それから宰相閣下に言った。

「その、リュシアンとやら申す男の話を聞かずばなるまい。この場に呼んではあるのだろう？」

「はい。重要な証人ではありますがクレール家の嫡男ではございませんので、陛下にお目通りする資格がありません。ゆえに、別室に待たせてございます」

「ならばここへ」

陛下の指示で、壁際に立っていた小姓《ペイジ》が謁見の間を出ていく。そうして、待つほどもなく、一人の若い男性を連れて戻ってきた。

「リュシアン・ド・クレールでございます」

ごく普通の貴族令息が着る刺繍の入ったジュストコール姿で、短い銀色の髪を綺麗に撫でつけた男性。

彼が陛下の前に進み出て、片膝をついて頭を下げる。その姿に、レティシア様が息を呑んだ。

「リュシアン……？」

王宮騎士の制服でもなく、トレードマークだった長い銀髪もバッサリと切られ、うなじが見える姿は普段と雰囲気があまりにも違う。しかし、彼は確かにリュシアンだった。

王太子殿下が国王陛下に向けて補足した。

「先日付けで、彼は王宮騎士を辞しております」

「顔を上げよ」

リュシアンが片膝をついたまま、陛下を仰ぎ見る。わたしの位置からは整った横顔しか見えないが、高い頬骨といい、すっきり整った顎のラインといい、髪型が変わっても——いいえ、短く切られた髪が精悍《せいかん》さを加え、彼の美しさをますます引き立てていた。

「そなた、レティシアについて隣国に参る所存であったそうじゃな？」

陛下の問いかけに、リュシアンは即座に首を振った。

「いいえ。自分はメレディス家に婿入りする約束がございますので、隣国行きについてはお断りいたしました」

「リュシアン！　婚約はわたくしが何とかするって言ったじゃない！」

割って入るレティシア様に、陛下が手を挙げ、きつく制止した。

「リュシアン、と申したな。では、そなたはメレディス家の娘との婚約を続け、レティシアとは別れるつもりであった。相違ないか」

「別れる？　……自分はレティシア殿下の一護衛に過ぎません。別れるも何も……」

リュシアンの返答に、陛下も、宰相閣下も目を剥いた。

「そなた、レティシアと恋仲ではなかったと申すか！」

「リュシアン、お前……どうしてそんな！」

周囲の反応に、リュシアンは困ったように眉尻を下げる。

「そういう噂が出回っているのは承知しておりましたが、真実ではございません。自分はもともと、レティシア殿下が隣国にお輿《こし》入《い》れするまでの約束で、殿下の護衛を務めておりましたので」

「約束？」

国王陛下の問いに、王太子殿下が立ちあがった。

「父上。その件については、私の方から説明をいたします」

「レイノール？　どういうことか。発言を認めよう」

「ありがとうございます。実を申せば、リュシアンは私が命じて、監視のためにレティシアの側に張りつけていたのです」

その発言に、国王陛下だけでなく、レティシア様が絶句なさった。

「お兄様……？」

「……五年前、イネスが結婚直後にレティシアに押されて転び、流産したこと、父上にはご報告しているはずです。その折は、偶然の過失だからとレティシアを処罰せず、流産自体を極秘に処理しました。ですが――」

「レイノール殿下は、レティシア殿下が故意にイネス妃殿下を流産させたと疑っておられたのですか？」

宰相閣下が尋ね、王太子殿下が頷く。

「イネスの証言や、それ以前の様子より怪しいと思っていました。私はレティシアを断罪したいのではなく、二度とあのようなことがないよう、レティシアに監視をつけることにしたのです。それにはリュシアンがうってつけでした」

レイノール殿下が言う。レティシア様は幼少期からリュシアンに執着を見せていたこと、リュシアンの忠誠が篤《あつ》く、レティシア様に靡《なび》く可能性がないこと、そして何より、王太子妃の妹である、わたしの婚約者であることが大きかった、と。

「リュシアンなら、私の意向を汲んで、ともにイネスを守ってくれると思えたし、レティシアに疑われることなく、行動を監視できると思いました」

陛下がリュシアンに尋ねる。

「それはまことか」

「はい。イネス妃殿下はクロエの姉で、将来の義姉でもあります。レティシア殿下が隣国へお輿入《こしい》れするまでの期間限定とのことで承知したのですが――」

リュシアンは目を伏せた。

「自分とレティシア殿下が恋仲だとの噂が広まり、また、クロエを貶《おとし》めるような噂も流れました。お役目を降りたいと願い出ましたが――」

王太子殿下もまた、気まずげに眉を寄せる。

「レティシアの婚約が無期限延期となり、リュシアンにも、クロエ嬢にも迷惑をかけてしまいました。二人の噂も、そのことにクロエ嬢が心を痛めているのも知っていましたが、レティシアが隣国に嫁ぐまでのことだからと、二人に辛抱を強《し》いてしまいました。すべて、私の至らなさ故です」

「だが、夜会やその他で、恋人同士のようにふるまっていたとの噂でありますぞ？」

宰相閣下が身を乗り出すと、リュシアンが首を振った。短く切られた銀髪がサラサラと揺れる。

「夜会や社交の場でエスコートをしたのは事実です。レティシア殿下は常に、自分をその役に指名なさいましたので。しかし、自分はあくまで護衛に徹しておりました。殿下に対して、邪な想いを抱いたことはございません」

「ではそなた、それなるメレディス家の婚約者を裏切ってはおらぬと宣誓できるか？」

陛下に言われ、リュシアンは大きく頷いた。

「はい。できます。神に誓って」

「だがレティシアは、そなたとは恋仲だと、さきほども申しておったぞ？」

リュシアンは形の良い眉を顰《ひそ》める。

「なぜ、そのような誤解が生じたのか、自分にはわかりません。自分は殿下と二人きりになったこともございません。お疑いなら、女官や侍女がたの証言を集めていただいても――」

言い切ったリュシアンと、呆然と唇を噛んだレティシア様を交互に見て、陛下が尋ねた。

「甘い言葉を囁いて、レティシアをその気にさせたこともないのだな」

リュシアンが首を振る。

「自分は、必要な言葉ですら足らない方です。好きでもない相手に甘い言葉など、思いつきません」

その言葉と共に、一瞬リュシアンと目が合った。ほんの少し目を細める姿に、胸が高鳴る。

レティシア様がたまらず立ち上がった。

「リュシアン、あなたは常にわたくしを見つめ、片時も離れずに仕えてくれた。口下手だから、愛の言葉の代わりに髪を伸ばしていたのでしょう？　侍女たちもみんなそう言って、お前も否定しなかった！」

リュシアンが短く揃えた襟足に手をやり、首を振った。

「いいえ、まさか！　髪を伸ばしていたのは、休暇が全部潰れてしまって、散髪に行く暇がなかったからです！　そうこうするうちに、髪を切るなと命令されたので、仕方なく……」

「嘘よ！」

レティシア様は悲鳴のような声で叫んだ。

「だって……！　お前は婚約者のことなんて愛してなかったじゃない！　自ら志願してわたくし付きになって、いつもじっとわたくしのことを見つめていたわ！　婚約者の家に訪問する予定も、わたくしの外出が入れば全部キャンセルしてわたくしを優先してくれた！　わたくしのデビューのエスコートもしたし、あの女のデビューの時だって！　いつだって、わたくしを第一にして、あの女は二の次だった！　わたくしを愛していたんでしょう！」

王太子殿下が、ため息をつきながら説明した。

「レティシアの監視役を命じるにあたって、お前に疑われないよう、リュシアンが自ら志願した形をとったのだ。外出先について行くのは、護衛というより監視のためだ。何よりレティシアの護衛を優先しろと、私が命じたのだ」

王太子殿下がわたしの方を申し訳なさそうに見た。

「デビューのエスコートは、他に適任がいなかったのもある。だが、クロエ嬢のもとにリュシアンが訪問できなくなったのは、事前に申請した休暇にお前がわざと外出をぶつけたせいだろう？　クロエ嬢のデビューの時だって、お前が騒ぎを起こして邪魔したんじゃないか」

「だって！　みんな、リュシアンはわたくしを愛してるって言うけど、リュシアンは一言もわたしに愛してるって言ってくれない。だから――」

「愛していないのに、愛してるなんて、言いません。俺は、クロエを……愛して、いますから」

最後の方、ほとんど聞き取れない声でリュシアンが呟き、そっと顔を伏せる。

その様子を見たレティシア様は引き裂かんばかりにドレスを握り締めた。

「どうして！　そんなはずないわ！　その赤毛女より、わたくしの方が美しくて、王家の血だって引いているのよ？　どうして？　わたくしの方がリュシアンに相応しいのに！　わたくしだけが、愛のない結婚で強《し》いられるなんて、不公平だわ！　せめてリュシアンが一緒に来てくれるなら、わたくしは――！」

「だから、男二人に命じてリュシアンの婚約者の貞操を奪わせ、婚約を潰そうとしたのか？」

国王陛下が声の調子を改め、低い声でレティシア様に問いかけた。

「だって……わたくしにだって幸せになる権利があるわ。……婚約さえなくなれば、リュシアンはわたくしのものになる……」

その場に沈黙が下りる。王太子殿下が国王陛下に向けて提案した。

「父上、レティシアの処分でございますが――」

「許す。述べよ」

「はい。今回のレティシアの計画は非常に悪辣ですが、幸いにも未遂でした。ただ、王宮内で婦女子への狼藉を企図する極めて悪質なもの。よって、実行犯および幇助した者は、法に照らして厳罰に処すべきです。計画を知りながら止めなかった者はそれに次ぐ罰を。ただ計画したレティシア本人ですが――」

王太子殿下が憐れむような眼で、唯一の妹を見た。

「さすがに王女でありながら、他人の婚約者に懸想した上、罪のない貴族令嬢の尊厳を毀損《きそん》しようと謀《はか》った罪は許されざるものです。ただ、何分にも未遂ですので、レティシア自身の財産より、クロエ嬢とメレディス家に賠償金を――」

王太子殿下の提案に、国王陛下が眉を顰《ひそ》める。

「金で解決では周囲に示しがつかぬ。王家が身内の罪に甘いとの誹《そし》りを受けよう」

「そうそう、せめて修道院に入れるくらいは……」

陛下の言葉に宰相が同意したが、王太子殿下が反論した。

「しかし、レティシアを処罰するには、クロエ嬢の被害も周知しなければなりません。この手の犯罪はとかく噂の尾ひれがつきやすい。できれば内密に済ませたいのです」

王太子殿下に、お父様も同意した。

「娘にとっては、甚だ理不尽な被害ではあります。幸い、未遂でしたし、これ以上、騒ぎたてるのは我が家としては望みません。それに――」

お父様がレティシア様を見て、続ける。

「レティシア殿下におかれては、修道院よりも、隣国に嫁ぐ方が罰になるのではありますまいか？」

周囲の視線が一斉に、レティシア様に集まる。

「わ、わたくしは……」

動揺して視線を彷徨《さまよ》わせるレティシア様をまっすぐに見据えたまま、お父様が言った。

「わしが掴んでいる情報では隣国の国王はフォルテ太子に見切りをつけたようです。廃嫡の動きが出ております」

「つまり結婚相手が変わる……」

お父様の発言を受けて、王太子殿下が補足した。

「あちらには、フォルテ太子以外の適齢期の王族はいません。フォルテ太子が愛人に産ませた王子を後継に立てるつもりのようです」

「……もともと、レティシアをフォルテ太子の妃にし、愛人の子を養子にするという話であったな？　太子を飛ばして子供に継承させるのか……」

国王陛下が顎ひげを撫でながら言えば、王太子殿下が頷いた。

「はい。鉱山の利権譲渡には王族同士の婚姻が絶対条件となりますと、レティシアの相手はその王子かもしくは、国王自身となります」

フォルテ太子の息子はまだ一、二歳の幼児、国王はすでに六十を超えているはず。レティシア様がガタリと立ち上がって叫んだ。

「い、いやよそんなの！　わたくしは十九なのよ？　そんな子供や老人に嫁げって言うの？」

レティシア様の言葉を無視して、王太子殿下が続ける。

「あちらは、幼い王子が成長して継ぐまでの、お飾り王妃を希望しているのです。フォルテ太子の子は母親の身分が低く、そのままでは継承権を得られない。高貴な身分の王妃を迎え、その養子にして、継承権を確保させる。名ばかりの白い結婚を承知の上で嫁に来てくれる高貴な女性など、普通はいません。不祥事を起こしたレティシアの受け入れ先としては、ちょうどいいかと」

「そんなの、あんまりよ！」

悲鳴を上げるレティシア様に、国王陛下が一喝する。

「黙らんか！　そなた、まだ自らの仕出かしたことの重大さが理解できておらぬのか？　そちは他人の婚約者に横恋慕した上、恋敵を辱めて略奪しようとしたのだぞ？　一国の王女でありながら！」

「だって！　お兄様は気に入った辺境の女と結婚したじゃない！　どうしてわたくしだけが、愛し合った人と結婚できないの!?」

そう言われて、王太子殿下はイネス姉さまと、お父様の顔を見てから言った。

「私はたしかにイネスが気に入って妃に選んだ。けれど、国境の守りを担《にな》う辺境伯との繋がりを考え、その旨を父上に申し上げて了解をいただいたのだ。愛だけで結婚相手を選んだわけではない。お前とリュシアンの結婚から、わが国がどんな利益を得られると言うのだ！」

　イネス姉さまも、お父様も頷いている。二人は仲睦まじいけれど、政治的思惑抜きに選ばれた結婚相手ではない。

「あのう……」

　そこへ恐る恐ると言った風にリュシアンが発言を求める。

「なんだ、朴念仁《ぼくねんじん》。言いたいことがあるのか」

　国王陛下がリュシアンの発言を認めると、リュシアンは頭を下げてから言った。

「そもそも、俺とレティシア殿下は愛し合っていません」

「リュシアン……！」

「俺はレティシア殿下を愛していませんので、そこだけは訂正を……」

「お前はもう、黙っておれ。余計に話がややこしくなる」

　国王陛下が手を振ってリュシアンを黙らせ、ゴホンと咳払いしてから言った。

「レティシアよ。真実愛し合った恋人同士だとて、結ばれぬことは世に多くある。まして王族に生まれた者が、国や民草のためにその身を捧げるのは当然のことであろう。策をめぐらし、他者の尊厳を踏みにじってまで、自らの邪な恋を遂げようなどと、以ての外であるぞ！」

　そうして手を挙げ、その場の者たちに周知するように宣言した。

「レティシアは約定の通り、隣国に嫁がせる。その際、我が国の王族としての権利はすべて放棄させる。今後、レティシアが子を生《な》しても、その子は我が国に対しいかなる権利も有しない。レティシアが現在所有する、個人の財産に関しては保持を認めるが、その中からメレディス家に対して賠償金を支払うように。以上だ」

そうして、とくにわたしを見て、言った。

「メレディス家のクロエと申したな。此度のこと、余の不徳の致すところである。国王として臣下に詫びることは許されぬが、レティシアの父として教育の至らなさを詫びる。そなたの家は辺境の守りの要。これ以後も、わが国への尽力を期待する」

わたしはその場で立ち上がり、スカートを摘まんで淑女の礼を執った。

「過分なお言葉をいただき、恐縮です。非才の身でありますが、これからも誠心誠意、王家のために尽くす所存です」

陛下は微笑んで、片膝ついて頭を下げているリュシアンに声をかける。

「その朴念仁《ぼくねんじん》には、これくらいしっかりした女房が必要じゃな。よい夫婦になるとよい。我が私財から特に、結婚祝いも遣わす故、受け取ってくれ」

陛下は少しだけ疲れたようなため息を零すと、玉座からゆっくりと立ち上がったので、王太子殿下が駆け寄り、ふらつく御身を支えた。

「今日はご苦労だった」

陛下はそれだけ言うと、レティシア様には視線を向けることなく、退出なさった。

第七章　最後の夜会

査問会の後、リュシアンからは今までのお詫びと事情説明の、箇条書きのような手紙がきた。

「申請しておいた休暇の日にレティシア殿下の外出予定が必ずねじ込まれ、休暇がなくなって会いに行けなかった」

「レティシア殿下に手紙を検閲され、馬鹿にされて手紙を書けなくなった」

「アメジストのペンダントもレティシア殿下に取られた」

口下手なだけじゃなくて、文章を書くのも苦手らしいというのが、非常によくわかる。

——手紙を馬鹿にされる、というのは状況がよくわからないが、もともと文章に苦手意識があるなら、書けなくなることもあるかもしれない。手紙にはレースのハンカチやリボンなども同封され、訪問時に渡すつもりで準備したけれど、渡す機会がなかった、と一文が添えられていた。

五年前のものもあるから、十八のわたしが使うには、やや子供っぽいものも含まれている。

それを見て、五年という時間はずいぶんと長かったと、改めて思った。

レティシア様への処分が決まって一週間後、メレディス辺境伯家の騎士団に入団を認められたリュシアンが、我が家に挨拶に来ることになった。

実はお父様は、夜会の後の……つまり婚前交渉の一件で、リュシアンにお灸を据えるためと言って、しばらく訪問を禁じていたのだ。

「いいか、リュシアンは確かに婚約者ではあるが、婚礼前に節度を越える振舞いは二度と許さん。次はないからな！」

お父様には重々、釘を刺され、わたしは頷いた。

査問会では直接話はできなかったので、夜会以来となる。

わたしは緊張して、彼の訪れを待った。

執事がリュシアンの来訪を告げ、わたしは居住まいを正し、お父様は椅子の上で太い腕を組む。

執事の先導で居間に入ってきたリュシアンは入口で一瞬ためらうように足を止めたが、すぐに腹を決めてゆっくりと歩み寄り、頭を下げた。

「本日は、お時間をおとりいただき、ありがとうございます」

リュシアンは抱えてきた大きな花束を差し出した。執事が受け取り、わたしの方に持ってきてくれる。

白いバラを中心に、抱えきれないほどの大きさの花束に息を呑む。バラの香りで胸がいっぱいで、咽《む》せそうになった。

「ありがとう、リュシアン、こんな大きな花束！」

「ずっと訪問できなかったから……その分をまとめて」

お父様に頭を下げるリュシアンの銀髪がバサリと散らばり、光を弾いた。短く切られ、うなじが見える。――長い髪も素敵だったけど、わたしは短い方が好きだ。

ふと、王都の流行り歌を思い出す。

♪たとえ結ばれない恋だとしても、長く伸ばした銀の髪は、永遠の愛の証

「あの歌も、嘘だったのね……」

口ずさんだわたしに、リュシアンが小首を傾《かし》げる。

「何、その歌……」

「知らないの？　王都ですごく流行っていた歌よ？」

リュシアンが珍しく顔を顰《しか》め、チッと舌打ちした。

「それが原因なのか……」

「聞いたことなかったの？　……あの、劇場の歌劇でも歌っていたわよ？」

そう言うと、リュシアンは額に手を当てて天を仰いだ。

「あの歌劇でも……」

「リュシアンは、あの劇を見ていないの？」

レティシア様は歌劇場の常連だったという話なのに？

わたしの問いに、リュシアンは気まずそうに視線を逸らした。

「その……俺は歌劇に興味がないから、殿下が観劇中はその……仮眠を……」

わたしがパチパチと瞬きすると、横で聞いていたお父様が叱責した。

「馬鹿者！　王族の護衛中に仮眠など！　観劇中など、もっとも狙われる時間ではないか！」

「申し訳ありません！　でも、本当にレティシア殿下の下では休みがなくて……」

リュシアンがお父様とわたしに向かい、九十度のお辞儀をして謝罪する。

「手紙も書けなくて、本当にすまなかった」

わたしは、手紙が書けなかった言い訳を思い出し、尋ねた。

「レティシア様にバカにされて書けなくなったって……どういうこと？」

リュシアンは形のいい眉を顰《ひそ》める。

「訪問できなくなった理由を書いた手紙をレティシア殿下が検閲しては、侍女たちの前で読み上げて、心が籠ってないって嗤《わら》われた。同封したペンダントも、石も小さくて安物だって……俺が、クロエを愛してない証拠だって……」

長い睫毛を伏せて小さな声で告げられた言葉に、わたしもお父様も絶句した。

「そんなことを言われたの……」

たしかに、リュシアンの手紙は業務連絡のように素っ気なくて、彼の愛を確信するには言葉が足りない。でも、人の手紙を読み上げて揶揄《からか》うなんてひどい。

わたしは首元のアメジストに触れて、言った。

「リュシアンの性格は知っているから、手紙をくれるだけで嬉しかったのよ」

「レティシア殿下は、俺とクロエは政略のための婚約で、本当に好きなのはレティシア殿下だって、本気で信じていたらしい。周囲の侍女たちも囃《はや》し立てるから、余計に……」

「そうだったの……」

わたしはリュシアンに微笑んでみせた。

「もう大丈夫。信じているから。これからはいっぱい会いにきて、そして手紙もちょうだい」

どんな素っ気ない文章でも、わたしは馬鹿にしないから――

見つめ合ったわたしたち二人に、お父様がゴホンと咳払いして、言った。

「まあその、これから結婚式まで、鈍《なま》った身体と根性を叩き直してやるから、覚悟しろ！」

「はい！　よろしくお願いします、お義父《とう》さん！」

「お義父《とう》さんはまだ早いわ！　今度、不埒な真似に及べばその時は婚約破棄して、おぬしを最果ての砦送りにしてくれる！」

お父様に釘を刺され、リュシアンは銀色の髪を気まずそうにかいた。

それから、リュシアンは毎日メレディス家のタウンハウスに付属する、辺境騎士団の王都の支部――王都における我がメレディス家の警備を担《にな》うのが主たる任務――の訓練場に通って、我が家の護衛隊長から過酷なシゴキを受けることになった。

レティシア様の護衛を務めていた五年間、本来なら週に何時間か義務付けられていた騎士としての鍛錬の時間を、リュシアンは半分も確保することができなかったそうだ。それくらい、朝から晩までレティシア様に張りついていなければならなかったのだ。当然、身体は相当になまってしまっていて、ほとんど一から鍛え直すことになったらしい。

そのせいで、初めのうちは生傷が絶えず、筋肉痛に悩まされたそうだ。訓練場では、同僚の騎士たちに馬鹿にされ、嘲笑も浴びたという。

リュシアンとレティシア様の間には、事実無根の噂が五年も吹聴されていた。今さら嘘だと言ったところで、訂正には時間がかかる。我がメレディス辺境伯家の騎士の中にはリュシアンに対し、厳しい目を向ける者も少なくない。

きっと針の筵《むしろ》だったに違いないけれど、リュシアンは不満一つ零すことなく訓練を続け、一月も経てばすっきりと精悍《せいかん》さを増して、騎士らしいかっこよさを取り戻してきた。

「不規則な生活を強《し》いられていたから、筋肉も落ちて変に痩せていた。ようやく、まともな身体に戻ってきた」

訓練が終わった夕方、彼は必ずわたしの元を訪れ、一緒にお茶を飲む。

これ以上の接触はお父様が許してくださらないから、じっと向かい合ってお茶を飲むだけ。

——会話は相変わらず弾まず、無言の時間が流れる。

でも、彼は沈黙を苦にしない。これがわたしたち二人の過ごし方だと割り切って、わたしもやりかけの刺繍や編物を手に、テーブルを挟んで過ごすようにした。それはそれで穏やかな時間が流れて、まったく会えなかった五年間に比べれば、はるかに幸せだ。

「そう言えば——」

カチャリとカップをソーサーに戻し、リュシアンが言った。

「明日はあの人の結婚祝いの夜会だけど——」

編みかけの目を数えていたわたしは、ハッとして顔を上げた。

リュシアンが「あの人」と呼ぶのは、レティシア様のことだ。名を口にするのも嫌らしい。

レティシア様は明後日、隣国にお輿入《こしい》れなさる。隣国の使者が迎えに来て、明日、聖堂で司教様の立ち合いのもと結婚証書を取り交わし、夜は王宮で結婚祝いの夜会が催される。

隣国に旅立つ前の、壮行の夜会だ。

結婚相手は隣国の国王陛下になったそうだ。老齢の上に病身だから、もちろん来られない。聖堂での結婚の誓いは、代理の者が行うらしい。事情も事情だし、たいしてめでたいとも思えない結婚だが、王族ゆえに格式にはこだわるのだろう。

ずっと謹慎を命じられていたレティシア様も、最後の儀式と夜会だけは出て来られる。せめて別れを惜しむ機会だけは設けられたのだ。

その夜会、わたしは参加するかどうか、かなり迷った。——正直なところ、もう二度と会いたくない。

シャルル殿下の生誕祝いで起きたことは、一応、箝口令《かんこうれい》がしかれている。だが、レティシア様の周辺で何かトラブルが起きたのは、夜会に出席した者には周知の事実であるし、野次馬の中には、わたしとリュシアンが夜会の夜に関係を持ったのを気づいた人もいるようだ。あの夜会の後、レティシア様の取り巻きが処罰され、レティシア様本人も謹慎を命じられ、リュシアンは王宮騎士を辞めた。レティシア様の輿入《こしい》れに先立ち、王家や、辺境伯家が何らかの介入を行ったと疑われても仕方がない。

ただ、わたしとリュシアンは以前からの婚約者であり、結婚式に向けて、粛々と準備が進められる。後ろ暗いところなど何もないのだから、堂々としていろとお父様もおっしゃる。

　それで、わたしは参加しようと思う、とリュシアンに告げた。

「分かった。俺が迎えに来るから、一緒に行こう」

「そうね、エスコートをお願いするわ」

　わたしが言えば、リュシアンは普段用の騎士服の、胸ポケットから小さな箱を取り出した。

「これを……よければ貰ってほしい」

「リュシアン？」

　受け取って蓋を開ければ、涙型の大粒のアメジストの周囲にダイアモンドが取り巻いた、ペンダントトップだった。

　リュシアンがわたしの、首元で光る小さなアメジストを指さす。

「宝石商に相談したんだ。……また誰かに宝石が小さすぎて、愛が籠ってないって言われるんじゃないかって。そしたら、後付けできる豪華なやつを追加で作ってくれた」

　リュシアンがくれたアメジストのペンダントはとても小さいから、普段使いにはいいのだけど、晴れの日には地味過ぎる。それを補うような形だった。

　美しいプレゼントに、私は目を瞠《みは》った。

「素敵……ありがとう！　明日、早速つけていく！　グレーのドレスにしたから、きっと似合うわ」

「実は、あの人から、クロエのことが好きじゃないなから、そんなしみったれたプレゼントなんだろうって嗤《わら》われたことがあって……」

「リュシアン……ごめんなさい、わたしが小さいのを頼んだばっかりに」

謝罪すれば、リュシアンが首を振った。

「あの人は何を贈っても文句をつけただろうから、クロエは悪くないよ。俺も言葉が足りなくて、周囲の誤解を招いてしまった。もっと、婚約者らしい態度を取っていればよかったのだろうけど……」

わたしもリュシアンに謝った。

「ううん、わたしも悪かったの。リュシアンもレティシア様が好きなんだと誤解して、勝手に一人で諦めちゃった。レティシア様の嘘にあっさり引っかかったりして……」

「明日こそ、きちんとエスコートさせて。……ダンスも」

「うん。……楽しみだわ」

普段は無表情のリュシアンの顔色がやや上気して、口元が微《かす》かに緩んでいる。リュシアンがわたしの頬に触れ、そっと顔が近づいてくる。口づけの気配にわたしが目を閉じた、その時――

「お茶のお代わりいかがですか？」

突如割って入ったメイドの声で、わたしたち二人はハッと我に返る。

彼女はお父様から、わたしたちの監視を命じられていて、必要以上に接近すると必ず邪魔が入るのだ。メイドはにこやかな表情で――でも目は笑っていない――わたしたちのカップにお茶のお代わりを給仕する。

「あ、あ、ありがとう……」

「では、ごゆっくり……」

わたしとリュシアンはお互い目を見合わせ、ため息をついた。

◆◆◆

王宮の大広間は華やいでいた。

国王陛下の唯一の王女殿下が、隣国の王家に輿《こし》入《い》れする。表向きは、まごうかたなき慶事だ。昼間に行われた大聖堂での代理結婚式は、荘厳な式だったに違いない。

わたしとリュシアンが腕を組んで広間に入っていくと、周囲からざわざわと囁く声がして、背中に視線を感じる。

「メレディス家の令嬢よ。ほらあの――」

「ああ、あの、ずっと顧みられなかった赤毛の……」

「男の掌返しもすごいわね。……辺境伯の地位に釣られたのかしら」

「しい、聞こえるわよ」

わたしがリュシアンを見上げれば、リュシアンの口元が少しだけ引きつっていた。

「仕方ないよ。俺とあの人が恋人同士だったと、信じている人はまだいるから」

「リュシアンは平気？　無理に来ない方がよかったかしら……」

「欠席したらしたで、俺が失恋で傷心中だなんて言われかねない。やましいことはないから、堂々としていればいい」

リュシアンはそう言って、わたしの腰に回した腕に力を籠め、ぐっと抱き寄せる。

「夜会なら、こうして密着しても義父上に怒られないし」

「苦しいわリュシアン、近すぎよ」

身を寄せ合い、クスクスと小声で笑い合っていると、ファンファーレが鳴って王族の入場が告げられた。

玉座に近い扉が開いて、小姓《ペイジ》に先導された国王陛下が入ってこられる。杖で身体を支え、ゆっくりした歩き方。髪は白く、背中は少し曲がっている。そのすぐ後ろに王太子夫妻、そして、本日の主役であるレティシア様。

花嫁らしい純白のレースで飾られたドレスは、隣国に嫁ぐ日のために何年も前から準備してきたものと聞いている。大きく開いた胸元も、首元から透けるレースが覆っていた。

煌《きら》めく金髪は自然に背中に下ろして、輝くプラチナのティアラをいただいている。

――レティシア様は本当にお美しい。絹糸のように波打つ金髪も、サファイアのような青い瞳も、現世に舞い降りた女神さながらだ。でも、その表情は硬く、口元には愛想笑い一つ浮いていなかった。

レティシア様が広間に現れると、玉座に近い場所に控えていた見慣れない一団が近づき、頭を下げる。

赤い騎士の正装に、金の飾緒のついた黒いマントを纏った彼らは、隣国からの使節団のようだ。

宮内長官が開会の辞を述べ、進行役が壇上で言った。

「国王陛下よりのお言葉でございます！」

全員がその場でかしこまる。壁沿いの椅子に座っていた者も立ち上がり、陛下のお言葉を待った。

陛下が玉座に座ったまま、手を挙げる。

「我が愛卿ら。楽にしてくれて構わない。――本日は我が娘レティシアの婚礼を祝ってくれてありがとう。両国の繁栄の礎となれて、レティシアも果報者である。今後の両国の平安と友好を祈る」

陛下がよく通る――だが少し掠《かす》れた声で言い、臣下が一斉に拍手した。

「大使であるフローレス卿より一言」

進行役に言われ、隣国使節団の中で、一際美麗な衣服をまとった中年の男性が壇上に登る。

「えー本日はお日柄もよく、さきほど、わがアドルノ陛下の名代として某《それがし》が婚姻証書に署名し、晴れてお二人の婚姻が神の御前《みまえ》に成立したことをご報告いたします。王女殿下がわが国に嫁がれたことで、両国の友好がいっそう深まることを期待し――」

隣国の大使フローレス卿の挨拶が非常に長い。だんだん皆がイライラしてきたところでようやく終わり、やれやれといった空気が広がる。パチパチとまばらな拍手がして、続いて進行役がレティシア様の名を口にした。

「レティシア王女殿下より、嫁ぐ前のお別れの言葉を頂戴いたします！」

レティシア様が立ち上がり、すっと前に出る。

その動作も自信に満ちた態度も、そしてその美しい容姿も、すべてが非の打ちどころがなく、素晴らしかった。事情を知らない人には、レティシア様が実はある種の懲罰として隣国に嫁ぐなんて、想像もできないだろう。

それくらい、彼女は見かけ上完璧な王女として振舞ってきた。この場にいる貴族たちの中には、レティシア様は政略のために、相思相愛の恋人を諦めて隣国に嫁ぐと信じている人もいるだろう。

「本日はわたくしの新たな門出を祝ってくれてありがとう。わたくしは王族の勤めとして、あるべき人生を全うしようと思います。この国と、皆の幸せを祈ります」

落ち着いた声で挨拶するレティシア様に対し、万雷の拍手が起こる。レティシア様への同情と、あっさり乗り換えて婚約者を選んだリュシアンへは非難の眼差しが向けられているのだろう。

もちろん、隣にいるわたしは、爵位と領地でリュシアンを釣り上げた女と思われている。

耳元で、リュシアンが囁いた。

「クロエ、怖がる必要はない。俺たちは何も悪いことはしてないだろう？」

「ん……わかっているわ」

リュシアンに微笑み返し、わたしは彼の手を握り返す。――彼がそばにいてくれるなら、何も怖くない。

スピーチが一通り終わると楽団が音楽を奏で始める。まずは王太子夫妻のファーストダンス。イネス姉さまもすっかり社交に慣れた風で、貫禄のある軽やかなダンスだった。続いて一般の客のダンスが許される。

「クロエ嬢……踊っていただけますか？」

目の前にリュシアンが膝をつき、白い手袋を嵌《は》めた手を伸ばす。

わたしは、レースの手袋を嵌《は》めた手を置いた。

「よろこんで」

そう答えると、リュシアンが微笑んで、わたしの手を取った。

「今日は、何があってもクロエの側を離れないから」

「う、うん……」

わたしたちは、広間の隅の方で踊り始めた。ダンスの練習はずっとしてきたけど、リュシアンと踊るのは初めてだ。

——六年も婚約して、ようやくの初ダンスなのだ。

さすが、リュシアンは騎士だけあって運動神経もよく、リードも正確で踊りやすい。一方のわたしは、人前で踊るのも初めてなので、緊張で動きもぎこちなく、何度もふらついてはリュシアンの足を踏みかける。そのたびに、リュシアンはわたしの身体を巧みに支えて、何事もなかったかのように優雅に次のステップを踏んでいく。

無我夢中のうちに一曲が終わり、わたしが申し訳ない気持ちで謝れば、リュシアンが笑った。

「あれくらいなんでもない。まだ、踊り足りないけど、クロエはもう一曲いける？」

「う、うん……たぶん、大丈夫」

「じゃあ、もう一曲踊ったら、一緒に飲み物を取りに行こう」

リュシアンがわたしの手を取り、拍を待つ。音楽が始まり、流麗なワルツの曲に合わせて、周囲のカップルも再び踊り始める。

旋回するたびに開く、ドレスの花びら。二曲目になればわたしも落ち着いて、周りを見回す余裕もできた。

天井や壁面に備え付けられた、クリスタルのシャンデリアから降り注ぐ光に目が眩みそう。すぐ目の前にはリュシアンの整った顔があって、紫色の瞳でじっと見つめられて心臓がバクバクする。

――そう、リュシアンの視線に射貫かれたら、心の奥まで見透かされてしまいそう……

「クロエ？」

動揺して踊りが乱れ、脚がもつれる。

「あっ……」

だが、リュシアンの腰に回された腕がわたしを支えて、ふわりと持ち上げる。そのままクルリと向きを変えてターンさせられ、何事もないかのようにもう一度正面から抱きしめられる。

「どうした？　何か気になる？」

「う、ううん……ただ……」

リュシアンがじっと見つめるから、ドキドキして……

そうは言えないまま、頭に血が上ってクラクラする。

「大丈夫？　顔が赤いよ。人に酔った？」

「う……えーっと……」

どちらかと言うと、リュシアンの視線に……

わたしはその時、別の方向からの射るような視線に気づいてハッとした。わたしたちを見つめているのは——

「レティシア様……」

玉座近くから、青い目がじっとわたしたちのダンスをねめつけている。

リュシアンもわたしの視線の先を追い、レティシア様に気づいたらしい。ついっと自分の身体で視線から守るように、わたしを抱き込み、背を向けた。

「気にしなくていい。俺たちにはもう、縁のない人だから」

「リュシアン……」

二曲目のダンスが終わり、わたしたちは手を取って大広間の隅にあるバーに向かう。

「イネス姉さまたちに挨拶に行った方がいいかしら？」

「いや、今は隣国の使者たちと話しているし、身内は後でいいよ」

リュシアンが給仕からスパークリングワインのグラスを受け取り、一つをわたしに手渡した。二曲踊って喉が渇いていたわたしは、金色の泡立つ液体を口に含み、ゴクリと飲み下す。冷たい感触が喉に心地いい。

「クロエ、ペンダント似合ってる」

わたしの胸元の大きなアメジストを見て、リュシアンが言った。

「そう？　ありがとう。わたしは小さいのも気に入っているのよ。いつもつけていられるし」

胸元で揺れる涙型のアメジストは、いつものものより大きくて目立つ。

リュシアンの瞳の色と同じ宝石を身に着けて、彼にエスコートされて夜会でダンスを踊る。ようやく、正真正銘の婚約者になれたのを実感して、わたしは喜びで胸がいっぱいだった。

周囲の視線も気にならず、心から夜会を楽しんでいた。その時。

ファンファーレが鳴り響き、宴の進行役が声を張り上げた。

「ダンスの休憩も兼ねまして、余興の歌曲を演奏します。我が国の国立歌劇場のプリマドンナです！」

拍手とともに楽団の側に現れたのは、真っ赤なドレスを着た黒髪の女性だった。

大きく開いた胸元からは豊満な胸が零れ落ちそうなほど。彼女はまずは玉座の国王陛下と、そしてレティシア様に品を作ってお辞儀し、それから周囲にも愛嬌を振りまいた。

指揮者がタクトを振り、楽団が前奏を始める。流麗な調べ。

——どこかで聞いたような？

ハッとしたときには、朗々としたソプラノの高音が、広間に流れていった。

♪祖国のために捧げるこの身、せめてお前だけはわたくしの側に
♪たとえ結ばれない恋だとしても、わたくしの心はお前ひとりだけ
♪我はこの髪に誓う姫への永遠の愛と忠誠を
♪この憂き世では思うに任せぬ恋心、我はただ愛しい姫のお側に

♪たとえ結ばれない恋だとしても、長く伸ばした銀の髪は、永遠の愛の証

その曲は、レティシア様とリュシアンの恋を歌った、歌劇『王女と騎士と、お邪魔虫』のアリアだった。

歌劇場では上演禁止になったはずの曲だが、市井では相変わらずの人気曲だとは聞いている。

でも、まさかその曲をここで——？

見れば、レティシア様は感激したように両手を口元に当て、涙ぐんでいる。貴族令嬢たちは、目を潤ませて聞き惚れている。みな、リュシアンとレティシア様が恋仲だと信じて疑わず、恋人と引き裂かれて異国に嫁ぐレティシア様に同情し、涙で頬を濡らしているようだ。

「レティシア様、お気の毒に——」

「本当に。真実の愛でしたのに……」

「それがあんなアッサリと——」

「髪まで切って……」

ヒソヒソと囁かれる言葉に、わたしは無意識にリュシアンに縋《すが》りついていた。

「クロエ？」

リュシアンがわたしの顔を覗き込むので、わたしは慌てて首を振った。

「その……あの曲が……」

「曲？」

「あの曲、例の歌劇の歌だから……」

リュシアンが紫色の瞳をパチパチと瞬いた。

「そうなんだ！　俺、歌劇場ではいつも寝ていたから、歌をちゃんと聞いたのは初めてだ！」


♪たとえ結ばれない恋だとしても、長く伸ばした銀の髪は、永遠の愛の証

繰り返されるサビのフレーズに、リュシアンが耳を澄ます。

「なるほど、この曲なのか……」

リュシアンが手を襟足にやって短く切った髪に触れる。

「休暇をことごとく潰されるから散髪に行けなくて、邪魔だから一つにまとめていたら、切るなって言われたんだ。逆らうのも面倒だからそのままにしたけど……」

リュシアンが髪を伸ばすのは、口下手の彼が忠誠の証を表すためでは、と侍女たちが囃《はや》し立てた。それが最初のきっかけとなり、レティシア様もまんざらではなくて、切るのを禁じられたのだと、リュシアンが説明する。

「護衛を辞めてすぐ散髪に行ったんだけど、まさか髪を切ったら裏切り者呼ばわりされるとは」

リュシアンはそう言って、我々を遠巻きにする人々をすっと見回す。

すると壇上のレティシア様が立ち上がり、リュシアンと目が合った。

レティシア様が白いドレスの裾を摘まみ、ゆっくりと壇を降り、こちらに向かってくる。まるで

潮が引くように人込みが割れ、わたしたちとレティシア様の間に道ができた。人の海が割れてできた道を、レティシア様がまっすぐに歩いてくる。

♪たとえ結ばれない恋だとしても、わたくしの心はお前ひとりだけ

アリアの歌声に乗って、レティシア様が滑るように大理石の床を歩いてくる。その場のすべての人の視線がわたしたち三人に注がれる。

ちょうど、歌劇と同じ組み合わせ。王女と、騎士。そして——お邪魔虫のわたし。

劇的な情景を煽るように、歌手が一層、声を張り上げる。

満座の注目を浴びて、皆が固唾を飲んで見守る中、レティシア様がよく通る声で告げた。

「リュシアン、最後に踊ってほしいの。わたくしの、愛しい騎士との思い出に」

第八章　宴の後

皆の視線の中、白いレースの手袋を嵌《は》めた腕が、リュシアンの前に差し出される。歌手のアリアは最高潮を迎え、愛し合う二人の最後の時を朗々と歌いあげている。

誰もが、リュシアンはレティシア様の手を取るだろうと予想した。——わたしも、そう思った。

だって、こんな状況で、王女からのダンスの誘いを断ることができる人間なんて、この世にいないだろうと。

だが——

目の前に差し出されたレティシア様の手を、リュシアンは軽く首を振って拒絶した。

「お断りします」

伸ばされたレティシア様の手が行き場を失い、困ったように揺れる。だがリュシアンは頑としてそれに触れることも拒んだ。むしろわたしの手を取り、じっとレティシア様を見ている。

予想外の展開に周囲がざわめいた。歌は尻すぼみになり、音楽もフェイドアウトして、やがて消える。

「もう俺はあなたの護衛でもありませんし、ダンスはしません」

リュシアンが、わたしの腰に回した腕に力を籠め、ぐっと抱き寄せる。

「これから先、俺はクロエ以外とは踊らないと決めているんです」

「リュシアン……」

見上げた先のリュシアンの表情は、相変わらず読めない。

形の良い顎のラインから繋がる男性的な首筋。やや薄い唇は固く閉じられている。

レティシア様は痛ましげな表情になって、リュシアンを見つめた。

「お前は、わたくしを愛してくれていると思っていたわ。……いいえ、そう、信じたかったのね。まさか、お兄様が寄越した監視役だなんて思いもせず」

「俺は、殿下を愛しているフリすらしたつもりはないのですが、誤解させたとしたら申し訳ありませんでした」

　わたしはただ、リュシアンに腰を抱かれたまま呆然とその場の成り行きを見守っていた。そこへ背後から悲鳴のような声が上がる。

「レティシア様は国のために嫁ぐのよ！　自分はさっさと別の女に乗り換えたんだから最後ぐらい……！」

　振り返れば、レティシア様の取り巻きの令嬢が叫んでいた。——取り巻きでも末端の末端で、例の夜会の謀議には関わっていなかったのだろう。当然、夜会で起きた出来事もよくわかっていないらしい。

　リュシアンは紫色の目を見開き、首を傾《かし》げた。

「乗り換えた？　……俺が？」

「永遠の愛だと思って推してたのに！　裏切り者！　いつか、王女様と幸せになると信じてた！　あたしの夢だったのに！」

　その知らないご令嬢は、ハンカチで顔を覆ってわっと泣きはじめる。わたしとリュシアンは困惑して顔を見合わせた。レティシア様もリュシアンにダンスを断られ、その上こんな騒ぎを起こされて、次にどうすべきか迷っているらしい。人の輪の向こう、玉座周辺からは、国王陛下と王太子夫妻が不安そうにこちらを見ているし、隣国の使節団も互いに言葉を交わし合っている。

　——よりによって外国使節の面前で、起こしていい騒ぎではないのでは。

わたしは声が震えないようにお腹に力を籠めて、令嬢に話しかけた。

「推していた……って？　ごめんなさい、ちょっと意味がよくわからなくて」

「推しは、推しよ！　王女様とその恋人の騎士の恋を応援していたのよ！　騎士に婚約者がいるのは知っていたけど、最後は上手くいくと思ってた！　最後まで、騎士は王女様を選ぶのだと信じていたのに！」

「つまりあなたは……わたしが、捨てられればいいって思っていたの？」

「そ、それは……だって……」

その令嬢は戸惑って視線を彷徨《さまよ》わせる。

「普通、物語だったら、王女様と騎士は結ばれるのが定番だもの」

「物語……だったらね。でも、わたしにとっては現実だわ。もし、王女様と恋仲だと噂される騎士があなたの婚約者でも、推すの？」

わたしの問いに、彼女がハッとして戸惑う。

その背中に、遠巻きにした人の輪を掻き分けてきた若い男性が声をかける。

「ローザ、いったい何を……」

男性は周囲の注目を浴びている状況に怯んで、足を止める。

「あの方が、あなたの婚約者？」

ローザと呼ばれた令嬢がコクンと頷く。わたしはわずかに息を吸い込むと、首を傾《かし》げた。

「彼が王女殿下について隣国に行くと言ったら、あなたは笑って送り出せるの？　王女様とお幸せにって」

「そんな……ことは……」

わたしは、隣に立つリュシアンの腕に腕を絡め、言った。

「わたしね、リュシアンが本当にレティシア様を愛しているなら、彼が隣国に行くのを、ちゃんと祝福して、送り出してあげるつもりだった。その時のセリフも決めていたの」

「クロエ？」

リュシアンが、横から口を挟む。

「俺は端からそんなつもりは――」

「しっ、今は黙って……」

わたしは首を振ってリュシアンを黙らせると、令嬢に向き直る。

「だって、彼が他の人を心底愛しているなら、形だけ結婚しても空《むな》しいだけだわ。わたしは初めて会った時からリュシアンが好きだったけど、彼がそうじゃないなら、縋《すが》りついて邪魔しても無駄だもの。だから、こう言って笑って送り出すつもりだった。――愛しい人、あなたは王女様と幸せになってください。わたしは、新しい幸せを探しますって」

わたしがそう告げると、わたしを詰《なじ》った令嬢が自身の婚約者を見た。

それから、再びわたしに目を向け、尋ねた。

「……あたし、あなたの婚約者はレティシア様を愛してるって思い込んでいたし、それが理想的な愛のカタチだと思ってた。そうね……確かに、自分の婚約者だったら耐えられなかった。どうして、それに気づかなかったのかしら……」

「それは……」

わたしがどうこの場を収めようかと視線を動かせば、レティシア様と目が合った。

「それは、わたくしが完璧だったからよ」

自信満々で言うレティシア様に、絶句する。

「はあ……」

「わたくしは完璧だった。完璧であろうとしたわ。王族に生まれ、誰よりも美しくあろうと努力した。……恋の相手も、誰よりも美しい人でなければ釣り合わないと思っていた」

そうして、リュシアンを見つめる。

「子供の頃からリュシアンは美しくて、わたくしのことを尊重してくれた。わたくしはリュシアンのような美しい人と結婚すべきだと思っていた。なのに、隣国との縁談が出て――」

レティシア様が俯いた。

「王族だから、愛のない結婚でも受け入れるべき。そう、言われて――でもお兄様は自分の好きな相手をお選びになった。不公平だと思っていたところに、リュシアンと再会したわ。リュシアンにも婚約者がいると知って……わたくしと同じく、望まない婚約を強《し》いられたのだと思い込んだ。周囲もみんな、わたくしたちはお似合いで、リュシアンは婚約者よりわたくしを愛しているって言うし、わたくしもそれを信じたかった……」

レティシア様はツンと顔を上げて言った。

「言葉に出さないだけだと思ったのよ。髪を伸ばしたのも、愛の証だって侍女が言うから」

「髪は、休みがもらえなくて散髪に行けなかっただけです。誤解させてすみません」

リュシアンが頭を下げる。

「俺はただの護衛で、それ以上の感情はありませんでした。誤解を解かなかった俺にも責任がないわけではない。でも――」

リュシアンが顔を上げ、レティシア様をはっきりと見た。

「殿下は間違えたんです。周囲の調子のいい褒め言葉に惑わされ、おかしな歌曲を作らせ、自分が撒いた噂を自分で信じてしまった。――あなたが、クロエにしたことは許せない」

「最後の、思い出さえもくれないのね」

「この前の事件がなければ、殿下は『俺に愛されている』という誤解を抱いたまま嫁ぐことができた。それを壊したのは殿下ご自身です」

ふっとレティシア様がため息をつき、踵《きびす》を返す。

ゆっくりとした歩みで戻っていくレティシア様に、侍従が近づいて、頭を下げた。

「国王陛下が、そろそろお部屋にお戻りになるように、と」

「主役のわたくしに引っ込めとおっしゃるの？」

「謹慎を解いたわけではない。王族を愚弄した上演禁止の歌曲を歌わせるとは、場に相応しからぬとお怒りでございます」

「……最後に、聞きたかっただけなのに。お父様も頭が固いわ」

ため息をついて再び歩き始めるレティシア様に、侍従がさらに告げる。

「もう一つ伝言がございます。明日の出立に見送りはせぬ。――以上でございます」

レティシア様が一瞬、足を止め、玉座の陛下を見つめた。

「――では、これが最後になるの？　お別れを申し上げることは？」

「特にご指示がございませんので、必要ないと拝察いたします」

レティシア様はそれ以上何も言わず、振り返りもせず、一人広間を出て行った。

シンとなった会場に、静かに音楽が流れ始め、進行役が告げる。

「ダンスを続けよ、との陛下のお言葉です」

国王陛下は、レティシア様を庇うつもりも盛大に送り出すつもりもない。ただ王族同士の結婚ゆえに、国のメンツのために夜会を催したにすぎない。すぐに、何事もなかったように踊りの組が出来上がり、くるくると回り始める。先ほどリュシアンに詰め寄った令嬢には婚約者の青年が寄り添った。わたしに向かって無言で会釈をすると、彼のリードで令嬢も踊り始めた。

その様子をしばらく見ていると、リュシアンがわたしの手を取る。

「踊ろうか？　もう一曲。それとも、疲れた？」

「う、ううん……大丈夫、まだ踊れるわ」

リュシアンの手が腰に回され、呼吸を合わせてステップを踏み始める。ターンのたびに彼の短い銀髪がさらりと散らばって、シャンデリアの明かりに煌《きら》めいた。

「……最後くらい、踊って差し上げても……」

小声で言えば、リュシアンの眉がピクリと動いた。

「クロエはお人好しだな。あんな目に遭わされたのに」

「だって……陛下は、レティシア様に冷たい気がするわ」

失態を咎めて夜会の途中で部屋に下がらせ、明日の見送りもしないと冷酷に告げた。

隣国の老齢の国王に嫁ぐ娘に対し、永遠の別れになるかもしれないのに、最後の挨拶すら許さなかった。非情としか言いようがない。しかし、リュシアンは首をわずかに振った。

「本来なら、修道院あたりに閉じ込められて当然なのを、なかったことにするんだから、甘いくらいじゃないか？　鉱山の利権の譲渡のために、王族同士の婚姻が必要だからって言うけど」

リュシアンが納得いってない風に言うので、わたしも肩をすくめる。

「要は、両国の王族の不始末を隠蔽しているだけだ」

「……そう、なのね……」

あの査問会の後、イネス姉さまはわたしにそっと告げた。

『国王陛下は、レティシア様を疎《うと》んでいらっしゃるの。……王妃様はレティシア様を生んだ後、体調を崩されて、そのまま亡くなられたから』

『そんな理由で……？』

レティシア様を出産後、王妃様は病を得て、薬石効なく息を引き取られた。

それ以後、国王陛下のレティシア様への態度は、とても冷たくなったそうだ。母を失い、父から疎《うと》まれたレティシア様の味方は、美貌を褒めそやす貴族たちだけ。得られなかった両親の愛を求め、完璧な王女であろうとした。誇れるものは血筋と、美しい容姿だけだと――

『王太子殿下が反対を押し切ってわたしを妃に選んだのも、許せなかったのね……』

イネス姉さまが目を伏せる。自身は隣国に望まれぬ花嫁として嫁ぐのに、兄の王太子殿下は自ら妃を選ぶことが許された。その上、憎い王太子妃の妹は、レティシア様のお気に入りの騎士と婚約中。

――すべてにおいて、自分の方が優れているはずなのに。レティシア様には、なおさら許せなかったのかもしれない。

「なんにせよ、お気の毒な方だわ。……家族の愛の代わりに、リュシアンだけが愛してくれると思ったなんて」

わたしの言葉に、リュシアンが微《かす》かに笑った気配がする。

「本当に、クロエはお人好しだよ。呆れるね」

くるりとターンを踏みながらリュシアンが言った。

「……俺は、あの人のことが好きだなんて、一言だって言ってない」

わたしはリュシアンの顔を見上げて思う。リュシアンはじっとレティシア様を見つめていた。――監視のためだって言うけど、あんな視線で見つめられたら、きっと誰だって誤解する。

「リュシアンね、瞬きが少ないのよ。だから、一心不乱に見つめているように見えるの。わたしも傍から見て、レティシア様が好きなのかと思ったから」

「瞬き？」

予想外だったのか、リュシアンの紫の目がちょっと大きくなる。

「そうなのかな、意識もしていなかった」

リュシアンはパチパチと目を瞬く。彼は本当に言葉が足りない。わたしのことを好きだとも、ずっと言ってくれなかった。そんな人にとって、レティシア様に「あなたのことは好きでない」と伝えるのは、なおさら難しいことなのだろう。

「美人だし、何せ王女様だから、リュシアンにも愛されて当然だと思っていらっしゃったのよ」

「俺はクロエの方が綺麗だと思っていたよ」

リュシアンがそう言って、わたしの手を取ってくるりとターンさせる。

そうしてまっすぐに見つめ合って、リュシアンが小さな声で言った。

「俺は、クロエが、好きだ」

突然の告白に、わたしは息を呑み、それから顔に火がついたように熱くなってきた。

「あ、ありがとう。わたしも……」

「あまり、言えないから、誤解のないように、言っておく」

曲が終わるまで、わたしはフワフワとした気分で、どんなステップを踏んだのか、まったく記憶にない。

キラキラした大広間の眩い光と、リュシアンの紫の瞳に、酔ってしまったのかも――


翌日、レティシア様は使節団に伴われて、隣国に向かわれた。

どんよりとした雲の立ち込める肌寒い日で、見送りに出たのは王太子夫妻と、大臣たちのみ。結局陛下は、見送りを拒否なさった。

旅の間は世話係の侍女と護衛騎士が付き従うが、向こうに着いたらみな、帰国するらしい。本当に一人きりで、隣国に放り出されるのだ。なんだかひどいことのように思えるが、リュシアンもお父様も、むしろ処罰が生温いと言っている。

結婚相手のアドルノ陛下は齢《よわい》六十を超え、落馬事故の影響で半身不随だそうだ。王妃として嫁ぐのは、廃嫡された元王太子フォルテ殿下の息子の、養母となるため。それすらも形式だけのことで、実際の養育にも関わらないという。この後の人生をアドルノ陛下のおそばに仕え、そのお世話をして過ごすことになる。

――想像するだけで、気が滅入る。

白いドレスに身を包んで隣国行きの馬車に乗るレティシア様は、妖精のようにお美しかったという。

名ばかりの隣国の王妃として、未来を縛る見えない鎖に囚われる彼女は、最後のダンスをリュシアンに拒否された時、いったい何を思ったのだろう――

◆◆◆

レティシア様が隣国に嫁いで、王宮も少し落ち着いた。

小さなシャルル殿下のお世話でイネス姉さまは忙殺されているが、後継ぎの王子を生んだことで、王宮内に確固たる地位も築き、不安な表情を見せることもなくなった。

だから結婚式が済めば、わたしとリュシアンは辺境のメレディス領に向かう。次期辺境伯とその夫人として、わたしたちは辺境で多くのことを学ばなければならない。

結婚式を数日後に控えた夕方のことだ。その日はウェディングドレスの最終調整で、たくさんのお針子がドレープやフリルを直したり、髪型とベールの調整をしたりと、時間がかかってしまい、わたしはリュシアンとのお茶会に遅刻してしまった。

お茶会はたいてい、庭の四阿《あずまや》に用意されている。わたしが急ぎ足で庭に向かえば、秋咲きのバラの鉢に囲まれた大理石のベンチに、リュシアンが一人座っていた。

午後の、やや遅い時刻。少し鈍くなった金色の光の中で銀髪がキラキラと輝き、完璧に美しい横顔は名工でもここまでは作れないのではと思わせる。

銀の髪を風にそよがせて、少しだけ眩しそうに眼を細めていた彼が、わたしの足音に気づいて振り向いた。アメジストの瞳がじっと、わたしを見つめる。

瞬きの少ない強い視線に、わたしの心臓がどくんと跳ねた。

毎日会えるようになっても、わたしはリュシアンの美貌に耐性ができない。見つめられるだけで、ドキドキして落ち着きをなくしてしまう。

「――ごめんなさい！　遅くなって！　お待たせしてしまったわ！」

「大丈夫。庭を見ながら、ひとり脳内チェスをしていたから」

息を切らして、リュシアンのもとに駆けつけると、リュシアンが表情も変えずに言った。

わたしは首を傾《かし》げる。

「ひとり脳内チェス……？」

「俺の趣味なんだ。言ってなかったっけ」

リュシアンが訥々《とつとつ》と説明するところによれば、頭の中にチェス盤を広げ、その上でリュシアン一号とリュシアン二号でゲームを行うのだと言う。

「いつでもどこでも無言でできるから退屈しない」

「そ、それは楽しいの？」

「今度一緒にしよう」

ひとり脳内チェスを、一緒に……？

二人いるのなら、普通のチェスをすればいいのではと思いながら、わたしはリュシアンの座る四阿《あずまや》のベンチに腰を下ろす。六角形の隣り合う辺に並んで座り、準備されたお茶のポットからカップにお湯を注いだ。

三段重ねの菓子皿には、サンドイッチとケーキ、クッキーが綺麗に盛り付けられている。

「待っている間に食べてくれてもよかったのに」

「君はいつも食べないで待っていてくれるじゃないか」

リュシアンはそう言って、キュウリとスモークサーモンを挟んだサンドイッチを手に取る。

「いつも俺が待たせてばっかりだから……」

「今日はドレスの最後の調整で……予想より時間がかかってしまったの」

「そうなんだ」

リュシアンの返事は相変わらず素っ気ない。

リュシアンはサンドイッチを飲み込むと、手についたパンくずをペロリと舐めた。そんなちょっと行儀の悪い仕草にも妙な色気があって、ドキドキする。

砂糖も入れないで紅茶を一口飲んでから、リュシアンが言った。

「ねぇ、クロエ」

リュシアンの方から話しかけられるのはめったにないので、わたしはビックリして顔を上げた。

「なあに、リュシアン」

「この前の夜会の時のことなんだけど」

「あ、ああ。あの時……」

レティシア様が嫁ぐ前夜の夜会のことを持ち出され、わたしはリュシアンの次の言葉を待った。

吹き抜ける風が彼の銀髪を散らす。木漏れ日が揺れて、キラキラと光が散るように眩い。

「あの時クロエは、俺がレティシア様を本当に好きなら、俺との婚約を破棄して、笑って送り出すつもりだったって言ったね」

「ああ、そのこと……」

「あれ実は、地味に傷ついた。……俺、無表情だから、気づいてないと思うけど」

リュシアンが目を伏せる。美貌がもの憂げに陰って色気が二割増しになり、わたしの心臓を直撃する。

「ご、ごめんなさい！」

「ううん、その前に俺がずっと傷つけてきたんだ。俺が傷ついたより何倍もクロエは苦しかったんだろう。その上で、悩んで決めたことなんだって、ようやく分かった。――俺は真相を伝える努力を怠《おこた》って、俺一人だけ苦労させられている気になっていた。誤解されて当然だ」

わたしはカップをソーサーに戻し、正面からリュシアンに向き合った。

「リュシアンは、レティシア様を愛してると思っていたわ。いつもレティシア様を見つめていたし、どこに行くにもピッタリついていたし――噂でも、二人は愛し合っているって言われて、レティシア様本人からもそう聞いたから、てっきり――」

「俺とレティシア様が男女の仲だって噂、騎士としてはありえないから、信じる奴がいるなんて思わなかった。護衛対象の王女とそんなことになったら、騎士失格だ」

「でも、世の中の人はそんな夢が見たいのよ。……あの時の、ご令嬢みたいに」

リュシアンの裏切りを詰《なじ》った彼女を思い出して言えば、リュシアンの形の良い眉が顰《ひそ》められた。

「……確かに、エスコートはともかく、夜会でのダンスは護衛の枠を越えていたな。最初は断っていたんだけど……」

そもそもが、レティシア様のデビュタントのエスコートを引き受けたのが間違いだったと、リュシアンは言う。

「今にして思えば、王太子殿下は俺とレティシア殿下の噂を煽って、あの人の評判を落とすつもりだったのかも。——護衛に執着する王女なんて、ろくなもんじゃないし。ところが予想外に支持層ができてしまって」

お互い婚約者がいながら惹かれ合う王女と護衛騎士、という図式に、夢を抱く人が多かった。

「歌劇場の脚本家や監督に信奉者ができたのも大きかったのかも」

リュシアンが紅茶のカップを覗き込みながら言った。

「まさか、自分のことが劇にされているなんて想像もしてなかったから……」

「赤毛の婚約者が滑稽な役どころでね……おかしな歌を歌うのよ。それも聞いてなかったのね……」

リュシアンが申し訳なさそうにわたしを見た。

「……クロエを馬鹿にする内容だったって、後で聞いて……でも、俺はクロエの髪の色も綺麗だと思っているから、赤毛がなぜ馬鹿にされるのかわからない。もし、見ていたとしても、それがクロエをあげつらっているとは、気づかなかったかも……」

リュシアンが両手で銀髪をかきむしった。

「俺……いろいろ、ダメだな……ごめん……」

「リュシアン……」

わたしがテーブルに乗り出すようにして、リュシアンの顔を覗き込む。

「あなたが、あれを知っていて一緒に笑っていたなら、許せなかった。でも、知らなかったのならもういいわ」

わたしが言えば、リュシアンは首を振った。

「いや。クロエが傷ついていたのに、知らずに放置した自分が許せない。本当にすまなかった」

「リュシアン……」

目の前で揺れる銀髪を見ながら、わたしはどう彼を慰めようか考える。

それからゆっくりと口を開いた。

「わたしもね、自分の婚約者じゃなかったら、王女様の恋を応援したかもしれない」

「クロエ……？」

顔を上げたリュシアンが紫色の瞳を見開いてわたしをじっと見つめる。瞬きの少ない、いつもの凝視。こんな瞳で見つめられたら、誰もが恋に落ちてしまいそうな視線。

――本人はたぶん何も考えてないんだろうけど。

「夜会の時に、あのご令嬢を窘《たしな》めたけど、わたしだって、ああなっていたと思う。遠目に見るリュシアンとレティシア様は本当にお似合いで素敵だったもの。夢のように綺麗で、物語の中の理想の恋人たちみたいに見えた」

わたしは少し目を逸らして、考えをまとめながら話す。

「夢の恋人たちの騎士はわたしの婚約者で――わたしは、お邪魔虫なのかなって。愛し合う二人に立ちはだかる障害物でしかないなら、そんな生き方は悲しすぎる。それでも、わたしはレティシア様に仕えるリュシアンの姿もとても好きだったの。胸は痛かったし辛かった。でも、ずっと眺めていたい気もした。辛いのに、目が離せない……そんな感じだった」

「クロエ……俺は……」

言いかけるリュシアンを制して、わたしは続ける。

「だから、本当にレティシア様を愛しているなら、その愛を貫いてほしかった。王女様と幸せになってほしかったの。……だから、もし、爵位が目当てでレティシア様を捨ててわたしを選ぶなら、正直言えば幻滅するかなって」

「そんなことはない！」

リュシアンが大きな声で言った。

「それは違う。俺は、あの人のことは昔から好きじゃないから。クロエの方がずっと好きだった。それだけは、信じて」

真剣な目で見つめられて、わたしは頷いた。

「あの夜会で、助けに来てくれたでしょ。すごく嬉しかったし、リュシアンはわたしのことを好きでいてくれたんだって信じられた。ありがとう。お礼、ちゃんと言えてなかった」

「そんなのは、いいよ。……間に合ってよかった。でもその……俺こそ、ごめん」

「リュシアン？」

リュシアンの視線が気まずそうに泳いだ。

「その……あの夜……しちゃったことを、その……謝らないと……」

あの夜のことを思い出すと、火を吹きそうになるほど顔が熱くなる。

「それはその……」

両手で頬を包んで俯いたわたしの前髪を、大きな手が掠《かす》める。

「ごめん、俺、本当に……後悔してる……」

「え……後悔？」

それってわたしと寝てしまったのを、後悔しているってこと？

わたしが愕然として見上げると、リュシアンはわたしの方を見ず、凛々しい眉が苦悶に歪んでいた。

それは、あの時に寝たせいで結婚する羽目になったから……とか？

あるいは寝てみたら、あんまり好きじゃなかった……とか？

わたしの頭の中で、否定的なことがぐるぐると回る。一気に血の気が引いて、手足が冷たくなっていく。

「その、やっぱり、あんなふうに抱くべきじゃなかったって——すごく、辛くて……」

リュシアンが何かを振り切るように首を振る。

「あの時、クロエは知らない男に襲われてすごく怖かっただろう。そこへ助けにきたはずの俺に、結果的には襲われたわけで……よくよく考えたら逃げ場もないし、ひどいよなって……」

リュシアンの言う内容が、半分も頭に入ってこない。

「俺は、男に襲われかけた状態のクロエを、騎士団やほかの男の目にさらすのも嫌だった。未遂でもレティシア殿下が騒いで、クロエのひどい噂を振り撒くかもしれないと思ったし、噂を信じた奴らに興味本位にあれこれ言われるかもしれない。いっそ、俺と関係ができてしまったなら、どうせ婚約者なんだし、マシじゃないかって、思ったんだけど……」

リュシアンの顔は、苦悶に歪んでも美しい。

「今ここでクロエを抱いて自分のものにしてしまえば、婚約も破棄されないって打算がなかったわけじゃない。クロエの気持ちより、自分の都合だけを優先してしまって……」

それっきり、リュシアンは黙り込んでしまって、かなり長いこと沈黙が続いた。

風が四阿《あずまや》を吹き抜け、陽の光が赤みを帯びた金色に輝くころ。

「あの、クロエ……その……」

ふと気づけば、リュシアンの顔がわたしの顔の至近距離にあった。

いつの間にか、六角ベンチの同じ辺に移動してきている。距離が近い。

「あの後、閣下にはクロエに触れるのを禁じられて、俺、その——辛くて」

「辛いっていうのは——」

関係を持ったから、結婚しなきゃいけなくなった。だから——？

わたしはリュシアンの言葉に気を取られて、リュシアンの手が背中に回され、肩を抱き寄せられているのに気づいていなかった。

「抱かなかったら、我慢できたけど、抱いちゃったから、本当にその、我慢の限界で——辛くて辛くて辛くて……」

え、辛いっていうのは、何が？

リュシアンの顔がほんとうに目の前にあり、額と額がくっつきそうになっている。リュシアンの気持ちはともかく、わたしは間近で見るリュシアンの顔が美しすぎて、辛い。どう考えても、わたし、リュシアンには釣り合わない。彼が望むなら、お父様に言って婚約破棄を――

「……キス、したい」

「え？」

「いや、キスしたら、その先を思い出して余計に辛くなりそうだけど、やっぱり我慢できない」

そう、言うやいなや、リュシアンの唇がわたしの唇に触れて――

庭の木立を渡る風が、リュシアンの銀色の髪を散らす。樹々の葉を揺らす葉擦れの音がざわざわと響く。

リュシアンの熱い舌が、唇をノックする。わたしが唇を開けば、隙間からそっと咥内にねじ込まれる。大きな手がわたしのうなじをとらえて、舌が咥内を這う。唾液を吸い上げられ、口蓋の裏を舐め上げられて、ゾクリとした感覚に、わたしがビクリと身を震わせると、リュシアンのもう一つの手がわたしの二の腕から背中へと這わされ、背骨をゆっくりと辿っていく。

やがて腰に回された手が存在を確かめるように動いては、わたしのお尻を撫で、ぎゅっと掴んだ。

「んんっ……」

呼吸ができずに苦しくて身を捩《よじ》れば、リュシアンが顔を離し、唇と唇に唾液の橋がかかる。

「クロエ……」

「リュシアン、だめっ……お父様に、見つかったら……」

「だって我慢できないっ……クロエっ……」

もう一度唇を奪われて、激しく貪《むさぼ》られる。キスだけで翻弄されたわたしは、両手でぎゅっとリュシアンに縋《すが》りつく。

「んっ……」

舌と舌を絡め、彼の腕にきつく抱きしめられて、わたしは何も考えられなくなる。

――このまま、もっともっと近づきたい。くっつきあって、互いの境界がわからなくなるほど、抱き合って――

「クロエ……愛してる……」

リュシアンが、掠《かす》れた声で耳元で囁く。熱い息が耳朶にかかり、その熱で脳が沸騰しそう。

「リュシアン……」

耳朶を甘噛みされ、わたしが彼の腕の中でくたりと力を抜いた、その時。

ガサガサと音がして、誰かが四阿《あずまや》に近づいてきた。

リュシアンがハッとしてわたしの身体を離すけれど、もう、遅い。

――目の前には、腕を組み、怒りに燃えた目をした、お父様が立っていた。

「っ……、あ、おと、おとうさん！」

わたしたち二人は慌てて飛びのき、ワタワタと身なりを整えるが、リュシアンの言葉にお父様が激昂した。

「誰がおとうさんじゃ！　団長と呼べと申したであろうが！」

「あ、だ、だ、団長！　これは、これはですね、つまりそのっ……」

「砦送りにされたいようだな、リュシアン」

「いえ、その……ああああ」

リュシアンの襟首を掴んで今にも殴りかかりそうなお父様の腕に、わたしは抱き着いて必死に止める。

「お父様、やめて、顔は！　顔はだめ！」

——もちろん、この後、わたしたちはこっぴどく叱られたのだった。

◆◆◆

わたしとリュシアンの結婚式は、よく晴れた秋の日に、王都の大聖堂で行われた。

例の、シャルル殿下の生誕を祝う舞踏会からすでに半年。ようやく、この日を迎えた。

朝早くから花嫁控室に詰めてメイクや髪型を整え、ウェディングドレスを着て、ヘッドドレスとベールの位置を合わせて——

鏡に向かってメイクの最後の仕上げをしている時、背後の扉が開いた。

「クロエ！」

呼びかけられて振り向けば、花嫁控室に入ってきたのは、イネス姉さまだった。

「準備はどう？　あら、素敵！　素晴らしいレースだわ！」

「姉さま！　シャルル殿下はよろしいの？」

「後の披露宴で少しだけお目見えするけど、式はお留守番よ」

一歳にならないシャルル王子殿下は、厳粛な式への参列は、まだ難しい。

「クロエの結婚式だけはどうしても出たくて、乳母に預けてきたわ。ほんと、よかった。無事にお父様のお怒りが解けて。一時はどうなるかと思ったわ」

姉さまがわたしの花嫁姿を上から下まで見下ろして、しみじみと言った。

舞踏会の一件でお父様はリュシアンにお冠だった。半年間、毎日絞られて、やっとお許しが出た——ところに、結婚式直前にキスしていたのがバレて、お父様に大目玉を食らい、危うくリュシアンは本当に最果ての砦送りにされるところだった。

——お父様が思い直してくださって、結婚式ができてよかった。

「リュシアンも、五年間レティシア様につきっきりで、いろいろストレスが溜まっていたのよ。鍛錬の時間も取れないくらい、勤務が続いていたらしいし」

わたしがリュシアンを庇えば、イネス姉さまもため息をついた。

「まさかそんな無茶な勤務を強《し》いられていたなんて、思ってもみなかったわ……」

姉さまがわたしのヘッドドレスを直しながら言う。

「王太子夫妻付きの護衛騎士はきちんと休みを取れるはずだから、てっきりレティシア様付きもそうとばかり……」

監視のためにレティシア様付きになってから、リュシアンは休暇も取れず、わたしに会いに来ることができなくなった。そのことを知った姉さまは、わたしたち二人にものすごく詫びてくださった。もちろん、無茶な勤務形態にうっすら気づいていながら、特に何のフォローもしなかった王太子殿下には、姉さまがキツくお灸を据えたらしい。

「殿下がわたしを守ろうとしてくれた、その気持ちは嬉しいのよ。でも、そのためにクロエとリュシアンに犠牲を強《し》いたのよ。それも五年間も！　わたしはそんなこと望んでいなかったのに」

姉さまが申し訳なさげに俯くのを見て、わたしは苦笑した。

「王太子殿下も、はじめはレティシア様が隣国に嫁ぐまでのつもりだったのでしょう。お輿入《こしい》れが延びてしまって、予想外に長い期間、リュシアンが拘束されてしまったけれど」

「わたしもクロエの我慢に甘えすぎていたわ。とても後悔しているのよ」

「姉さま、もういいわ。無事に結婚式を迎えられたのに、湿っぽいお顔はやめて」

わたしは姉さまに近づいてそっと抱きしめる。

「わたしは姉さまに幸せでいてほしかったの。だから、結果としてはよかったわ」

「クロエ……これからはあなたが幸せになるのよ」

「ええ……ええ、姉さまも幸せに」

結婚式が終わったら、わたしはリュシアンと辺境に戻る。イネス姉さまはたった一人、王都でさまざまなことに立ち向かっていかなければならないのだ。

わたしたち姉妹は最後の別れを惜しむように、しばらく至近距離から見つめあって抱き合っていた。

そこへ、ノックの音がして、遠慮がちに声がかかった。

「そろそろ、お式が始まります。支度はよろしいですか？」

「はい、今行きます！」

わたしは花嫁の控室を出て、聖堂の入口に向かう。すでに招待客は席につき、新郎も祭壇の前にいるという。わたしは、待っていたお父様の手を取った。

「ようやくだな、クロエ」

「お待たせして申し訳ありません」

「違う。結婚式まで長くかかったと言いたかったのだ」

お父様が、感慨深げにわたしを見下ろしている。

武門の家らしい厳しい顔つきだが、灰色の目は優しく微笑んでいる。

「ご心配をおかけしました」

「いや、わしもイネスも、一番年下のお前に甘えすぎたのだ。――リュシアンは、婚約の誓いを違える男ではないと思って、少しの間イネスを守ってもらうにはちょうどいいと考えていた。あれだけ噂になったものを、当事者のお前が傷つかないはずがないのに」

お父様の言葉に、わたしは目を伏せた。

――お父様は、どういう理由か知らないけれど、リュシアンが裏切ることはないと、信じていらっしゃったらしい。わたしの知らないところで、リュシアンとリュシアンの父クレール侯爵様と、お父様との三人の間で、何かの取り決めがあったのだろうか。

だったら教えてくれればよかったのに、と思わないでもない。でも、五年前のわたしはほんの子供だったし、お父様も王太子殿下も、まさかレティシア様の件があそこまで長引くとは思っていなかっただろう。

わたしは顔をあげ、お父様に向かって微笑むと、言った。

「もう、済んだことだわ。レティシア様もいなくなったし、あとはリュシアンとうまくやるわ」

「……そうだな、あの小僧め」

ちっとお父様が舌打ちするのを聞きながら、わたしはお父様の肘に手をかけ、扉の前で入場の合図を待つ。

しばしの待ち時間の後、目の前の扉がゆっくりと開かれ、荘厳な音楽が流れ始める。

足元から祭壇へと続く深紅の絨毯。天井近くに穿《うが》たれた薔薇窓から、ステンドグラスを通して色とりどりの光が降り注ぐ中、白い正装の騎士服をまとった背の高い後ろ姿が見える。短く整えた銀色の髪が、光を反射してキラキラと輝いている。

わたしとお父様は歩調を合わせ、絨毯を踏みしめて一歩一歩進んでいく。

両側には招待客が並んでいた。辺境伯家と侯爵家の結婚式だから、王都の名のある貴族家には招待状を出したはず。わたしはこれまでほとんど社交をしてこなかったけど、これからはそうもいかないのだろう……

一番前の席は、王太子殿下と王太子妃であるイネス姉さまの席。式もまだ始まっていないのに、早くも真っ赤に潤んだ瞳でわたしを見ている姉さまが、少しばかり心配になる。

わたしはちらりと、お父様の顔を見上げた。

こんな風にお父様と歩く機会はもう、ないかもしれない。なぜなら——

祭壇の前まで来て、お父様が私の手を取って、前に立つ新郎の白い手袋を嵌《は》めた手の上に置いた。

「頼んだぞ、小僧」

お父様が小声でポツリと呟き、リュシアンがハッとして背筋を伸ばす。

お父様がするりと身を引いて、わたしとリュシアンは二人、祭壇の前で並ぶ形になった。

——そう、わたしがこれから手を取り合って歩いていくのは、このリュシアンだから——

祭壇の前では大きなミトラを被った、真っ白なおひげの大司教さまが待っていて、厳かに神聖な式の開始を告げる。

音楽の調子が変わり、神を讃える歌が響いた。

「病める時も健やかなる時も、生涯変わらぬ愛を誓いますか？」

「はい、誓います」

リュシアンのしっかりとした宣誓の声に、夢心地になっていたわたしも我に返って誓いの言葉を紡いだ。

大司教様の指示で、リュシアンがわたしの顔を覆うレースのベールに触れる。白手袋を嵌《は》めた手で丁寧にベールをめくり、ヘッドドレスにかけた。ベールが外されて鮮明になった視界に、リュシアンの端麗な顔が現れる。アメジストの瞳がじっとわたしを見つめ、形のよい唇が緊張のせいか少しだけわなないている。瞳が熱を孕んで、燭台の明かりにギラリと煌《きら》めいた。

「クロエ……」

リュシアンの唇がわずかに動いて、声にならない声で名を呼ばれたと気づく。彫像のように美しい顔が近づいてきて、優しく口づけられた。

一瞬、周囲の音楽も、すべて消える。

幸福感に包まれて、温かい気持ちが漲り、満ち足りていく。

愛してる、わたしの、リュシアン。いつまでも、この人だけ——

第九章　初夜

結婚式も終わり、王宮での披露宴も無事にすんだ。

わたしたちは王都のメレディス邸に戻って、次の——つまり初夜——の支度に忙しい。

わたしはメイドたちに入浴させられて、身体の隅々まで磨き上げられている。

ふと、今日のことに思いをはせていた。

王都でも数年ぶりぐらいの、豪華なお式だった。

一貴族が王宮で披露宴を開くなんて異例なこと。でも、メレディス辺境伯家とクレール侯爵家の結婚は、辺境と中央貴族との繋がりを望んだ王家の肝煎りによる。加えてレティシア様の起こした騒動のお詫びも兼ねて、あえて王太子殿下が主催で開いてくださった。最近、病気を理由にめったに公式の場に出なくなった国王陛下のご臨席まで賜り——あまりに華やかなお式で、正直、疲れてしまった。

パチャンと飛沫《しぶき》が上がり、メイドに促されて立ち上がる。

洗い立てのいい匂いがする湯上りローブを着せかけられ、ゆっくりと湯舟を出た。

浴室内の寝椅子に横たわって、香油を塗り込められ、髪を丁寧に乾かしてもらう。

それが終わると、メイドがこの夜のために選んでおいた絹のナイトドレスを持ってきた。

薄い絹地にフリルがふんだんにあしらわれた可愛らしいものだ。胸元のリボンを解くと簡単にはだける仕組みになっているのだとか。

——ちょっとあからさますぎないかしら、それ。

急にひどくはしたない気持ちになって、わたしは顔が熱くなった。

初めてじゃないのに、恥ずかしくて逃げ出したくなってしまった。

リュシアンの前で、いったいどんな顔をしたらいいのか——

薄くて透けるナイトドレスの上には、薄く綿の入ったキルティングのガウン。花模様のキルティング刺繍にレースの縁飾りが可憐なデザイン。ヘチマ襟を合わせてベルトを締め、ビーズ刺繍の入った白い革の室内履きをつっかけ、わたしは寝室へと戻る。部屋はほんのりと暖かかった。

室内も可愛らしく飾り立てられていた。サイドテーブルの花瓶には深紅のバラの花が活けられ、ベッドに紅《あか》い花びらまで散らしてある。バラの甘い香りが漂い、なんだかふわふわした気分になってきた。

新婚初夜にかけるメイドたちの並々ならぬ意気込みにやや呆れながら、しかし心遣いを無下にもできず、わたしはおとなしくベッドの縁に腰を下ろした。ドキンドキンと心臓の鼓動がうるさくて、今にも喉から飛び出してきそう。

リュシアンは何をしているのかしら。来るなら早く来て！　いえ、早く来てなんて、はしたないわ！　別にそういう意味じゃ……

ドキドキソワソワしながら待つことしばし。突然、ノックの音がした。

「はっ、はい！」

つい、声がみっともなく裏返ってしまった。ガチャリとドアが開かれ、リュシアンが顔を覗かせた。

「あ……入っても……」

「は、はい、どうぞ！」

リュシアンが少しだけ目を伏せて、俯き加減で部屋に入ってくる。絹の寝間着の上に、ヘチマ襟の毛織のガウンを羽織り、髪は洗って乾かしたばかりなのか、普段はキチンと整えて撫でつけている前髪が額に落ちかかって、少し子供っぽく見えた。

リュシアンは大股で歩いてベッドまで近づくと、気まずそうに周囲を見回してから、おずおずとベッドに腰を下ろす。ギシッとベッドが軋んで、わたしはそんなことにもいちいちビクビクと反応してしまう。

「あ……」

リュシアンが会話の糸口を探して視線を彷徨《さまよ》わせているのを見て、わたしの方から助け舟を出す。

「今日はお疲れ様でした」

「あ、うん……」

リュシアンがじっとわたしを見つめ、ゴクリと唾を飲み込んだ。

首元の喉ぼとけが動くのを見て、わたしもゴクリと唾を飲み込む。

「あ、あの……何か、飲む？」

部屋のテーブルの上にはリュシアン用にブランデーが用意されている。だが、リュシアンは首を振った。

「いや、披露宴でしこたま飲んだから、いいよ。それより——」

リュシアンがじっと、わたしを見た。瞬きが少ないので、見つめられるとひどく落ち着かない気分で、胸の鼓動は早くなる。

「やっと、結婚できた」

「う、うん……」

「その……キス、していい？」

「もちろん」

わたしが頷けば、リュシアンの顔が降りてきて、口づけられる。さっきの、聖堂での触れるだけの口づけと違い、彼の熱い舌が唇を割って入ってくる。

「んっ……」

深く口づけられ、彼の大きな身体にのしかかられる形で、わたしはぽすっと寝台に倒される。そのまま覆いかぶさり、リュシアンは口づけの角度を変え、舌を深く差し込んできた。舌を絡ませ合い、唾液を吸い上げられ、歯列の裏をなぞられ、口蓋の裏を舐め上げられる。背筋を走るゾクリとした感覚に、身を捩《よじ》った。

「んんっ……」

リュシアンの逞しい肩に両手を置いて軽く押しやれば、意図を察知した彼の唇が離れる。

「はあっ……」

必死に息をするわたしをリュシアンが真上から覗き込む。その瞳が、部屋の明かりにきらりと光る。口づけで濡れた唇を舐める仕草が強烈に艶っぽくて、わたしはドキドキして頭に血が上る。

「クロエ……」

リュシアンが切なげに囁いた。

「先に、進んでも？」

「う……うん……でも……」

「でも……？」

リュシアンの手が早くもわたしの胸元のリボンにかかる。

至近距離で見つめられると、わたしは自分がどうしたいのかわからなくなって、ただ、首を横に振った。

するとリュシアンの凛々しい眉が困ったように眉尻が下がる。

「もしかして……嫌？」

「い、嫌じゃないわ！　で、でも……」

言い淀むわたしをリュシアンが縋《すが》るように見る。

「この半年、ずっと我慢してきて……やっと今夜にこぎつけたんだ。お願いだ、クロエ」

それから、リュシアンの整い過ぎた顔がわたしの耳元に寄せられ、ほとんど声にならないほどの声で囁かれる。

「……愛してる」

その瞬間、わたしの胸の内に喜びがあふれて、ドクンとひときわ大きく鼓動が鳴った。わたしは無意識にリュシアンの首筋に両手を回し、ぎゅっと縋《すが》りつく。

「リュシアン、わたしも……ずっと……こうしてほしかった……」

「クロエ……ああ、やっと……」

リュシアンがほっと深い息をつく。節くれだった手がわたしの胸元のリボンを解き、ナイトドレスがはだけられる。リュシアンが、こぼれ出た胸をじっと見下ろしている気配に、恥ずかしさで気もそぞろになる。

「リュシアン、恥ずかしい、から……」

わたしが羞恥で身を捩《よじ》ると、リュシアンがしみじみと言った。

「ずっと、見たかった。……夜会の時のクロエが忘れられなくて……何度も思い出していた」

リュシアンがわたしの二つの胸を大きな手で掴む。やわやわと揉みこんで感触を楽しんでいるのか、ぐにょぐにょと押したり引っ張ったりしていたが、おもむろに、がばっと突っ伏して胸に顔を埋めた。

「ひっ……！」

わたしがビックリして悲鳴をあげ、恐る恐る胸の方を見下ろせば、銀色の髪がばさりと胸の上に広がっている光景に、ますます羞恥心が湧きあがって、ぎゅっと目をつぶった。

「あー……柔らかい……天国だ……」

胸の間でスーハーと深呼吸しているのか、熱い息がかかってくすぐったく、わたしはもぞもぞと身を捩《よじ》った。彼の唇が谷間を這い、チュッチュッとリップ音がして、時に優しく食まれる感触と、髪が肌に触れるチクチクした感触とで、微《かす》かな刺激だというのに、わたしのお腹の奥が熱くなり、なんとなく両足をすり合わせてしまう。

リュシアンの唇が片方の乳首を咥え、もう一つを指でつまんだ。きゅっと引っ張られて、わたしはビクンと身を震わせる。

「あっ……」

「クロエ……可愛い……」

リュシアンの舌が乳首を転がし、舌で押し潰すように執拗に舐める。唇でチュッと吸い上げられれば、疼くような感覚がせりあがってくる。

「尖って、硬くなってきた……」

「あっ……あふっ……んんっ……」

レロレロと舌先で執拗に愛撫され、わたしはくすぐったさと恥ずかしさで身を捩《よじ》る。チュッと強く吸われて、甲高い悲鳴を上げてしまった。

「ひゃんっ……」

わたしの反応に気をよくしたのか、リュシアンはいっそう、わたしの胸の愛撫に没頭する。

銀色の髪がわたしの胸の上でふさふさと揺れる様子はやはり現実のことと思えなくて、わたしは無意識にリュシアンの頭を両手で抱え、ぎゅっと抱きしめた。

「クロエ……？」

乳首を口に含んだまま不思議そうに問われて、くすぐったさでわたしは首をいやいやと振った。

「そこで、喋らない、でぇっ……」

リュシアンが返事の代わりと言わんばかりに、ちゅっと強く吸い上げたので、わたしはもう一度甲高い嬌声をあげてしまう。胸を弄んでいたリュシアンの手が、ゆっくりと腹から腰へと滑り、太ももを撫でていく。それから両手でそれぞれ膝がしらを掴んで、そっと両足を開いた。

「あ……」

ちゅぽんと音を立てて乳首から顔を上げたリュシアンは、わたしの顔をじっと見下ろしつつ、わたしの両脚の間に移動する。恥ずかしい場所が彼の目に触れていると気づいて、わたしは慌てて膝と膝を合わせようとした。しかし、彼の身体に邪魔されてできない。羞恥に耐え切れず、ぎゅっと目を閉じて、顔を背けた。

衣擦れの音がして、リュシアンがガウンと寝間着を脱ぎ捨てたらしいと気づく。

「クロエ……」

リュシアンの手がもう一度膝にかかり、さらに脚を大きく開いた。わたしもそれ以上の抵抗はしなかった。

リュシアンが、わたしの顔をじっと見下ろしている。

アメジストの瞳が寝室の淡い光に揺れる。わたしが下から両手を伸ばしてその頬に触れれば、リュシアンの顔が降りてきて、唇を塞ぐ。彼の手が、わたしの肩にまだひっかかっていたナイトドレスにかかり、滑らかな絹地のそれを引き剥がしてどこかに放り投げる。彼のもう一つの手がゆっくりと内またを撫でて、脚の付け根に触れた。

そこを彼の手が旅するのは二度目のこと。

舌が絡められる。同時に、彼の指がそっと、壊れ物を扱うかのようにわたしの秘密の場所を探る。

「ん……」

敏感な場所に触れられて、わたしの腰が無意識に揺れた。

リュシアンが唇を離し、耳元で囁く。

「いい？」

「ん……」

わたしは恥ずかしくて、ぎゅっと目を閉じて、ただこくこくと無言でうなずいた。

目の前に彼の首があって、突き出た喉ぼとけがゴクリと動くのが見えた。心なしか呼吸も荒い。

――リュシアンも、緊張してる？

「この前は、どさくさに紛れて抱いてしまった。今、改めてやり直そうと思うと、緊張する。――半年ぶりだから、我慢も限界ではあるけど」

わたしは彼の裸の肩に縋《すが》りついて、尋ねた。

「我慢、してたの？」

「うん……すごく」

リュシアンはそう言いながら、わたしの蜜口に長い指を差し入れた。

「う……」

「痛い？　……久しぶりだから……」

「だい……じょうぶ……続けて……」

異物感と圧迫感があったけれど、しだいにそれも慣れて、腰から湧き上がる甘い疼きとともにその場所が湿り気を帯び、水音を立て始める。

「濡れてきた……」

「やだ、言わないで……」

リュシアンの指がわたしのナカを探る。一か所、お腹に近いある部分をこすられて、わたしは腰が溶けるような感覚に悲鳴を上げた。

「ああっ……」

「ああ、ここ……？　ここが、いい？」

「んっ……あっ……そこ、あああっ……」

自然に腰が動いて、ねちねちした水音が大きくなる。恥ずかしい。気持ちいい。でも……

「リュシアン、わたし……」

「だいじょうぶ、一度、イって……クロエ……俺の指で……」

「あ、あああっ……あっ、あっ……」

内部のある一点と花びらの内側の敏感な二か所を同時に責められて、わたしは両脚を突っ張って快感に耐える。自分の唇から零れる喘ぎ声と水音に羞恥心を煽られ、ぎゅっとリュシアンにしがみついたまま、内側から押し寄せる快感の波にさらわれる。

「ああっ……あ――――っ」

「クロエ……」

がくりと力を抜いて、呆然とベッドの天蓋を眺めて荒い息を吐いていると、リュシアンが首筋に口づけ、鎖骨のくぼみから胸へと唇を滑らせていく。

「リュシアン……？」

「かわいい……全部、食べたい……」

そんなことを呟きながら、やがて唇は腹から下腹へ、そしてさっきまで彼の指が弄んでいた秘所に至る。熱い息とぬるりとした舌の感触に、わたしはびっくりして身を起こそうとした。

「リュシアン？　やめてそんな……」

「……嫌？」

「だって汚いわ、そんな……」

「汚くない。舐めさせて……」

「でも……」

リュシアンはわたしの制止を聞かずに、再び脚の間の顔を埋める。彼の銀色の髪を見下ろして、わたしはパニックになった。

——だってそんな！

だが次の瞬間、熱い舌で敏感な場所を舐め上げられて、あまりの快感にわたしはのけぞった。

「あああっ……」

ぴちゃぴちゃと獣が水を飲むような音が寝室に響き、断続的に襲ってくる快感にわたしはなすすべもなく絡め取られていく。逃れようにもリュシアンの両手ががっちりとわたしの腰を掴んで離してくれない。わたしはただ、ベッドの上でのけぞり、シーツを掴み、髪を振り乱して身悶えるだけ。

「あっ、ああっ……ああっ……あっ、それ、もうっ……ああっ、あっ……」

今までに味わったことのない快感に、わたしははしたない喘ぎ声をこらえることもできない。敏感な場所に歯を立てられ、頭の中に白い火花が散る。

「ああっ……あ————ッ」

絶頂の余韻でガクガク震えるわたしを、リュシアンが上から覗き込む。その唇はぬらぬらと濡れていて、わたしは恥ずかしさで顔を背ける。

「クロエ……すごくかわいい……俺も、挿れていい？」

「ん……いいわ」

リュシアンの懇願に、わたしは彼に抱きついて、耳元で囁くように同意した。

リュシアンがわたしの両脚を開き、腰を寄せる。熱いものがわたしの身体の中心にあてがわれ、こじ開けるようにゆっくりと中を穿《うが》つ。

「う……」

指や舌とは比較にならない熱量と質量。身体の中に、彼の楔《くさび》が入ってくる。

――熱くて、そして――

「リュシ、アン……」

「クロエ……くっ……キツイ、少し、堪えて……」

ミシミシと媚肉を引き裂くように侵入するそれに、わたしは眉を寄せて耐える。初めての夜ほどでないし、さっき、リュシアンの舌で弄ばれた花びらはすっかりぐずぐずに蕩けて、溢れた蜜が容易に彼を受け入れていく。でも、まだ痛みがある。

「うっ……クロエッ……あと、少し……」

リュシアンが眉根を寄せてグッと腰を進め、ずりゅっといやらしい水音がして、最奥まで穿《うが》たれた。腰と腰が密着して、不自然に開かれた両脚が少し辛い。リュシアンが両手で、わたしをかき抱き、深いため息をついた。

「はあ……クロエ……やっと、ここに戻ってこれた……」

リュシアンの大きな手が、存在を確かめるかのようにゆっくりと背中を撫でさする。わたしも彼の裸の肩に縋《すが》りつき、彼の肌と体温をじかに感じる。

固い、骨ばった身体。以前の夜より、鍛えられて筋肉がついた気がする。

「リュシアン……」

「辛くない？」

「ん、大丈夫……」

「ああ……かわいい……クロエ……」

リュシアンがわたしを抱く腕に力を籠め、唇を塞ぐ。熱い舌と舌が絡まり、咥内を貪《むさぼ》られる。

自分の中に、彼の熱量を感じる。二か所で繋がって一つになり、肌と肌を合わせ、これ以上近づけないくらいピッタリと身を寄せ合って――

もう二度と、離れたくない――

リュシアンが、熱い息とともに耳元で囁いた。

「リュシアン……あっ……」

「クロエ……好きだよ……クロエ……」

熱い息遣いで脳まで蕩かされてしまいそう。

「ナカ……熱い……ずっと忘れられなくて……ずっと……クロエ……」

至近距離から見下ろすリュシアンの眉が切なげに顰《ひそ》められ、少し開いた唇から荒い息が零れる。

「動いて、いい？」

「ん……」

二度目だから、この後に起こることを知っている。

リュシアンがわたしの顔の横に肘をついて、体重をかけないように上体を少し起こし、ゆっくりとわたしの中から抜け出していく。

彼の熱がいなくなった奥の部分が切なくて、わたしは彼にしがみついた。

「あ……」

いかないで――

そんな風に思った次の瞬間、彼の灼熱が一気に奥へと突き入れられ、わたしは衝撃で悲鳴を上げた。

「ああっ！」

最も深い場所を突き上げられて、痛いような刺激に思わず目を瞑る。リュシアンはもう一度ゆっくり引き抜いて、そして一気に奥まで腰を動かした。その動作を何度も繰り返し、しだいにスピードを上げていく。

奥を突かれるたびに身体がずんずんと、頭の方にせりあがってしまうが、リュシアンが時々腰を掴んで、わたしをぐいっと引き寄せてくれる。

リュシアンの息が上がり、額には玉の汗が浮かんでいる。端麗な眉をグッと寄せ、何かをこらえるように顔を歪めて――それでも、彼は本当に見惚れるほど美しい。

繰り返し彼の灼熱に内壁を擦られるうちに、じわじわとした快感がわたしの身体中に満ちていく。

「あ、ああっ、ああっ……」

自然と呼吸が荒くなり、揺すぶられるリズムに合わせ、こらえきれない嬌声が零れ落ちる。

「クロエ……」

リュシアンが上体を起こし、わたしの両膝の裏を掴んで脚を開かせ、真上からのしかかるような体勢で抽挿を深める。奥深い場所を突かれた刹那、わたしの脳裏に白い閃光が走った。

「ああっ、それっ……だめっ……」

「だめ、なの？　……いや？　気持ち、よくない？」

リュシアンが不安そうな表情でわたしを覗き込むけれど、動きを止める気はないのか、なおも一層、激しく腰を動かした。

「あっ、ああっ、ちがっ……だって、それっ……ああっ、あっ……」

ずく、ずく、と奥を責められれば、わたしのナカが感じて、彼を締めつける。ぐじゅぐじゅとかきだされた蜜が溢れて、響く水音が恥ずかしい。

リュシアンの指が、結合部のすぐ上の、敏感な尖りを摘まみ上げた瞬間、わたしの中で高まっていた快感が限界を迎えた。堰《せき》を切ったように絶頂に押し流され、わたしは真っ白な世界に投げ出される。

「ああっ……あ――――っ」

「クロエッ……」

リュシアンの楔が大きく膨れ上がって、熱い飛沫《しぶき》がわたしの中を満たしていく。私を抱きしめる彼の腕に力がこもり、身体が軋むほど痛い。苦しいけれど、それが彼の愛だと感じられて、わたしはただ彼にしがみついて、激情に耐えた。

リュシアンがガクリとわたしの上に崩れてきて、ハッと体重を逃す。

「クロエ……ごめん……」

「ん……だい、じょう……ぶ」

まだ整わない息のまま口づけを交わし、しばらく抱きしめられていた。

リュシアンがずるりと抜け出す気配に、わたしがビクリと身を震わせる。

「あ……」

情事の余韻に浸っていると、リュシアンが耳元で囁く。

「クロエ……俺、もう一回したいんだけど」

「え……？」

わたしは意味がわからなくてパチパチと瞬きする。

一晩に何回もするものなの？

そう思う間もなく、くるりと身体を反転させられて、シーツにうつ伏せにされてしまう。

「リュシアン？」

背中を覆うように抱きすくめられ、背後から耳朶に口づけられる。熱い舌に耳の穴を嬲られて、再び頭の中が焙《あぶ》られたように熱くなる。身体の奥が疼いて、内部から何かが溢れる感覚にぎゅっと目を閉じた。

「あ……」

「クロエ……」

リュシアンの手がわたしの腰にかかり、少し持ち上げられる。お尻に熱いものが宛がわれ、あっと言う間もなく背後からリュシアンの楔がゆっくりと入ってきた。

「あ、ああっ……」

初めての痛みはもうないけれど、圧迫感に息ができなくなり、わたしは両手でシーツを握りしめる。グッと腰を推し進められ、一番深い場所まで貫かれ、わたしはシーツに額をつけ、ハクハクと息を吐いて彼の熱量に耐える。一番奥深い場所を抉られて、わたしの脳裏にチカチカと閃光が走った。

「あ……リュシアン、ふかい……う……」

「はあっ……クロエ……ああっ……さっきより、すごい……」

リュシアンがわたしを背後からぎゅっと抱きしめ、首筋に唇を寄せる。

「はあっ……あっ……」

体内に満たされたリュシアンの熱杭が熱い。背筋を走るゾクゾクした感覚に、わたしがシーツを握り絞め、突っ伏して耐えている握りこぶしを、リュシアンの両手がそれぞれ覆うように握り込む。指を絡められて、唇が首筋を這う。背中には彼の胸が押し付けられ、身体じゅうが包み込まれて一つになる。

彼が、わたしの中にいる。——満たされた思いでわたしが肩越しに振り向くと、リュシアンの瞳と目が合った。

「好きだ、クロエ……」

リュシアンが喘ぐように言って、口づけられる。

「んんっ……ん——っ」

口を塞がれて、行き場を失った喘ぎ声が鼻に抜ける。快感の逃げ道を塞がれて、身体の芯からグズグズと溶けていきそう。苦しくて逃れようと首を振ったら、ようやく解放された。

「はあっ……リュシアン、くるしっ……」

「動くよ……」

リュシアンはそう宣言すると、身体を小刻みにゆすり始める。内部が擦られて快感が生まれ、わたしはつい、甘い声を上げてしまった。しだいにリュシアンの動きは激しく、抽挿は深くなる。ゾクゾクした快感が湧き上がり、大きな波に飲み込まれ、翻弄される。

「あっ、ああっ、あっ……あああっ……ああっ」

抜き差しのリズムに合わせて内臓から押し出されるように喘ぎ声が零れ、ベッドの軋む音と彼の荒い息遣いが絡みあう。

「はあっ……クロエ、……気持ちいい？」

「んあっ……ああっ……気持ち、いいっ……」

「俺も、すごく悦《い》い……」

リュシアンの唇から、熱い息とともに低い呻き声が漏れる。一際奥を突かれて、わたしの全身が痺れて、のけぞる。リュシアンの両手がわたしの胸を背後から握り込んで、硬く尖った先端をぎゅっと摘まんだ。とたんに背筋を走り抜ける強い刺激に、わたしは我を忘れて叫ぶ。

「あああっ、あ――っ」

体内で快感の波が弾け、わたしはシーツを掴んで背中を弓なりにそらせて、絶頂に身を任せる。

リュシアンがわたしを背後から抱きしめて、耳元で呻いた。

「ううう……くっ……俺も、出るッ……」

わたしの中でリュシアンの楔が弾け、お腹の中が熱いもので満たされていく。

「クロエ……」

わたしはガクリとベッドの上に頽れ、心地よい疲労に呑まれ、意識を失った。

◆◆◆

目が覚めた時は、まだ夜明け前の一番暗い時間だった。

空気はひんやりしているのに、温かい。よく見ると目の前にリュシアンの裸の胸があった。どうやら彼の腕枕で眠ってしまったらしい。

重いのでは！

そう、思って身を起こそうとしたが、彼の腕が絡みついていて、抜け出せない。

「う……クロエ……？」

「あ……ごめんなさい、起こしてしまった？」

「いや、大丈夫……まだ、暗いよ？」

彼が片手で目を擦る隙に、わたしは起き上がった。

「重かったでしょ？　ごめんなさい！」

「気にしないで。重くない、むしろ可愛いと思ってニヤニヤしてた」

リュシアンも上体を起こして、ベッドヘッドに積み上げられた枕に身をゆだねる。

「ニヤニヤ……」

リュシアンのにやけ顔なんて想像もつかなくて、しげしげと顔を覗き込んだが、暗がりで見る分には、いつとも同じ無表情だ。

「少し冷えるね」

リュシアンはそう言って、羽毛のデュベでわたしの身体をくるむ。

「辛くなかった？」

昨夜のことを聞かれて、わたしは首を振る。

「ううん、大丈夫よ」

「今朝は、ゆっくりできるんだよね？」

「そうね、もう少し寝る？」

結婚式の翌日は特に用事も入れていないから、もうひと眠りしても——そんな風に思っていたら、リュシアンががばっと上から覆いかぶさってきた。

「大丈夫なら、もう一回、したい……」

「え？　でも、もう朝……」

リュシアンがさりげなくわたしの脚の間に身体を割り込ませてくる。

するとふとももののあたりに何か、硬いものが触れた。

「リュシアン？」

真上から覗き込むリュシアンの目が、微《かす》かな明かりにきらっと光った。

「その……実はずっともう一回したいなって……」

リュシアンはそう言って、わたしの額にキスを落とす。それから瞼から頬、唇についばむようなキスの雨を降らせ、耳元に口を寄せて、ねだるように言った。

「ね……だめ？」

そのままパクリと耳たぶを咥えられる。熱い息がかかり、ゾクッとした感覚が背筋を走って、思わず声をあげてしまった。

「あんっ……だめ、さっきあんなにッ……ひあっ……」

「可愛い声……クロエの耳たぶ、柔らかくて可愛い……」

レロっと熱い舌で耳を嬲られ、コリコリした軟骨を甘噛みされる。くすぐったさと息の熱さで頭が沸騰し、身体が疼いて身をくねらせてしまう。

「あっ……まっ……」

ぴちゃぴちゃと耳を舌で舐めしゃぶられる音が頭に直接響いて、脳が痺れて溶けていく。身体の奥から、何かが溢れ出る感覚に足をばたつかせるが、リュシアンの手がふとももをするりと撫でて脚の付け根に触れる。

くちゅっ……

微《かす》かな水音を耳が拾って、恥ずかしさでぎゅっと目をつむった。

「まだ、耳しか触ってないのに、こんなに……」

「言わないで！　意地悪っ！」

「こんなにぐずぐずなのに、させてくれないクロエの方が意地悪だ」

リュシアンの手が秘裂を辿り、唇は耳朶を弄んでいる。

「ねえ……お願い。させて……」

リュシアンの、少し低くて掠《かす》れた声が壮絶に色っぽくて、わたしの全身が焙《あぶ》られるように熱くなって、息が上がってくる。彼の手が花びらを割って、内部を探る。くちゅくちゅとはしたない水音が二か所から響いて、わたしの羞恥心が限界を迎えたころ、彼の指先が一番敏感な尖りに触れ、わたしは大きく身体を震わせて、悲鳴のような嬌声をあげてしまった。

「きゃああっ……」

「クロエ、お願い……クロエ……」

もう何も考えられなくなって、わたしがコクコクと頷くと、それを肯定の合図と取った彼は昂った楔をわたしの蜜口にあてがう。

「ありがとう、挿れるよ……クロエ……」

つぷっと切っ先が沈められて、すっかり泥濘《ぬかるみ》のようになった奥へとゆっくり入ってくる。

「ああっ……あ――っ」

「ああ、熱い……はあっ……クロエの中、ずっとこうしていたい……」

リュシアンの両手がわたしの両膝の裏を掴んで脚を広げ、ぐぐっと腰を押し進めて最奥まで一気に貫かれる。もっとも深いところで繋がって、わたしはその存在を感じながら、真上に被さった彼を見上げる。

端麗な眉を顰《ひそ》め、荒い息をつきながら、何かを堪えるように天井を仰ぐ。首筋に突き出た喉ぼとけがゴクリと動いた。

「クロエ……」

わたしの中で、彼がドクンドクン脈打って圧迫感を増す。

「あ……」

ゆっくりと引き抜かれて、わたしのお腹の奥が切なさできゅんきゅんした。

「ああっ……だめ、いかないで……もっと、奥に……」

「クロエっ……そうやって俺を煽るから……」

ギリギリまで引き抜いたそれを、リュシアンがもう一度、突き立てる。ずくっと最奥を突かれて、衝撃でわたしの腰が大きく揺れた。

「あああっ……」

両脚の膝が床に胸につくくらい身体を折り曲げられ、真上からガツガツと穿《うが》たれる。肌と肌がぶつかる音が響き、激しい動きにベッドが軋む。奥を穿《うが》たれるたびに、脳天に白い閃光が走り、身体の奥から湧き上がる快感に翻弄されて、わたしはこらえきれず、淫らな喘ぎ声を上げる。

「ああっ、あっ……ああっ……リュシアン、あああ……」

ちょうど、東向きの窓から登ったばかりの太陽の光が差し込んで、ベッドの中を照らし始めた。

彼の紫の瞳が朝陽に煌《きら》めいて、欲望を湛えてギラギラと光っている。――普段の静けさが嘘のよう。明るくなるにつれ、何もかもがはっきり姿を現してくる。ベッドに組み敷かれた自分のはしたない姿を目にして、わたしはふるふると首を振った。

「ああ、だめ、恥ずか、しい！」

「綺麗だ、クロエ……全部、見せて……」

リュシアンの両手がわたしの白い胸に伸びる。双丘を大きな手がそれぞれわしづかみにして、ぐにぐにと揉みしだく。指の間から、赤い木の実のような蕾が覗いて、リュシアンの指がそれを摘まんでクリクリと弄《いじ》った。その途端に、強い刺激に反応して、わたしが身体を大きくそらした。

「はっ……あああっ、ああ――っ、それっ……だめぇ！」

「ああっ、今すごい締まった……これ、気持ちいいんだ……」

「あ――っ、あ――、あ――っ、きちゃう、それ、だめぇぇえ！」

ずくずくと奥を突かれながら乳首を弄ばれると、同時に与えられる快感が全身に走って、わたしは我を忘れて叫んでいた。

リュシアンの律動も激しさを増し、わたしは快楽の波にさらわれて絶頂した。

「あ、あああっ……あ――ッ」

「クロエッ……クロエッ……ああ俺もイく……」

わたしの中でリュシアンの楔が一際大きく膨れ上がり、熱い飛沫《しぶき》が弾ける。

「はあっ……はあっ……クロエ……」

リュシアンの顔が下りてきて、荒い息がかかり、唇が唇で塞がれる。汗ばんだ肩に腕を回して縋《すが》りつけば、彼の両腕が背中に回って、きつく抱きしめられた。

「愛している。もう、離さない」

「ん……離れないで……ずっと」

つながったままでリュシアンがいくつもキスをくれて、本当に一つになったのだと実感できた。

結局、その日はお日様が高くなるまで、わたしたちはベッドの中で抱き合って過ごした。

エピローグ

辺境に帰るのは六年ぶり。わたしとリュシアンは秋も深まるころに王都を発ち、メレディス領へ向かった。王都から領都のメレディス城まで、馬車でだいたい一月ほど。

辺境とは言っても、周辺諸国への街道の要衝にあり、人の行き来は盛んだ。

王国の北辺で、少し山に入れば冬は雪が深い。山間部に点在する防衛拠点の砦の中には、冬の間には道が途絶してしまう場所もある。辺境伯の後継者としてリュシアンはそれらの砦などの防衛拠点の位置、兵站についても学んでいかねばならない。だから、本格的な冬が来る前にメレディス領に入ってしまいたかったのだ。

王都生まれで王都育ちのリュシアンは、初めての長旅となる。騎士学校時代に、軍事教練の一つとして数日間の行軍を経験したほかは、子供の頃に海辺の別荘地に行った程度だという。

「うちは法服貴族で領地は持たないからね。地方のことはどうしても疎《うと》い」

王家が、侯爵家の次男であるリュシアンを辺境伯家の婿にと考えたのも、王家子飼いの貴族家と、辺境の貴族の融和を図る目的もあるらしい。そんな王家の思惑を、王女自ら危うくぶち壊すところだったのだ。そう思えば、国王陛下がレティシア様に冷淡であったのも無理はない。

途中、大きな河を越えるため、船を雇って馬車ごと運ぶなど、旅にはいろいろと難所がある。

リュシアンがしみじみと言った。

「いろいろ学んでいるつもりだったけど、やっぱり俺は経験が足りない。王族があちこち視察に行くのも、金ばかり食って無駄だと思っていたが、現地でしかわからないこともあるな」

ようやく辺境領に入ったころには、北の土地はもう、冬が始まっていた。

針葉樹の森を抜け、峠道を越えると遠くに砂岩でできたメレディス城の威容を望む。

「あそこよ！　あと一息だわ！　懐かしい！　やっと帰ってきたのね！」

馬車の窓からわたしが身を乗り出せば、騎馬で馬車の横についていたリュシアンが馬を寄せてくる。

「クロエ、あぶないから！」

辺境に近づくにつれ、わたしは幼い頃を思い出し、ついつい羽目を外しては、呆れたリュシアンに窘《たしな》められることも増えた。

「意外とお転婆だったんだな」

そんなことを言われ、決まり悪さに肩を竦めたことも一度や二度ではない。

「……もしかして、幻滅してる？　王都では、おとなしくしていたんだけど……」

「まさか！　俺は少しくらいお転婆の方が好きだ」

リュシアンが笑った。彼も、旅を続けるうちに、凍結していた表情筋が溶けてきたのか、少し表情が動くようになった。わたしたち二人が夫婦になって、心の距離が縮まり、素の自分が出せるようになったからなのかも、しれない。

「初めてクロエに会った時、森の妖精みたいだなって思ったんだ」

「ええ？」

休憩時間、峠の脇の倒木に腰かける。

焚火で沸かしたお茶を飲みながら言われて、わたしは驚いてリュシアンをまじまじと見てしまった。

「森の……妖精？　わたしが？」

リュシアンが照れくさそうに笑う。

「赤い髪が綺麗で、緑の瞳が神秘的で……すごい美少女だなって……」

あの時、わたしはリュシアンの美貌に見惚れるばかりで、リュシアンが何を考えているかなんて、まったく想像もしていなかった。

「嘘。そばかすもあって、みっともない子供だったわ」

「そばかすが良いんじゃないか。森の匂いがするって……俺はそう思ったんだ」

リュシアンが、周囲の深い森を見回しながら言った。

「俺、辺境の森のことなんて何も知らなかったけど、森に妖精がいるならきっとこんなんだろうなって。俺にはもったいない相手だって……」

初めて会った時、リュシアンより五歳も年下のわたしはまだ子供で、リュシアンに釣り合わないと思っていた。親に言われて仕方なく受け入れた婚約なのかと思っていたから、だから——レティシア様の件で、わたしはずっと自信がなかった。

「知らなかったわ。……言ってくれたらよかったのに」

リュシアンが苦笑する。

「そんなことが言える性格なら、あんな苦労しないよ。大事なことが言えないから、五年もこき使われたんじゃないか」

「それも、そうね」

わたしが笑えば、リュシアンが肩を竦める。

「そう言えば、王太子殿下に聞いた？　レティシア殿下の近況」

「いいえ？　何か特別なことでも？」

「早速、向こうで付けられた護衛騎士と噂になっているらしいよ。……まあ、おそらく向こうの罠だろうが」

「罠？」

リュシアンがわたしの方に顔を寄せ、声を潜める。

「レティシア殿下の夫となったアドルノ陛下は下半身がダメなんだ。つまり、レティシア殿下とは白い結婚だ。——これは、最初からわかっていることだから、離婚の要件にはならない。アドルノ陛下が亡くなるまで、レティシア殿下との婚姻関係は継続する。国王の死後は、王太后の称号と年金を得る取り決めになっている」

「へえ」

リュシアンがさらに声を落とす。

「ただし——レティシア殿下が妊娠、出産したらその限りではない」

「ええ？　でも、それは無理では……」

以前、この話を聞いた時は理解できていなかったが、わたしも結婚して、夫婦のことを知った今はよくわかる。アドルノ陛下とレティシア様は正真の夫婦になれないし、当然、子供もできないはずだ。

だからこそだよ、とリュシアンが囁いた。

「それで子供ができたら、不貞の動かぬ証拠というわけだ。……向こうは問答無用でレティシア殿下と離縁できる。レティシア殿下の持参金を返却する必要もないし、王太后の尊号も取り上げだ」

「ええ？　どういうこと？」

「隣国としては、身分のある女性を王妃にし、廃太子フォルテ王子の子の義理の母親として、その王位継承権を確保したい。でも、アドルノ国王の死後、王太后が残るのはありがたくない。——何のかんの言っても、王の母親はそれなりの権力を持つから」

「なるほど？」

「だから、いったん養子になって王子の継承権さえ確保されれば、あとは用済みなんだよ。不貞を仕出かしてくれれば、後腐れなく始末できる——」

「もしかして、隣国が当初、護衛騎士の帯同を許可していたのも……」

リュシアンが大きく頷く。

「普通に考えて愛人付きの嫁入りなんてありえないだろう？　向こうはレティシア殿下が不貞を働くのを期待して、恋仲と噂のある護衛騎士の帯同を認めた。俺はそんな仲じゃないから断ったけど。……もし、本当に恋人だったとしても、一緒に行ったところで地獄への道行きだ。幸せになる未来なんて存在しない」

わたしは、ぽかんとした表情でリュシアンを見上げる。

「それって……？」

「クロエは言ったよね？　俺がもし、心の底からあの人を愛して、一緒に隣国に行くなら、笑って送り出すって。——愛しい人、あなたは王女様と幸せになってくださいって」

「ええ……そのつもりだった」

頷くわたしにリュシアンが少しだけ皮肉に微笑んだ。

「もし、俺がクロエを裏切って、あの人について隣国に行っていたら、正真正銘の因果応報だったろうね」

リュシアンが手にした錫《すず》のカップを覗き込んで言う。

「俺はそもそもあの人が好きじゃなかったし、護衛対象と恋仲になるなんてありえないと思っていたから、周りからお似合いだのなんだの囃《はや》し立てられても、質《たち》の悪い冗談だと思って受け流していた。でも、世の中には禁じられた恋にのぼせ上る人間もいるんだろう。興味本位に許されざる恋人たちを応援する者もいて、でもそれに乗せられたら、それはきっと、地獄の入口でしかない。何より――」

リュシアンが紫色の瞳でまっすぐにわたしを見つめた。揺らぎのない、瞬きの少ない強い視線。

「クロエは、『愛しい人』って言ってくれた。心底愛してくれて、俺の幸せを願ってくれていた。政略目的の見せかけの夫婦じゃなくて、本当に心から愛し合う夫婦になりたいと思ってくれていた。俺は、そのことがすごく嬉しかったけど」

「リュシアン……」

リュシアンが、少し目線を逸らし、照れたように微笑んだ。

「俺が本気であの人を愛してると勘違いされていたのは正直ショックだった。俺は初めて会った時からクロエが好きだし、俺の幸せは王女様とじゃなくて、クロエのもとにある」

なんて言っていいのかわからなくて、ただ、リュシアンの目を見つめ返していた時。

目の前を、白いものがちらちらと過っていくのに気づいた。顔を上げれば、針葉樹の高い梢の向こうに広がる青い空から、小さな粉雪が舞い降りてきていた。

「あ……雪……」

「本当だ。……もしかして、今年の初雪？」

「そうかも……！」

雪は地面に落ちればたちまち消えてしまうほど儚《はかな》く、また、時折吹き抜ける風に舞い、ひらひらと飛んでいく。

「綺麗だな……」

「うん。……冬はもっともっとたくさん雪が降るわ……この森も、街も、城も、何もかもが真っ白になるの」

リュシアンがカップの中のお茶を飲み干し、立ち上がって言った。

「じゃあ、急いで出立しよう。本格的に降りだす前に、あの城に着かないと」

リュシアンの差し出す手を取り、わたしも立ち上がった。

峠からの道は一直線に、城へと続いている。

――わたしたちの、確かな未来を示すように。

番外編　リュシアン、辺境の暮らし

クロエの故郷であるメレディス辺境伯領は、冬は深い雪に覆われる。

南の暖かい王都で育った俺は、雪に慣れていない。王都も雪が降らないわけじゃないが、年に数回だし、ほとんど積もらない。

一方、山に近いメレディス領は、すべてが埋もれるほど雪が積もる。

窓から望む山々は真っ白に雪化粧し、針葉樹の森は樹氷に覆われる。家々の屋根が妙に尖っているなと思っていたら、雪で潰れないために勾配を急にしているという、土地の知恵だった。それでも雪が降ればあらゆる家の屋根に雪が厚く積もり、見渡す限りの銀世界と化す。

平地で雪も少ない王都育ちの俺は、まずその雪の量に驚いた。

雪道を歩いたこともないから、まあ、面白いように転ぶ。

あんまり何度も転ぶものだから、ある時、やけくそになってそのまま雪の上に寝転んで空を見上げ、灰色の空から白いぼた雪が落ちてくるのを呆然と眺めていた。

ふわふわの白いものが音もなく降り積もる。静かに、静かに——

触れると冷たくて、あっという間に融《と》けてしまう。手袋についた雪をじっと見ていたら、小さな六角形をしていた。

　王都とは全く違う、白い世界。

　俺の新しい家。俺の、新しい、故郷。俺の――


「リュシアン！」

　焦ったような声で呼びかけられ、俺が起き上がれば、雪原をクロエが駆けてくる姿が見えた。

　真っ白な雪の中を、白いボンネットに白い毛皮の襟巻、毛皮の縁取り付きの白いコート、そして白い毛皮のマフをして、必死に雪道を踏み分けてくる。真っ白な世界にボンネットから零れた紅《あか》い髪が鮮やかで、つい、口元が緩む。

「クロエ！　走らなくていい！」

「リュシアン！　動かないから、ビックリして……！」

　俺は素早く立ち上がり、クロエの方に戻る。十二歳までこちらで過ごしたとはいえ、クロエはドレス姿。雪道を歩くのは俺より大変そうだと思って駆け寄っていくと、クロエがバランスを崩し、転びそうになる。

「あ……！」

「危ない！」

　ギリギリでクロエを抱き留めた。しかしホッとしたのもつかの間、次の瞬間足を滑らせ、俺はずるりと尻もちをつく。

「きゃあ！」

クロエを抱き留める形で雪原に二人、座り込んでしまう。

「大丈夫？」

クロエに問われ、俺は笑った。

「うん。転び慣れてきた。転倒のプロになれそうだ」

「また馬鹿なことを！」

クロエに軽く睨まれて、俺は肩をすくめてから、ゆっくり立ち上がる。

「もう、ビックリしたわ。動かないから頭でも打ったかと！」

「ごめん。雪が上から降ってくるのを見てた」

心配かけてしまったのが申し訳なくて頭を掻く。それから、転んだ拍子に脱げて落ちていた毛皮の帽子を拾い、頭に被った。

そんな俺を見てクロエが微笑んで、俺の腕に腕を絡ませる。

「もう、家に入りましょう」

「いや、まだもう少し雪で遊びたい」

「子供みたいなこと言わないの！」

城の中庭に俺が作って並べた雪だるまを見回し、クロエが呆れたように言う。

クロエに叱られて、俺は渋々城の入口に向かう。背中にびっしりついた雪を、クロエが手袋をした手でバタバタとはたいてくれた。

「明日は、わたしの乳母の実家のあるブルガリ村に行きましょう。乳母の母親であるマリサのお見舞いがしたいの」

クロエの母は、クロエを生んだ後床についてしまったと言う。長患《ながわずら》いだったので、クロエとイネス妃殿下は乳母が母親代わりとなって育てられた。だから、乳母の実家のあるブルガリ村にもよく遊びに行っていたそうで、乳母の母親マリサは実の祖母よりも近しい人であるらしい。

「わかった。すぐに、地図を見て確かめる」

俺は、クロエの腰を抱いて耳元で囁いた。クロエがくすぐったそうに身を捩《よじ》り、白い頬を朱《あか》く染めた。

クロエの婿としてメレディス領に来たばかりの俺は、領内の地理や地形、気候がさっぱりわからない。

将来、メレディス辺境伯として辺境騎士団を指揮し、有事の際にはこの城を拠点に国境の守りを司る必要がある。地理と地形がわかっていないのは、指揮官として致命的だ。

だから雪に閉じ込められる冬の間に、地図や帳簿と首っ引きで、この土地についてある程度頭に入れようと勉強を始めたばかりだ。

でも座学が嫌いな俺は、実を言えば三日で嫌になっていた。

地理書と地図と帳簿だけを見ていても、どんな土地だかさっぱりわからない。それで俺はクロエに頼んで、できる範囲で自ら足を運び、その場所を地図と地理書で確かめることにしているのだ。

雪で濡れたコートやブーツを脱ぎ、それを暖炉の火に当てて乾かしてから、俺は自分用に割り当てられた書斎に入る。

と、室内で帳簿をつけていた若い男——俺の副官であるアランが俺を振り返り、眉を寄せた。

「お帰りなさいませ。雪遊び楽しめました？」

「ああ」

アランの嫌味を受け流し、俺は、部屋の中央の大きなテーブルの上に広げたままの領内の地図を覗き込んだ。アランも立ち上がって近づいてきた。

「どうしました？」

「うん、ブルガリ村ってどこ？」

「ブルガリ村？　ああ、明日出かけるんですね。お嬢様の乳母殿のご実家に」

アランは俺の副官、という名の教育係兼お目付け役なので、俺のスケジュールも完璧に把握している。

アランが指さすのは、城からほど近い、だが等高線がやけに詰まった地点だった。

「……山？」

王都に比べてメレディス領の地形は険しく、あちこち山や谷が入り組んでいる。

「そうですね。このあたりまではわりと平坦ですが、ここから先は山地に入ります。ま、真っ平な王都とは違いますよ！」

アランは俺より一つ年下。母親がクロエの父のイトコ、つまりクロエの又イトコに当たるという。

要するに辺境伯の親族で、騎士団内の有力家族の出身である。

クロエ姉妹とは幼馴染で、そのせいなのか、微妙に俺への当たりがきつい。

王都の貴族家から婿入りする俺が気に入らないんだろう。そんなのは覚悟の上だけれど。

実際、俺は血筋がいいだけで、騎士としてはそれほど強くない。――いや、はっきり言えばかなり弱い。王宮騎士団は王族の護衛が主な任務だから、見かけが貴族的であることが重視された。だが、この辺境騎士団にはゴリラみたいな男がわんさといて、とにかく強さが大事らしい。

その中にあってアランはまだ細身の方だが、それでも俺よりはよほど鍛えられている。

都会育ちのひよっこが未来の辺境伯であることに、納得していない者は多い。

俺が彼らの立場でもそりゃあそうだろうと思うから、アランに少しばかり横柄な態度を取られても、気づかないフリでやり過ごしている。

「へえすごいな。街道はこの道で……」

俺は地図の上の道を指で辿り、途中に散らばる村々の名前をチェックする。それから領内の地理書を手にしてそのページを確かめていると、部屋の扉をノックする音がした。

カチャリとドアが開いて、クロエが顔を覗かせる。

「ケーキを焼いたんだけど、お茶にしない？　……あ、アラン！　あなたも休憩にしてください」

カラカラとティーワゴンを押しながら入ってきたクロエに、アランがビシッと直立不動の体勢を取る。

「あ、ど、どうも……」

俺は開いていた地理書や帳簿に付箋を挟み、テーブルを片付ける。広げられた地図を覗き込んで、クロエが言った。

「ブルガリ村の場所はわかった？」

「ああ、アランに聞いたから」

「懐かしいわ、わたしも六年ぶりですもの」

クロエも十二歳で辺境を出たので、地理はあまり自信がないと言っていた。

ふふふ、懐かしいわ、とクロエが笑い、テーブルの空いたところに焼きたてのタルトの載った銀の皿を置いた。

「クロエが焼いたの？」

「ええ」

クロエが微笑んで、綺麗な焼き色のついた円型のパイにナイフを入れ、切り分ける。

「ばあやのレシピで作ったベリージャムのタルトです。はい、アランもどうぞ？」

取り分けた皿をクロエに差し出される。見れば、立ち尽くしたアランの耳は真っ赤になっていた。

「あ、その……」

クロエはアランの反応に首を傾《かし》げ、白地に花模様の陶器のカップを並べる。綺麗に色の出たお茶を注ぐと、俺たちの前に置いた。

「リュシアンはお砂糖使わないから……アラン、お砂糖をどうぞ？」

そう言って、アランの方に砂糖壺を押しやれば、アランが真っ赤な顔のまま受け取った。

アランにとって、騎士団の団長で辺境伯の令嬢であるクロエは、お姫様なのだろう。クロエに対する態度が異常にぎこちない。俺はその反応を横目で見ながら銀のフォークでサクサクに焼けたパイ生地を削り、口に含む。

「うん、美味《うま》い」

「ほんと、よかった！」

クロエがパッと花が咲いたような華やかな笑顔を見せる。それからまた懐かしそうに地図を覗き込んだ。

「ブルガリ村では、冬になると地元の子がスキーをしていて……わたしはスキーができないから羨ましかったのよ」

「スキーって板を履いて山を滑り降りるやつ？　子供がスキー？」

俺が尋ね、クロエが頷く。

「ええ、冬の間の子供の遊びよ？　橇《そり》遊びとスケートは許されたけど、スキーは許してもらえなかったわ。村には、女の子でもスキーをする子がいたけど……」

クロエはそう言って、アランを見る。

「アランは子供のころ、すごくスキーが上手だったわね！」

アランが慌ててケーキを飲み込み、頷く。

「いや、それほどでも……」

謙遜するアランに俺が尋ねる。

「今でもできる？」

「できるかできないかって言われたら、そりゃできますよ。でも今はそんなヒマないですから」

アランがぶっきらぼうに答える。俺は何気なく言った。

「いいな、俺もやりたいな」

その言葉に、クロエが面白そうに笑った。

「やりたかった、じゃなくて、やりたいの？　もう大人なのに！」

「大人はやらないの？」

俺が首を傾《かし》げると、クロエがちらりとアランを見る。アランが首を振った。

「だから大人にそんなヒマはないです！」

否定するアランを無視して、俺はクロエに言った。

「俺もスキーをやってみたい」

「でも初めてなんでしょ？」

「子供ができるなら俺もできるはず。何なら、アランに教えてもらって……」

そう言うと、タルトを食べていたアランが、ガンッと勢いよくテーブルにフォークを置いた。

「俺は！　教育係ですけど、子供の遊びを教える係じゃありません！」

急に怒りだしたアランに、俺はビックリする。

「な、なに？　俺そんな変なこと言った？」

「アラン、リュシアンに悪気はないのよ。そんなに怒らないで」

クロエが慌ててアランを宥め、アランは不服そうにお茶を啜る。クロエが目で俺に何か言わんとしているが、俺はそういう言外のコミュニケーションも苦手だから、諦めて黙ってお茶を飲んだ。

アランが独り言のように呟く。

「……そのツラでスキーがしたいとか……なんなんだ？」

「え？」

思わず俺が聞き返すと、アランが気まずそうにそっぽを向いた。


「ごめんなさいね、アランは割と昔から言葉がきつくて……」

夜、寝室で俺がベッドに入ってから、鏡台の前で髪を梳《す》いていたクロエが詫びてきた。

アランが失礼なのは最初からだし、気持ちはわからなくもない。だから、咎めるつもりはまったくなかった。でも、ちょっと気になったので、尋ねてみた。

「アランは、クロエのことが好きなのか？」

「まさか！」

クロエがエメラルド色の目を見開く。

「アランは親戚で、幼馴染なのよ。……そうね、昔はイネス姉さまが好きだったように見えたけど」

クロエとイネス妃殿下が四歳差、アランはイネス妃殿下と同じ年だ。

どちらを好きになってもおかしくないが、今日の態度を見ていると——

「そうかな？　クロエを見ると直立不動になるし、今日も耳まで赤くなってたよ」

　するとクロエは考えたこともないと言う風に、目を丸くした。

「昔はそんなことなかったのに、六年ぶりに戻ってきてからあんな態度なのよ。大人になって騎士団に入ったせいかしら？　でも、別にわたしが好きなわけではないと思うわ。団長であるお父様の娘だから、序列を気にしているのかしら？」

「結婚はしているの？」

　俺より一つ下なら二十二歳、結婚していて不思議はない年齢だ。俺の問いに、クロエが首を傾《かし》げる。

「さあ？　気にしたこともなかった！」

　辺境住まいの遠い親戚の情報など、王都のタウンハウスまでは入ってこないのだろう。それだけ、クロエがアランに興味がなかったということでもある。

　アランがクロエを好きだとしても、完全に片思い。少しだけ安心した。

「ふうん……」

　ブラシを置いて、クロエがベッドの方に乗ってきて、俺の隣で足を伸ばして座る。俺の顔をじっと見て言った。

「アランがあなたに失礼なのは、わたしが好きなわけじゃなくて、王都から来た婿が気に入らないだけだと思うわ」

「そうだろうな。俺もそう思う」

クロエがヘチマ襟のガウンを脱いで、ナイトドレス一枚になる。薄い絹地の下に透ける艶めかしい体つきに、俺はゴクリと喉を鳴らした。

自分では気づいていないらしいけれど、クロエはすごく魅力的だ。

昼間、ドレスを着ている時は清楚な雰囲気だけど、夜、ベッドの上で脱ぐと白い肌に赤い髪が映えて、蠱惑的で妖艶な雰囲気になる。

俺は腕を伸ばしてクロエを抱き寄せ、キスをした。甘い唇を堪能しながら、思う。

アランは、俺が単純に婿だから気に入らないんじゃなくて、美しく成長した領主の令嬢を奪った余所者に嫉妬しているんだろう。

俺はクロエの唇を貪《むさぼ》りながら、そのままベッドに沈めた。

——残念だったな、アラン。クロエはもう俺のものだから——


翌朝、綺麗に晴れた青空のもと、俺たちは馬に牽《ひ》かせた橇《そり》でブルガリ村に向かう。

まず、冬の移動手段が橇《そり》だと言うのがすごすぎる。街道は馬車が通れるように雪かきするけれど、山に向かう道は雪に埋もれるので橇《そり》が便利なのだとか。

同行者はクロエと俺と、それからクロエの乳母ベルタ。ベルタは騎士団の騎士の女房で、クロエが王都に行っている間は城から下がっていたが、俺たちの世話のために城に戻ったのだ。橇《そり》の横に馬で並走する護衛騎士ルークはベルタの息子、つまりクロエの乳兄弟だ。

アランは「事務仕事が溜まっているから」と城で留守番をしている。

――そんなに俺にスキーを教えるのが嫌なのか。

そこでふとルークにスキーのことを相談すると、アッサリ頷いてくれた。

「いいですよ、俺が教えます」

そう言って、ルークは大人用のスキーを二人分、追加の荷物として橇《そり》に乗せた。

「大人用もあるんだな」

俺が言えば、ルークがこともなげに言った。

「騎士団でも、冬の行軍に備えてスキーの訓練をしています。次期辺境伯であるリュシアン殿がスキーを自ら学ぶのは歓迎すべきことです」

雪の山中で素早く動くのに、スキーは有用だと言われ、俺は首を傾《かし》げる。

「アランは、大人にはそんなヒマないって言っていたぞ？」

「ああ、アランさんは……」

ルークは少しだけ眉を顰《ひそ》めた。

「騎士団でも、士官以上はスキーで動くことなんてないでしょうからね。上級士官はスキーを猟師や農民などの下賤な人間のするものだと、馬鹿にする風潮があります」

辺境騎士団内でもいくつか派閥があるらしい。ルークは代々、この地で騎士団の騎士を輩出してきた一族の出で、辺境伯家に忠誠を誓い、将来的には父親の後を継いで上級士官になるはずだが、現在のところはまだ平の騎士だ。辺境伯の親族として、すでに士官の列に名を連ねるアランとは、隔てがあるようだ。

「子供の時は仲良く一緒に遊んでいたのに、騎士団に入って序列ができると士官風を吹かすタイプの人がいるんですよ。アランさんがまさにそれです」

俺はルークの話を聞きながら、辺境騎士団内の派閥関係も頭に入れなければならないと気づいて、うんざりした思いで天を仰いだ。澄んだ青空が広がり、樹々の葉や家々の屋根に積もった雪が陽光で溶けだして、ピチョンピチョンと雫となって落ちる音がする。

それに少しだけ癒されて、わずかに頷くとルークが微笑んだ。

「じゃあ、出発しますよ！」

ルークが御者に合図すると、ピシリと鞭が鳴り、雪原の道を橇《そり》が走り始めた。

ブルガリ村は、山を背にした斜面に広がる小さな村だ。林業とヤギの放牧で生計を立てているという。

ベルタの母マリサは高齢で、ベッドから降りることもほとんどないとクロエが言っていたが、頭はしっかりしていた。

「まあまあ、クロエお嬢様、お綺麗になりなすって！　こんな年寄りのためにわざわざ……！」

クロエの姿を認めると、マリサは皺だらけの顔をさらにくしゃくしゃにして泣き笑いのような表情になる。クロエも嬉しそうにマリサの隣に膝をついて、荷物の中身を探った。

「イネス姉さまも帰りたがっていたけれど、まだ王子殿下も幼いので、代わりにお土産を託されたの」

そう言ってクロエが羽毛の入った綿入れの膝掛毛布を手渡せば、マリサは感涙にむせび泣いた。

「勿体ない……！」

それからクロエの夫だという俺を見て、しばし鳩が豆鉄砲を食ったような表情で固まってしまう。

「はー……これはまた！　はー……」

どうかしたのか。俺の顔に何かついているのか？

微妙な雰囲気に戸惑っていると、横からルークが助け舟を出してくれた。

「リュシアン殿は王都育ちでスキーを知らない。ぜひやってみたいとおっしゃるから、俺が教えてくる。ばあちゃんはクロエお嬢様とつもる話もあるだろう？」

引きずられるように木造の家の外に出されて、俺は礼を言った。

「ありがとう。俺の、顔に何か問題があったのだろうか」

ルークが呆れたような表情で言った。

「問題どころか！　アランさんがブツブツ言うのも、たぶんそのせいですよ！」

「……俺の顔が悪いってこと？」

「逆ですよ！」

ルークに叱られつつ、俺はスキーの準備をして山の斜面に向かった。

すでに、たくさんの村の子供たちがわーきゃー騒ぎながら滑り降りていた。

手製らしき橇《そり》に乗る者、雪玉をぶつけ合う者。子供の甲高い声が響いて、ものすごく賑やかだ。

土地の子供たちだけあって、いずれも結構なスピードでぎゅんぎゅん滑っていく。それを見ているだけでも俺の胸はわくわくしてきた。

「じゃあ、スキーを履きますよ！」

ルークに手伝われて細長い木の板を両脚に縄で固定し、長い木の棒――ちょうど舟の櫂《かい》のような――を持つ。

バランスをとりつつ横向きに斜面を登り、ヨタヨタと滑り始めた時。

すぐ目の前をすごい勢いで十歳ぐらいの子供が三人、競うように通りすぎ、俺はその勢いでバランスを崩して尻餅をついた。

「うわっ」

「こら！　危ないだろ！」

ルークが叱り飛ばすが、わんぱくどもは意にも介さずぎゅんぎゅん行ってしまう。

「大人のくせにヘッタクソー！」

ひとりの声がこだまして、瞬く間に斜面の先から見えなくなった。

その後一時間ほどルークの手ほどきを受けて、俺はそこそこ滑れるようになった。――昔から運動は得意だったので、スキーもコツを覚えればすぐだった。

と、さっきの子供たちがまた上から降りてきて、俺たちの側に停まって言った。

「おじさん、ヘッタクソだけど初めてなの？」

「こら、おじさんとはなんだ！　辺境伯閣下のご令嬢、クロエ様の旦那様だぞ！」

ルークが叱りつければ、子供たちは目をまん丸にして俺の顔をジロジロと見た。それからヒソヒソと三人で話合い、一人が俺の顔を指さして言った。

「へえ！　おじさん、もしかして王都から来た、例の王女様の裏切者……」

「コラ！」

辺境のこんな子供にまで、俺とレティシア様の噂が広まっていることに愕然としながらも、俺は子供たちに訂正した。

「王都から来たが、王女様を裏切ってはいない。王女様と俺はなんでもないし、あと、おじさんじゃない。お兄さんだ」

するとなんと、ルークがビックリした顔で俺に聞き返す。

「え？　そうなんですか？　てっきりその顔でうちのお嬢を誑《たら》し込み、乗り換えたとばかり……」

「そんなバカな！　俺とクロエはずっと婚約者だったんだから！」

ルークまで耳にしているなら、騎士団内でも誤解が広まっているはずだ。アランの態度が悪いのも、おそらくそのせいだろう。

ふーんとばかりに聞いていた子供達が、ぱっと顔を上げた。

「じゃあさ、競争しようぜ！　俺たちとどっちが速いか！　この下の一番高いモミの木まで！

ヨーイ、ドン！」

言うがいなや、子供たちは一斉に滑りはじめる。

「あああ！　無茶言うなよ、初心者に！」

なんとなく乗せられて、俺とルークも子供たちを追って急斜面を滑り降りた。

――当たり前に俺はビリっけつでゴールした。

「遅いよーおじさん！」

先にゴールしていたガキが俺に雪玉を投げつけて、思いっきり顔に命中した。冷たい。

俺はムッとして、スキー板を脱ぎ捨てると雪玉を作って投げ返す。そのままなし崩しにガキどもと雪合戦に突入した。

周囲で見ていた子供たちもどんどん参加して、気づけばルークと二人で子供二十人以上を相手に戦う羽目になった。さすがに多勢に無勢、雪まみれのドロドロになったところで日没になり、休戦となった。

「うわ、ちょっと……俺、リュシアン殿にスキー教えに来ただけなのに、なんでこんなことに？」

汗だくになってルークと二人、雪原に寝転んで夕暮れの空を見上げていると、あまりに帰りの遅い俺たちを心配して、クロエとベルタの兄ロイ――つまりルークの伯父が迎えに来た。

「リュシアン？」

「あ、クロエ……ごめん雪合戦負けちゃった」

「雪合戦!?」

俺とルークの周囲には二十人以上の子供たちがワイワイと集まっていて、勝鬨《かちどき》まで上げている。

「二人とも雪まみれじゃない！　風邪ひくわよ！」

クロエに助け起こされ、俺は髪についた雪をバサバサと払う。

「すぐに蒸し風呂《サウナ》を準備しますから！」

ロイがびしょ濡れの俺たちを見て呆れ顔で言い、ルークを雪原から引っ張り上げる。

「何をやってるんだルーク、いい年して！　しかもリュシアン殿まで……」

「おじさんたち、楽しかった！　またやろうぜ！」

ガキどももみな帰宅の時間らしく、その辺に飛び散ったスキー板やら橇《そり》やらをそれぞれ引きずって、俺たちに手を振って帰っていく。

「おじさんじゃない！　お兄さんだ！」

ルークが反論し、俺はバサバサとコートについた雪を落とす。

「なんかすっかり子供に懐かれてしまって……」

「懐かれたと言うより、リュシアン殿が完全にガキどもと一体化していましたよ。ムキになって雪玉投げまくったり、しつこく追っかけまわしたり……その見かけで本気で雪合戦する？　もっとスカした男かと思ったのに」

「やったことないからつい楽しくなって……」

俺は恐る恐るクロエの顔を見る。

――もうすぐ二十四になるのに、子供たちと一緒に雪合戦とか、さすがに怒られるのでは？

だがクロエは俺に抱き着いて、楽しそうに笑った。

「おかしいわ、リュシアン、そんな……雪合戦だなんて！　傑作ね！　王太子殿下が聞いたらきっとびっくりなさるわよ！」

笑い過ぎて目尻から涙をにじませながら、クロエも俺の身体についた雪を払う。そして言った。

「でも、風邪をひく前に急いで戻りましょ。汗もかいているし、身体が冷えてしまうわ」

俺はブシュッと大きなくしゃみをした。


メレディス領の名物の一つが、蒸し風呂《サウナ》だ。王都の風呂と違い、屋外に小さな小屋を作り、薪をガンガンに燃やして湯を沸かして、その蒸気で温まる。俺とルークは裸で小屋に放り込まれた。

室内は蒸気でけぶって、くらくらするほどの熱さになっている。

いい匂いのする白樺《しらかば》のベンチに並んで座っていると、ルークが問いかけてきた。

「あの噂は、嘘だったんですか？　王女様と恋仲だったっていう」

噂が回っているのは覚悟していたので、俺は淡々と否定する。

「嘘……というか、どうも王女様が勘違いしていたらしい」

「勘違い？」

「ここだけの話だけど、俺がレティシア殿下の護衛になったのは、王太子殿下の命令で……監視のためだったんだ。レティシア殿下のせいで、イネス妃殿下が流産したことがあって……」

「イネス様が？」

ルークは驚愕に息を呑む。

クロエ姉妹はベルタが母親代わりに育てたようなものだそうだ。つまり、ルークはイネス妃殿下とも乳兄弟同然に育ったといえる。

「流産……そっか、イネス様、王太子妃になってしばらく子供ができなくて大変そうだなとは思っていたけど……」

まだ若いルークには衝撃が強すぎたかもしれないと、俺は少し後悔する。

「表向きは何事もないように、秘密にされていたから。俺は王太子殿下とは幼馴染で、クロエの婚約者だったから適任ではあったけど、常に王女に張りついていないといけなくて、それでレティシア殿下には勘違いされて、さらに噂になってしまった」

「そうなんですね。その噂が辺境まで……騎士団の中でも、お嬢様を蔑《ないがし》ろにして王女と恋仲になるような婿は認められない、と言う者たちもいます」

俺は眉間の皺を揉んだ。

「お役目上、休暇も取れずにずっと夜遊びの護衛をさせられていたから——」

俺はレティシア殿下の護衛をしていた五年間に思いを馳せる。余暇も娯楽もない生活だったが、なにより休暇がなくてクロエと会えないのが辛かった。

レティシア殿下は毎晩のように王都の夜会に繰り出していた。殿下にとって夜遊びは余暇だったようだが、俺にとってはただの仕事だ。

だが、傍目には俺も一緒になって遊び歩いていると思われていたらしい。最悪だ。

過去を振り払うように俺は首を横に振り、ルークに向き直った。

「でも今日は面白かった！　練習してもっとスキーが上手くなりたい」

「もう少し上達したら、もっと山の方に行きましょう。雪山で、スキーを履いての狩猟も最高ですよ！」

俺の言葉にルークが笑った。俺たちは笑い合って、拳と拳を合わせて約束した。

王都ではついぞ味わったことのない、気さくなやり取りに俺はほっとした。


すっかり温まって小屋を出れば、ぽっかりと丸い月が出ていた。青白い月あかりの下をルークと二人、マリサの家に向かう。玄関前に、毛皮の内張りをしたコートを着たクロエが待っていた。

「クロエ！」

俺が駆け寄ると、クロエも雪道を踏み分けて、抱き着く。

「遅いから心配になっちゃった！」

「ごめん……」

ルークが俺たちに遠慮して言う。

「俺は先に家に入ります。冷えないように、あまり長い時間はダメですよ」

「ああ。少しだけクロエと月を見ていくから」

俺はルークの後ろ姿を見送り、クロエの腰に腕を回す。

「ごめん、俺、遊びに来ただけみたいになってて……」

俺とレティシア殿下の噂が子供たちにまで広まっているなら、クロエも何か言われて、嫌な思いをしたかもしれない。しかし、そう聞くとクロエはすぐに首を横に振った。

「ううん、いいの。わたしは大丈夫。……アランのこと、気づかなくてごめんなさい」

「アラン？」

　なんのことかと思ってクロエの顔を覗き込めば、月明かりを浴びて、クロエの瞳がキラキラ輝いている。

「わたしの知らないところで、アランをわたしの婿にするかもって話が回っていたんですって」

「ええ？　アランを？」

　アランはたしかに親戚で年齢も釣り合うけれど――

　クロエが説明する。

「アランの母親はわたしのお父様のイトコで、父親は砦の一つを任されているの。お父様が領を留守にして王都に出ている間は、アランの父を含めた数人で、領内のことを預かるのよ。ほら、レティシア様との噂が回った時に、リュシアンとの婚約をどうするかお父様も一度は考えて、最悪の場合は他に婚約者を探さなければならないって……」

　クロエが言うには、もし、レティシア殿下との不貞が原因で、俺との婚約を解消するなんてことになれば、辺境伯領内や騎士団では、王家や中央貴族への不信感が強まり、改めて王都の貴族を婚約者として迎えるのは難しくなるだろうと。そうなったら領内で適当な男を見繕うしかなく、その最有力候補者がアランだったらしい。

「……じゃあ、アランはクロエの婿になり損ねて、俺を恨んでいるのか？」

「さあ……もともと、アランはわたしにそこまで興味なかったはずだし……」

　俺の問いに、クロエが首を横に振る。

六年ぶりに帰ってきたクロエを見たら予想外に綺麗になっていて、惜しくなったのかもしれない。

「……クロエは、六年ぶりにアランに会ってどう思った？」

クロエが俺を見上げ、言った。

「わたし？　わたしは特に何も。幼馴染と言っても、そこまで親しくなかったし。ただ、副官と言うわりにはリュシアンへの態度が辛辣で、こんな人だったかしらって思ったくらいね。まさか、そんな理由だったなんて。なんだか呆れてしまうわ」

その言葉にホッとして、俺はつい、深いため息をついた。

単なるクロエの幼馴染じゃなくて婚約者候補でもあったなら、アランが俺に対して含むところがあって当然だ。

レティシア殿下から幼馴染マウントをとられた時の彼女もこんな気分だったのかなと思うと、申し訳ない気持ちが改めて湧いて、二度とクロエを不安にさせたくないと強く思った。

両腕でクロエを抱きしめて、キスをする。クロエもおとなしくキスを受け入れてくれ、かなり長いこと貪《むさぼ》ってから、そっと唇を離す。唾液の橋が月の光に煌《きら》めいて、クロエが恥ずかしそうに顔を背けた。

俺はクロエの頬を撫でてから、月を見上げて言った。

「こんな雪の中で月を見たのは初めてだ。すごくきれいだ」

「リュシアン？」

「俺はこの土地がすごく好きだよ。もちろん、クロエがいるからだけど。正直に言えばアランはうざいけど、俺はクロエのためにも、ここに溶け込めるよう、頑張る」

そして二人でしばらく月を見上げ、俺はクロエの耳元で囁いた。

「クロエはもう、俺のものだろう？　誰にも渡したりしないから」

クロエが両腕で俺の首筋に縋《すが》り、俺たちはもう一度キスをした。


それから、冬の日はゆっくりと過ぎた。

アランは相変わらずうざい。でも、ルークという友人ができたので特に困らない。

騎士団の仕事もそれなりに回ってきたけれど、辺境伯閣下は俺に過度の仕事を押し付けることはなく、むしろ領地に慣れることを優先しろと言ってくれた。だから騎士団の鍛錬がない時はルークやその仲間たちにスキーを習い、だいぶ上達してスキーでの狩猟も経験した。

ブルガリ村のガキどもにはスキー仲間四人で雪合戦の再戦を挑み、リベンジも果たした。

――アランには「遊んでばっかり」だと嫌味を言われるが、遊んでなくても嫌味は言われるだろうから、同じことなら遊んだほうがマシだ。

おかげで領内の地理はだいたい、把握した。

もちろんクロエと過ごす時間も大事にした。二人乗りの橇《そり》で凍った湖に出かけて、クロエからスケートを習ったり。あっと言う間に俺の方が上手くなって、クロエはむくれていたけれど。

俺は自分が思うよりも、田舎の自然の中の暮らしの方が性に合っていた。――お高く留まった王都の貴族の子弟だと、俺のことを思っていた連中も、意気揚々と遊び回っている俺とクロエの様子を見て、認識を改めたのか周囲の当たりもだんだんと丸くなってきた、ような気がする。
――アラン以外はだけど。

冬のメレディス領では雪遊びを満喫したが、夜が終われば朝が来るように、長い冬も終わりメレディス領にも春が来た。

城を囲んで広がる針葉樹の森は、雪解けとともに緑が濃く新芽の香も鮮やかになる。

「山菜摘みに行きましょう」

クロエに誘われて俺は春の森を訪れていた。辺境伯家の所有地で関係者以外は立ち入れない。だから森の恵みも採り放題なんだとか。

冬の間、何度かスケートに訪れた小さな湖の畔《ほとり》。――クロエは湖と呼んでいるが、俺の感覚では限りなく池に近い。冬の間は死の世界のように凍りついていた湖が、氷も融《と》けて周囲には若草が茂り白い小さな花が咲き、春の日差しが湖面を映して命の輝きのように煌《きら》めいている。

「これよ！　山ニンニク！　バターに混ぜてパンに塗ったり、サラダにしても美味しいのよ！」

クロエの差し出すのは、ネギっぽい匂いのする緑の草。

どう見てもただの雑草なんだが……

そこら一面に群生する森の恵み。森の中に食べられる草が生えているというのも驚愕なのだが、辺境伯の令嬢自ら「その辺の草」を摘んで食べようというのも正直、びっくりした。

「畑で育てている野菜とは違う、独特の風味があるのよ」

爽やかな香りとほんのりとした苦みが美味しいのだと、クロエは言った。幼い頃、ブルガリ村出身の乳母と摘みに行っては、手ずから調理してもらったのだそうだ。

「今しか食べられないし、春そのものを食べている気分になるわ」

緑濃い森の中を歩くクロエは村娘のような気軽ないでたちで、白いブラウスに赤い花の刺繍の入った緑のスカート、腰を黒いビスチェで絞り、白いエプロンをつけている。

背中に垂らした長い赤い髪が鮮やかで、白い顔にうっすら残ったそばかすが可愛い。

少しだけ開いた唇がイチゴかサクランボみたいで美味《うま》そうだな……などと考えていたら、ふいに、クロエがある茂みを指さして言った。

「ここはベリーの群生地で、夏になったら山ほど採れるの。それでジャムを作ってパイにしたり……時期になったらまた来ましょうね」

ちょうどイチゴのことを考えていた俺は、クロエの顎に手をかけていきなり唇を奪っていた。

夏になったらとかそんな悠長なことを言わず、今すぐ食べたくなったから——

柔らかくて甘い感触を味わいつつ、俺は舌をクロエの咥内に差し入れる。角度を変えて深く貪《むさぼ》りながら、細い腰に腕を回し、ぐっと抱きしめる。

「んんっ……」

突然の口づけにクロエが動揺し、腕の中で暴れるけれど、抵抗などものともせずにぎゅうぎゅうと抱きしめ、舌を絡めて口の中を蹂躙する。口づけに酔ったらしいクロエの力がくたりと抜けて、俺はようやく唇を解放した。

「リュシアン、急に、びっくりするから……」

「ごめん、急に食べたくなって……」

耳元に顔を寄せて囁き、俺はふと思いつく。

この森は、辺境伯家の所有地で余所者は入れない。森番はいるが、用がない限り俺たちには近寄らない。

——つまり、二人きりだ。

見上げれば高い梢から降り注ぐ光が神秘的な雰囲気を醸し出し、すぐ目の前にあるクロエの赤い髪が木漏れ陽に煌《きら》めいている。口づけで濡れた紅《あか》い唇が妙に艶めかしく、白く細い頸には俺の贈ったペンダントの金の鎖が揺れる。その先に垂れる小さなアメジスト。——俺の、瞳の色の石。

俺は反射的に、その金の鎖に唇を寄せていた。クロエの甘い香りを吸い込んで、一気に脳が滾《たぎ》る。

俺はクロエの腰に回した腕に力を籠め、わずかに持ち上げると、近くの巨木に運んでその幹にクロエの背中を押し付け、首筋から鎖骨のあたりへ唇を滑らせた。

「リュシアン？」

クロエの驚いた声を無視して、やや開いたブラウスの胸元に顔を埋め、ビスチェで持ち上げられた双丘のあわいに口づける。

野外で、そして突然のことにクロエが慌てたのか、俺の肩口を掴んで押しやろうとする。摘み草の籠が滑り落ち、足元に転がった。

「待って！　どうしたの？」

「ここ、誰も来ないんだろ？　……したい」

「ええ？　こんな、外でなんて！　ちょっと待って……ああっ」

抵抗を押し切るように柔肉を強く吸い上げて痕をつければ、クロエが刺激に声を上げた。

俺はクロエの顔を正面から見て、ねだった。エメラルド色の瞳が、驚きに見開かれている。そんな表情も可愛くてたまらない。

「お願い。我慢できない」

「で、でも……」

昼間、それも野外で求められてクロエは戸惑っていたが、俺は少々強引に迫ってクロエの顔中にキスを落としながら、スカートの裾に手をかけ、めくりあげる。ペチコートの下に手を入れ、ドロワーズの上からふとももを撫で上げた。

「……だめ？」

クロエの顔が恥ずかしそうに顔を背けるので、真っ赤になった耳朶を甘噛みしてやれば、クロエの身体がビクリと震える。――クロエは、ここが弱い。俺は柔らかな耳たぶを口に含み、じっとりと舐りながら耳元で熱い息とともにダメ押しで囁いた。

「クロエ……お願い」

「はうっ……ん……うん」

喘ぎ声だかなんだかわからないが、同意を得たと都合よく解釈し、俺はドロワースの紐に手をかけ、ほどいて強引にずり下げると、クロエの足の付け根に指を侵入させる。外気に触れないそこは温かく滑らかだった。指を滑らせて秘裂を割り花弁の内側を指で辿る。まだあまり濡れていなかったので、花芯を探り出して指先で愛撫すると、クロエがはぁっとため息を零す。

「あっ……ああっ……」

微《かす》かな喘ぎ声をあげ、身体をくねらせるクロエの様子が色っぽくて、俺は彼女の首筋に顔を埋めて細い頸に唇を這わせながら、細かく手を動かせば、やがて溢れた蜜が淫らな水音を立て始めた。

遠くで鳥の声がして、春風が吹き抜ける。

木漏れ日がクロエの白い顔を照らし、快感に顰《ひそ》めた眉とわずかに綻んだ口元を浮かび上がらせる。

中指をゆっくりとクロエの蜜口に突き立てれば、熱くぬかるんだその場所が俺の指を締めつける。傷つけないようにそっと内部を探る。腹側のある一点を掠《かす》め、クロエの腰がビクリと大きく揺れ、唇からこらえきれない喘ぎが零れる。

「ああっ……」

クロエがふるふると首を振るたびに、赤い髪がさらさらと流れて、木漏れ日に煌《きら》めく。

「ここ……？　ここが気持ちいい？」

クロエの反応した場所を重点的に責めてやると、クロエの腰が揺れ、甲高い悲鳴が漏れる。やがて白い喉をさらし、身体をそらすようにして痙攣が全身に広がり、俺は彼女が極めたことを知った。

「あああっ……ああっ……」

エメラルドの瞳が快楽に潤んで壮絶な色気を発する。もう我慢できそうもない。

俺は脚衣を寛げて下穿きから屹立を取り出し、クロエの片足の膝裏を掴んで持ち上げ、先端を蜜口にあてがう。

「挿れるよ……」

「あ……」

コクコクと頷く仕草も可愛らしくて、俺はクロエに口づけ、熱い泥濘《ぬかるみ》に切っ先を沈める。

舌で咥内を探りながら、蕩けた内壁をゆっくり分け入れば、熱い襞が纏わりついてくる。背筋を這い上るゾクゾクした快感に抗えず、俺は一気にクロエの最奥まで貫き、唇を離して大きな息を吐く。

「ああっ……」

木の幹にもたれかかっていたクロエの腰に手を回し、ぐっと力任せに抱き寄せ、最も深い場所をグリッと抉れば、クロエが悲鳴を上げた。繋がった場所からジンジンと快感が立ち上り、俺は微《かす》かに呻いた。

「うう……クロエ……悦《い》い……」

「はっ……はぁっ……リュシ、アン……」

クロエの腰を固定したまま、腰を回すように動かしてやると、強烈に感じるのかクロエが大きく首を振る。赤い髪がバサリと零れて、俺の顔にかかる。髪の匂いが俺の鼻孔をくすぐり、興奮を煽る。

「クロエ……好きだ……」

「ん……」

俺はクロエを木の幹に押し付けると、ゆっくりと抜き差しを始める。蜂蜜を練るような音と、肌と肌がぶつかる音が森に響き、合間に俺の荒い息遣いとクロエの嬌声がこだまする。纏わりつく熱い襞を振り切るように抽挿のスピードを速めていくと、やがてクロエの中がわなないて締めつけ、甘く淫らな声をあげて、クロエが達した。その締めつけに逆らわず、俺も彼女の中に自らの欲を放つ。

「あ、ああっ……」

「う……ああっ……」

クロエが両腕で俺の首筋にしがみつき、俺はクロエの唇を塞ぐ。

二か所で繋がったまま、俺たちは長いこと抱き合っていた。

「こんなところで……誰かに見られたら……」

木の根元に並んで座り込んで、疲れたのか俺の肩にぐったりともたれかかったクロエが、不満そうに言う。

「誰も来やしないよ……嫌だった？」

「普通に家のベッドですればいいじゃない」

「たまには場所を変えるのも悪くないだろ」

俺の軽口に、少しばかり頬を膨らませて、睨んでくる顔も可愛い。

「リュシアンはそんなタイプじゃないと思ってた。……王都にいた時と全然違う」

クロエの言葉に、俺はクロエの顔を覗き込んで聞いた。

「そんなに違う？」

「王都では子供と雪合戦したり、橇《そり》の競争でムキになったりしなかったじゃない」

そりゃ、そんなヒマなかったからな……と思いながら、たしかに自分でも子供と雪合戦は大人げなかったかもと反省する。

俺はクロエのふくれっ面を指でつついて、笑った。

「だってここは楽しいから。クロエだって王都にいた時は、その辺の草を摘んで食べたりしなかったじゃないか」

「その辺の草じゃなくて山ニンニクです！」

ムキになって言い返すクロエが可愛くて、俺は思わず抱きしめて頬にキスをした。

「クロエがその辺の草を食べたくなるように、俺も森の中の妖精が食べたくなったの」

パクリと白くてつやつやした頬に食いつけば、クロエの顔が真っ赤になる。

「もう！　そんな気の利いたセリフ、前は言わなかった！」

「そうかな、やっぱり森の空気が俺には合うのかも？」

クロエがじっと、エメラルド色の瞳で見つめてくるので、俺も見つめ返す。

するとクロエが俺の頬を両手で包んで、キスをねだって目を閉じた。俺は、クロエをもう一度抱きしめて、長い、長いキスをした。

この作品に対する皆様のご意見・ご感想をお待ちしております。

おハガキ・お手紙は以下の宛先にお送りください。

【宛先】

〒150-6019 東京都渋谷区恵比寿 4-20-3 恵比寿ｶﾞｰﾃﾞﾝﾌﾟﾚｲｽﾀﾜｰ 19F
（株）アルファポリス　書籍感想係

メールフォームでのご意見・ご感想は右のＱＲコードから、
あるいは以下のワードで検索をかけてください。

アルファポリス　書籍の感想　検索

ご感想はこちらから

本書は、「アルファポリス」（https://www.alphapolis.co.jp/）に掲載されていたものを、
改稿、加筆のうえ、書籍化したものです。

愛《いと》しい人《ひと》、あなたは王女様《おうじょさま》と幸《しあわ》せになってください

無憂（むゆう）

2024年 5月 31日初版発行

編集－古屋日菜子・森 順子
編集長－倉持真理
発行者－梶本雄介
発行所－株式会社アルファポリス
〒150-6019 東京都渋谷区恵比寿4-20-3 恵比寿ｶﾞｰﾃﾞﾝﾌﾟﾚｲｽﾀﾜｰ19F
TEL 03-6277-1601（営業） 03-6277-1602（編集）
URL https://www.alphapolis.co.jp/
発売元－株式会社星雲社（共同出版社・流通責任出版社）
〒112-0005 東京都文京区水道1-3-30
TEL 03-3868-3275
装丁イラスト－天路ゆうつづ
装丁デザイン－AFTERGLOW
（レーベルフォーマットデザイン－團 夢見（imagejack））
印刷－中央精版印刷株式会社

ISBN978-4-434-33902-8 C0093